Flagrant délit

CARLA NEGGERS

Flagrant délit

HARLEQUIN

LES BEST-SELLERS

Cet ouvrage a été publié en langue anglaise sous le titre :
WHITE HOT

Traduction française de
KATIA NOVET

Illustrations de couverture
Bijou : © FOTOGRAM-STONE / ROSEMARY WELLER
Main : © COMPLÉMENT IMAGE / PATRICE FORNIN

83-85, boulevard Vincent-Auriol, 75013 Paris — Tél. : 01 42 16 63 63
ISBN 2-280-16504-X — ISSN 1248-511X

Je dédie ce livre
à mes nombreux et merveilleux amis de Floride,
particulièrement à
HEATHER GRAHAM, JOAN JOHNSTON,
SALLY SCHOENEWEISS, GLORIA DALE SKINNER,
SHERRYL WOODS,
et les membres de
FLORIDA ROMANCE WRITERS.
Rendez-vous au bord de la piscine
à la prochaine réunion de février.

Et je remercie spécialement
CAROLINE TOLLEY, LAUREN MCKENNA
ET THERESA ZORO
de POCKET BOOKS.
Ce fut un vrai plaisir...

1.

Jeremiah Tabak plissa les yeux et fixa le gamin efflanqué qui était assis en face de lui, à la terrasse d'un des cafés à la mode de South Beach, à Miami.

— Tu veux que je fasse ma petite enquête sur qui ?

— Une nana qui vit à Palm Beach. Elle s'appelle Mollie Lavender.

Croc s'exprimait à sa manière, directe et détachée. Il prétendait avoir vingt-quatre ans, ce que Jeremiah avait toujours du mal à croire, et son occupation favorite consistait à traîner dans les rues pour essayer de glaner des informations qu'il rapportait à Jeremiah, journaliste d'investigation au *Miami Tribune*. Celui-ci admettait d'ailleurs volontiers que son jeune informateur lui fournissait parfois d'excellents tuyaux. Mais il était loin de se douter qu'un jour Croc, alias Blake Wilder, lui demanderait d'aller s'intéresser à Mollie Lavender !

Mollie Lavender, la seule femme sur cette planète qui avait toutes les raisons de souhaiter le voir rôtir en enfer.

De deux choses l'une : soit le gosse parlait d'une

autre Mollie Lavender ; soit il s'agissait bien de la flûtiste de Boston avec qui Jeremiah avait eu une brève liaison, dix ans plus tôt, alors que la jeune fille passait ses vacances de Pâques à Miami.

Jeremiah se dandina sur sa chaise.

C'était l'hiver, en Floride, et Ocean Drive, l'avenue célèbre pour ses bâtiments Arts déco et sa population fortunée, était envahie par une foule bigarrée de touristes, de patineurs à roulettes moulés dans des tenues fluorescentes, d'Européens à la mode et de retraités chaussés d'affreuses sandales de marche. L'eau, le soleil, le sable et les immeubles aux façades pastel : tout cela faisait partie du décor de ce fameux quartier de Miami Beach. Un quarter dans lequel Jeremiah avait fait la connaissance de Mollie. La jeune fille était assise sur une vaste serviette de plage couverte de notes musicales, avec sa radio branchée sur l'émission « Un samedi après-midi à l'opéra ». Coiffée d'un immense chapeau, son teint pâle protégé par une épaisse couche d'écran solaire, elle avait expliqué à Jeremiah qu'elle avait oublié sa flûte à l'hôtel et se sentait perdue sans son instrument.

Il était tombé amoureux sur-le-champ.

Dix ans avaient passé. C'était plus de temps qu'il n'en fallait pour oublier, mais la mémoire était ainsi faite que certains souvenirs, parfois, semblaient s'y incruster. La semaine qu'il avait passée avec Mollie était de ceux-là.

La voix de Croc le ramena dans le présent :

— Elle habite à Palm Beach, disait-il. Au-dessus du garage d'un gros chanteur d'opéra.

Pascarelli ! songea aussitôt Jeremiah en étouffant un juron. Mollie — sa Mollie — était la nièce et la filleule du ténor mondialement connu, Leonardo Pascarelli, lequel possédait une maison à Palm Beach. Dix ans plus tôt, Mollie avait décliné l'invitation quand celui-ci lui avait proposé de rester chez lui, expliquant qu'elle voulait passer des vacances comme n'importe quel autre étudiant. Au lieu de quoi, elle avait eu une liaison avec un jeune journaliste dont l'unique souci était de voir sa première grosse enquête faire la une de son quotidien, et elle avait eu le cœur piétiné.

Même sans le rencontrer, pensa Jeremiah, ses vacances n'auraient pas été ordinaires ! Elle n'était pas une jeune fille comme les autres...

Il la revoyait encore au moment où il lui avait annoncé que leur liaison s'arrêtait là, juste avant qu'elle n'embarque dans son avion pour Boston. Elle avait levé le menton, et une lueur de défi avait brillé dans ses ravissants yeux bleus.

— Je suppose que toutes les femmes, à un moment ou un autre de leur vie, croisent un dangereux beau ténébreux, avait-elle déclaré d'un ton philosophe.

Jeremiah avait eu la désagréable impression qu'il était un de ces vils séducteurs comme on n'en voyait plus depuis les romans de l'époque victorienne. Puis, Mollie l'avait traité de plusieurs noms d'oiseaux et il s'était senti mieux. Les insultes, il pouvait comprendre. Mollie ne lui avait ensuite plus jamais donné signe de vie. Parfois, Jeremiah se surprenait à penser à elle et il l'imaginait au sein d'un orchestre, voyageant à travers le monde avec d'autres gens qui, comme elle, écoutaient de l'opéra sur les plages ; à moins qu'elle ne donnât des cours de flûte à des étudiantes, à qui elle conseillait peut-être de se méfier des hommes comme lui — même si elle se félicitait secrètement d'avoir perdu sa virginité avec son « dangereux beau ténébreux » plutôt qu'avec un joueur de tuba fatigué.

Croc finit d'engloutir son milk-shake au chocolat. Chaque fois que Jeremiah l'invitait, il commandait le même déjeuner : un hamburger bien cuit avec des tomates, de la laitue, des cornichons et de la mayonnaise, et deux portions de frites qu'il arrosait copieusement de ketchup. Malgré cela, il était d'une maigreur impressionnante, ce qui avait amené Jeremiah à se demander s'il ne se droguait pas. Mais non. Croc ne fumait même pas de cigarettes. Il n'avait pas vraiment de domicile, pas de travail régulier — il n'acceptait que les petits boulots, comme plongeur ou laveur de carreaux, qui n'exigeaient pas de sa part un engagement à long terme —, et il était donc impossible à joindre. Leurs rencontres avaient toujours lieu à son initiative.

A cet instant, il se renversa sur sa chaise, l'air agité. Cela n'avait rien d'inhabituel en soi, car Croc avait toujours une main ou un pied en train de bouger.

— Elle fait dans les relations publiques, expliqua-t-il. Elle travaille à son compte.

Jeremiah fronça les sourcils.

— Les relations publiques ? répéta-t-il.

— Ouais. Le chien qu'on voit dans toutes les pubs, à la télé, est un de ses clients. Tu sais, le clebs qui a un drôle de caractère... Et puis, il y a aussi un ancien astronaute qui s'est reconverti dans le jazz et ce vieux schnock qui a écrit un bouquin sur sa carrière d'acteur de théâtre.

C'était peut-être une autre Mollie, tout compte fait, songea Jeremiah sans rien dire. Croc plongea une frite dans le ketchup.

— Elle a quelques gros clients réguliers, poursuivit-il. Deux magasins d'instruments de musique, un orchestre spécialisé dans la musique ancienne. La plupart sont dans les arts. Je crois qu'elle est en ville depuis cinq ou six mois.

— Si tu en sais autant à son sujet, pourquoi veux-tu que j'enquête sur elle ?

Les épaules de Croc s'affaissèrent légèrement, et il jeta un coup d'œil furtif autour de lui, comme s'il craignait d'être entendu. Puis, il chuchota sur un ton de conspirateur :

— Je crois qu'elle pourrait bien être le voleur de bijoux de la Gold Coast.

Jeremiah faillit recracher sa gorgée de café.

— Le quoi ? Croc, qu'est-ce que tu racontes ? S'il s'agit d'une plaisanterie...

— Pas du tout. Je suis très sérieux. Est-ce que je t'ai déjà raconté des blagues ?

Jeremiah serra les dents, songeant au temps qu'il avait perdu à essayer de faire le tri entre les pistes valables et les histoires délirantes que lui servait son jeune informateur. Il ne comptait plus les kilomètres qu'il avait parcourus pour rien à cause de lui ; et fréquemment, il se demandait pourquoi il continuait d'écouter ce gamin à l'imagination un peu trop fertile.

Deux ans plus tôt, Croc était venu le voir à son bureau, au *Miami Tribune*, avec une histoire de jeunes truands de dix-huit ans qui revendaient vingt dollars pièce des revolvers volés à des gosses de douze ans. Le tuyau s'était révélé solide, et depuis, Croc revenait chaque mois environ avec une nouvelle histoire. Ils avaient développé une relation que Jeremiah jugeait tour à tour étrange et frustrante. S'il avait d'autres informateurs, bien sûr, aucun ne ressemblait à Croc. Ce dernier n'était pas tant un menteur chronique ou paranoïaque qu'un gosse à l'imagination délirante, qui adorait l'hyperbole et prenait ses désirs pour des réalités.

— Tu as entendu parler de ces vols de bijoux, pas vrai ? demanda-t-il.

— Non, répondit Jeremiah, avec un brin d'impatience.

— C'est vrai ?

Un instant, Croc parut décontenancé.

— Je pensais que tu suivais l'affaire. Mais c'est peut-être un peu trop... mondain pour toi.

Il marqua une pause, avant de renchérir :

— Allons ! ne me dis pas que tu ne sais rien au sujet de ces vols de bijoux dans les milieux du polo et du cricket !

— C'est pourtant la vérité. Alors, de quoi s'agit-il ? Et quel est le rapport avec cette Molly Lavender ?

Croc se pencha en avant, l'air très excité.

— Je suis sur un truc fumant, Tabak, je le sens. Le voleur a frappé au moins une demi-douzaine de fois, ces deux dernières semaines. Et il ne fait pas dans la manière Cary Grant, dans *La Main au collet*, genre « Je me promène sur les toits, la nuit, et je me glisse dans les chambres d'hôtel... » Non, il — ou elle — agit au nez et à la barbe de tout le monde, pendant des dîners, des soirées de charité..., des trucs de riches, quoi. Une personne commet une erreur, et hop ! elle se retrouve allégée d'un bracelet de cinquante mille dollars.

— Quel genre d'erreur ?

— Tu ôtes un bijou de valeur pour une raison ou pour une autre — il est trop lourd, le fermoir s'est cassé ou tu viens de voir le même sur quelqu'un d'autre — bref, tu le mets dans une poche, dans un sac, ou tu l'oublies deux secondes sur la table, et notre voleur s'en empare.

— C'est un opportuniste, déclara Jeremiah, intéressé malgré lui.

— Exactement. J'ai calculé qu'il doit déjà avoir chapardé pour pas loin d'un demi-million de dollars en bijoux. Il opère de Fort Lauderdale à Jupiter, ce qui explique sans doute pourquoi la police n'a pas encore fait de recoupements entre un vol et un autre. Il y a trop de villes et de régions concernées, et les flics ne coopèrent pas trop entre eux.

— Et toi, tu as une longueur d'avance sur eux, commenta Jeremiah avec une pointe d'ironie.

— Absolument ! répliqua Croc sans s'offusquer.

— Y a-t-il des preuves que ces bijoux ont bien été volés ? Ils auraient pu être déplacés, tout simplement.

— Je n'en sais rien. Je n'ai pas lu les rapports de police. C'est là que tu interviens. Je ne m'approche pas trop de ces messieurs, moi. Tu n'as rien, en ce moment, n'est-ce pas ? Je me suis dit que ça pourrait t'intéresser.

Jeremiah poussa sa tasse de café et se pencha sur la table.

— Ecoute-moi, Croc. Je suis assez grand pour trouver moi-même mes idées de reportages. Et je refuse donc que tu traînes à droite et à gauche pour me dénicher des sujets. Je ne veux pas être tenu pour responsable, si jamais il t'arrive des bricoles, ou si tu mets les pieds là où il ne faut pas — pour de bonnes ou de mauvaises raisons.

— Ouais, bien sûr, pas de problème, répondit Croc en levant les mains. Tout ça, c'est entre nous. D'ami à ami. D'accord ?

Jeremiah ne réagit pas, ni dans un sens ni dans l'autre. D'abord, il n'était pas sûr de considérer Croc comme un véritable ami. Après tout, il ignorait encore où il habitait, et il n'était même pas sûr de connaître son véritable nom — le gosse avait pu se baptiser Blake Wilder après avoir vu un film de James Bond. Malgré tout, Jeremiah ne pouvait pas non plus se lever et clore la conversation tant qu'il n'aurait pas entendu tout ce que son jeune informateur voulait lui dire.

— Tu ne m'as pas expliqué quel était le rapport avec Mollie Lavender, reprit-il.

— C'est vrai, fit Croc, visiblement satisfait d'avoir réussi à éveiller la curiosité de Jeremiah. C'est simple : elle est le dénominateur commun. Elle était présente, chaque fois que le voleur de bijoux a frappé.

— Où es-tu allé pêcher ça ?

Croc haussa les épaules.

— J'ai mes sources.

— Je suppose que tu as eu accès à toutes les listes d'invitations, que tu connais tous les journalistes, les pique-assiettes et les invités qui sont arrivés avec une personne qui n'était pas prévue au départ, ou encore qui ont passé leur invitation à un ami et...

— Bon, bon, elle est le seul dénominateur commun que j'ai trouvé, jusqu'à maintenant, concéda Croc sans se froisser.

Jeremiah se laissa aller contre le dossier de sa chaise.

— Où veux-tu en venir, Croc ? Pourquoi t'intéresses-tu à cette histoire ?

— Elle a attiré mon attention, voilà tout. Alors, tu vas vérifier, oui ou non ?

— Les voleurs de bijoux de la Gold Coast ne sont pas mon rayon, déclara Jeremiah.

— J'aimerais que tu le fasses pour moi, Jeremiah. Pour me faire plaisir.

C'était la première fois, depuis deux ans qu'ils se connaissaient, que Croc lui demandait ainsi un service. L'argent était exclu de leurs relations, puisque Jeremiah n'avait jamais payé pour obtenir des informations, mais Croc ne lui avait jamais rien demandé non plus, pas même de le déposer quelque part en voiture. Et s'il tirait une quelconque satisfaction du fait qu'il fournissait des bribes de tuyaux à un reporter célèbre de Miami, lui seul savait laquelle.

— Tu ne m'avais encore jamais rien demandé, Croc, remarqua Jeremiah. Pourquoi maintenant ?

— Je ne sais pas..., répondit Croc en haussant les épaules. Je sens qu'il y a anguille sous roche...

Il repoussa son assiette, alors qu'elle était encore à moitié pleine, et Jeremiah se dit que cela non plus ne lui ressemblait pas.

— Tu n'es pas obligé de te lancer dans une enquête ou de faire un papier là-dessus, poursuivit Croc. Je m'en fiche. Si ce n'est pas ta tasse de thé, je comprends. Mais jette au moins un coup d'œil à cette histoire. Tu as des sources, tu peux obtenir des informations auxquelles je n'ai pas accès. Quand je passe par l'escalier de service, toi tu as droit à la porte d'entrée.

— Tout ça pourrait changer, observa Jeremiah. Tu as de l'instinct : si tu veux un boulot au journal, je suis d'accord pour t'aider. Il faudra que tu commences au bas de l'échelle, mais...

— Mais puisque que je suis dans le caniveau, maintenant, ce serait déjà un pas dans la bonne direction, compléta Croc, avant d'esquisser un sourire vaguement désabusé. On s'habitue au caniveau, tu sais ! Au bout d'un moment, on ne se sent bien nulle part ailleurs.

Il se leva brusquement.

— Je t'appellerai.

— Tu ne veux pas de dessert ?

— Non, merci. Souviens-toi. Mollie Lavender. Palm Beach. Cary Grant se déchaîne sur la Gold Coast. Pigé ?

— Ouais, pigé, maugréa Jeremiah avec une drôle de sensation au creux de l'estomac.

Huit heures plus tard, Jeremiah était assis dans son vieux pick-up délabré, à l'extérieur du Greenaway, un club très fermé de Boca Raton, quelques kilomètres au sud de Palm Beach. Par rapport à tous ceux qu'il avait vus défiler depuis une heure, son véhicule était le plus ancien et le plus délabré. On était sur la Gold Coast de la Floride, un monde à des années-lumière de celui dans lequel il évoluait habituellement, à quelque soixante-dix kilomètres de là.

Il avait stupéfié la responsable de la chronique mondaine du *Miami Tribune*, cet après-midi, quand il s'était présenté dans son bureau pour lui demander quelles étaient les festivités du soir entre Jupiter et Fort Lauderdale. Un « dessert en musique » au Greenaway lui avait paru le plus susceptible d'attirer la filleule de Leonardo Pascarelli, joueuse de flûte reconvertie dans les relations publiques.

Il n'avait pas expliqué à sa consœur les raisons de cet intérêt soudain pour les réceptions du grand monde. Helen Samuel lui avait simplement décoché un clin d'œil.

— Ne dites rien, Tabak. Je saurai bien découvrir ce que vous mijotez.

Et si Jeremiah ne doutait pas un instant qu'elle y parviendrait, en effet, il refusait d'y penser.

Il avait baissé les vitres de son pick-up, et des bribes de musique flottaient jusqu'à lui, à travers les pelouses manucurées du manoir en stuc rose — une création années 1920 de l'architecte mondain Addison Mizner. La musique se mêlait au chant des criquets et à la rumeur de l'océan, créant avec la caresse de la brise légère une impression de luxe et de volupté à laquelle Jeremiah résistait de toutes ses forces.

Tout ça n'avait rien à voir avec la Floride qu'il connaissait. Sa Floride à lui, c'était la zone marécageuse des Everglades où il avait grandi avec son père, veuf ; c'était les rues trépidantes et parfois violentes de Miami. Et il se disait de temps à autre que le sud de la Floride aurait dû être déclaré parc national, un siècle plus tôt, et ses terres laissées aux oiseaux, aux alligators, aux panthères et aux ouragans.

Il avait essayé de se garer à l'intérieur du parking en plein air, de l'autre côté des grilles en fer forgé, mais on avait refusé de le laisser entrer. Il n'avait pas d'invitation, n'était pas membre du Greenaway Club, ne portait pas de smoking et n'avait pas la carte de presse appropriée. Surtout, avait-il deviné, il conduisait un horrible pick-up. Alors, il s'était rangé le long du trottoir d'en face, laissant le parfum de l'océan, des palmiers et des banians l'envelopper, et se demandant toutes les cinq minutes ce qu'il faisait là.

C'était la faute de Mollie Lavender. Un « dessert en musique » ! A tout prendre, il aimerait encore mieux regarder sa tortue manger une feuille de laitue.

De fil en aiguille, il en vint à repenser à la véritable raison qui l'avait poussé, dix ans plus tôt, à renvoyer la jeune Mollie et sa flûte à leur vie musicale, à Boston. Il avait choisi, alors, de se présenter comme un ambitieux sans scrupule, un manipulateur et un séducteur indigne de confiance. Il lui aurait raconté n'importe quoi, pourvu qu'elle reprenne l'avion et disparaisse pour de bon. Mollie n'avait pas sa place dans sa vie ; elle n'avait rien à faire dans l'univers de crime, de corruption, de désespoir et de violence que sa profession l'amenait à côtoyer. Or, il savait que s'il lui avait demandé de rester, à l'époque, elle n'aurait pas hésité : elle aurait dit oui.

Aussi avait-il rompu, brutalement. Leurs adieux ne s'étaient pas bien passés. Il lui avait fait croire qu'il s'était servi d'elle pour écrire son premier grand article, sa première une — une histoire de revente et de consommation de drogues à laquelle étaient mêlés des étudiants en vacances. Cette enquête avait lancé sa carrière de journaliste d'investigation. Le fait qu'il soit tombé amoureux de Mollie était un accident de parcours, survenu alors qu'il travaillait sur cette affaire. Un hasard. En aucun cas la cause. Il avait entendu dire que les revendeurs de drogues concluaient leurs affaires directement sur la plage, et il avait étalé sa serviette à côté de celle de Mollie. La conversation s'était engagée, le dîner avait succédé au déjeuner, et le soir même, ils faisaient l'amour.

Il lui avait révélé qu'il était journaliste, mais sans lui donner de détails sur l'enquête qu'il était en train d'effectuer. Très vite, il avait compris que la vente aussi bien que la consommation de la drogue s'étaient déroulées sous les yeux de la jeune fille sans que celle-ci remarque quoi que ce soit. Ce n'était pas de la naïveté. Mollie était simplement trop occupée par ce qu'elle faisait. La musique était toute sa vie ; il n'y avait de place pour rien d'autre. A part lui, durant cette semaine-là. Car elle s'était jetée corps et âme dans leur liaison, accueillant tout ce qui lui arrivait avec ardeur et passion. C'était ainsi qu'à la fin du séjour, Jeremiah s'était senti l'obligation morale de veiller à ce qu'elle retourne bien à sa vie et à son conservatoire, à Boston.

Dix ans plus tard, elle revenait s'installer dans le sud de la Floride, et Croc la soupçonnait de voler des bijoux.

« Le monde est étrange », pensa Jeremiah, avant de sortir de son pick-up.

Des massifs d'impatientes multicolores et des palmiers adoucissaient l'austérité du portail en fer forgé. A l'intérieur, des lumières savamment éparpillées dans le parc illuminaient les pelouses.

S'il l'avait voulu, Jeremiah aurait pu trouver un moyen d'entrer. Il recevait régulièrement des invitations à des soirées, des bals de charité et toutes sortes de réceptions. Mais à moins de devoir s'y rendre pour des raisons professionnelles, il jetait tout cela à la poubelle. Il n'aimait pas les mondanités, avec leurs bavardages vides et assommants. Il refusait aussi que son statut de célébrité empiète sur son rôle de journaliste.

Il ne savait même pas si Mollie était là, ce soir.

Elle pouvait très bien, à cette heure, jouer de la flûte chez Leonardo Pascarelli, ou travailler pour son client cosmonaute devenu pianiste de jazz.

Fermant les yeux, il se laissa bercer par le souvenir d'un air doux et aérien que lui avait joué la jeune fille, après qu'ils avaient fait l'amour pour la dernière fois — et alors qu'elle ignorait encore ce qui l'attendait.

Jeremiah secoua la tête et décida d'attendre deux minutes de plus. Après quoi, il rentrerait chez lui.

Il regarda une Jaguar noire rouler lentement vers le portail. La voiture s'immobilisa et le conducteur regarda dans la rue, avant de s'y engager. Jeremiah surprit le mouvement d'une tête blonde, derrière le volant. Puis, comme elle tournait la tête — car c'était une femme —, il vit son visage. La bouche, le nez bien droit, les pommettes hautes.

Son cœur cessa de battre.

Mollie.

C'était bien elle. Croc ne s'était donc pas trompé. Elle était en Floride.

Jeremiah revit les yeux de la jeune femme, d'un bleu très clair pailleté d'argent, et son regard, intelligent, pondéré, mais pétillant aussi, surtout quand elle riait. Il se raidit et repoussa la bouffée de regret qu'il sentait l'envahir. Ce qui s'était passé entre Mollie et lui n'était destiné à durer qu'une semaine.

La Jaguar s'éloigna dans la rue.

Jeremiah consulta sa montre. Il allait rester encore cinq minutes. Il ne voulait pas prendre le risque de tomber sur la Jaguar ; et il ne voulait pas être tenté de la suivre.

Quatre minutes et quarante-deux secondes plus tard, une voiture de police débouchait au bout de la rue, son gyrophare en marche, avant de franchir le portail du Greenaway Club.

Tout en sifflotant, Jeremiah remonta dans son pick-up et appela le journal. Il demanda au standard d'essayer de savoir pourquoi la police de Boca Raton venait d'arriver au Greenaway Club. Puis il attendit, le combiné coincé entre son épaule et son oreille, jusqu'à ce qu'on lui donne la réponse : apparemment, un vol de bijoux venait d'être commis au Greenaway.

« Eh bien ! songea Jeremiah en coupant la communication. Mon cher Croc, il se pourrait que tu aies mis le doigt sur quelque chose. »

Un quelque chose auquel Mollie Lavender ne semblait pas étrangère.

2.

Mollie bondit de son lit quinze minutes avant que ne se déclenche le réveil, réglé pour sonner à 6 heures. Elle tituba jusqu'à la salle de bains, s'aspergea le visage d'eau froide, puis considéra son reflet dans le miroir. Elle avait les paupières gonflées et des cernes mauves ourlaient ses yeux.

Eh oui ! elle n'avait plus vingt ans...

Retournant dans la chambre, elle enfila un short, un débardeur et des baskets. Un jogging le long de la plage l'aiderait à oublier ses mauvais rêves et l'agitation de cette nuit.

Car son cauchemar, qui la poursuivait depuis qu'elle avait pris la décision de venir s'installer dans le sud de la Floride, était devenu réalité : elle était tombée sur Jeremiah Tabak.

Dans la cuisine, elle fit quelques étirements et avala un verre de jus d'orange, tout en essayant de se calmer. Après tout, il ne l'avait peut-être pas vue quitter le Greenaway — ou s'il l'avait vue, il avait très bien pu ne pas la reconnaître. Et elle était complètement folle d'imaginer qu'il la surveillait, elle. Elle devenait paranoïaque. Jeremiah et elle évoluaient dans des cercles totalement différents, ils n'avaient sans doute pas la moindre connaissance en commun. Et il n'avait aucune raison d'aller s'intéresser à une conseillère en relations publiques spécialisée dans la culture.

La lumière du soleil levant entrait à flots par les fenêtres de la cuisine et éclairait le cours de ses pensées d'un jour nouveau, plus rationnel par rapport à ses élucubrations de la nuit. Durant son interminable insomnie, elle avait imaginé une bonne douzaine de raisons — toutes plus mauvaises les unes que les autres — pour lesquelles Jeremiah Tabak, du *Miami Tribune*, aurait pu vouloir la traquer.

Elle avait quitté la réception du Greenaway Club suffisamment tôt pour avoir le temps de passer quelques coups de téléphone sur la côte Ouest et consulter son courrier avant de se coucher. Il y avait à peine cinq mois qu'elle avait créé sa petite agence de communication, et elle n'avait pas encore les moyens d'engager une secrétaire à temps plein; elle pouvait tout juste s'offrir les services d'un stagiaire, vingt heures par semaine. Cela signifiait qu'elle devait elle-même taper à la machine, archiver, répondre au téléphone, se rendre à la banque ou à la poste, balayer et préparer le café — en plus de faire travailler ses méninges et de mettre son expérience et son énergie au service de ses clients, qui avaient tout de même fait un bond dans l'inconnu en l'engageant. Autrement dit, elle devait gérer son temps au plus serré. Mais la veille, la vision de Jeremiah, à l'entrée du Greenaway, l'avait bouleversée pour le reste de la soirée — et de la nuit. Elle l'avait reconnu sur-le-champ. Et si elle avait eu le moindre doute, sa réaction viscérale suffisait à la convaincre qu'elle ne s'était pas trompée.

Elle quitta son appartement et suivit le chemin de briques menant à l'entrée du garage. Leonardo lui avait proposé de s'installer dans la maison principale, mais celle-ci était si vaste que Mollie avait eu peur de se sentir comme un petit pois en train de rouler au fond d'un tonneau. L'appartement qu'il réservait à ses invités lui convenait mieux. Elle avait transformé le salon en bureau, et il lui restait encore bien assez de place pour se sentir parfaitement à l'aise. Et comment ! Elle vivait dans le grand luxe.

Dire qu'un an plus tôt, elle se croyait bien installée dans son existence, avec un bon poste dans la filiale bostonienne d'une grande agence de communication, à l'abri, satisfaite, et même plutôt contente d'elle. Elle avait prévu de s'acheter un appartement et de faire un voyage en Australie. Et puis, deux événements s'étaient produits, presque coup sur coup, qui l'avaient prise par surprise et amenée à bouleverser sa vie. D'abord, elle avait eu trente ans. La journée s'était déroulée sans fait notable. Elle avait dîné avec ses parents et sa sœur, et elle était sortie prendre un verre avec un homme, amant occasionnel de son âge et figé dans une situation personnelle comparable à la sienne. La soirée avait passé, la nuit aussi, et rien d'extraordinaire ne s'était produit. Pas d'éclair subit, pas de feu d'artifice intérieur, de grande révélation. Le lendemain matin, elle s'était levée et elle était partie travailler. Elle avait trente ans au lieu de vingt-neuf, et voilà tout.

Du moins le croyait-elle.

Le deuxième événement s'était produit trois jours plus tard. Leonardo Pascarelli avait débarqué en ville, sans crier gare, et il s'était invité à dîner chez elle. Alors qu'ils préparaient les spaghettis, le ténor mondialement connu, en fine mouche qu'il était, n'avait eu de cesse de faire sortir Mollie de sa coquille, de percer à jour les secrets de son âme.

— J'ai trente ans, avait-elle fini par lui confier. Pas d'homme dans ma vie à qui je tienne vraiment ou qui tienne à moi. Mon travail m'intéresse, mais ne m'absorbe plus comme à mes débuts. J'ai un appartement que j'aime bien et une jolie garde-robe. Bien. Et alors ?

Elle avait poussé un soupir, avant de conclure :

— Voilà les deux mots qui résument ma vie : « Et alors ? »

Leonardo l'avait écoutée attentivement, l'enveloppant de son regard perçant. Grand et corpulent, il avait des cheveux noirs, un visage rond toujours rasé de près et des yeux sombres et pénétrants. S'il était doué d'une intelligence aiguë, bon nombre de personnes avaient tendance à la sous-estimer tant elle semblait dominée, submergée, par la nature passionnée de Leonardo. Celui-ci adorait manger, boire, tomber amoureux et chanter, dans le désordre, et paraissait n'avoir peur de rien — qu'il s'agisse des échecs, des pertes, des relations brisées, de la maladie, de la vieillesse ou de la mort... Pourtant, son chant trahissait une compréhension profonde et intuitive de la vie, de tout ce qu'elle offrait, mais aussi de tout ce qu'elle exigeait. Cet être à la personnalité complexe aimait les autres, même si à cinquante ans il était seul, sans femme et sans enfants.

— Tu t'apitoies sur ton sort ? avait-il demandé, sans paraître juger un seul instant Mollie.

— Non, je suis honnête. Je ne peux pas continuer à me leurrer plus longtemps.

Il avait sorti sa cuillère de bois de la marmite bouillonnante et l'avait pointée vers elle.

— Qu'attends-tu de la vie, Mollie ? Maintenant, tout de suite. N'hésite pas. Réponds-moi.

— L'aventure, avait spontanément lancé Mollie, à sa grande stupéfaction. Je veux qu'il m'arrive quelque chose de nouveau, d'excitant, de différent. Quelque chose qui m'oblige à m'investir corps et âme. Tu sais, j'ai toujours pensé que j'aurais ma propre affaire, à trente ans.

— Et alors, qu'attends-tu ?

— Ce n'est pas si facile. J'ai un bon travail. Il faudrait que je renonce à la sécurité, aux bénéfices. Si j'échouais, comment ferais-je pour payer mon loyer ? Il y a du bon dans le fait de recevoir son chèque à la fin de chaque mois...

— Mais si tu quittais ton poste et découvrais que tu ne veux pas être à ton compte, finalement, ou si tu échouais, tu penses que tu ne retrouverais pas de travail ?

— Si, bien sûr que si.

— Dans ce cas, qu'est-ce qui t'arrête ?

Elle l'ignorait. La peur d'échouer ? Ou celle de réussir ? La force de l'inertie ? Finalement, Leonardo avait décrété qu'elle avait besoin d'un bon coup de pied aux fesses et il lui avait offert de venir s'installer dans sa maison de Palm Beach. Il devait faire une tournée d'un an en Europe et en Russie, durant laquelle il ne rentrerait chez lui que pour de courtes périodes. Plutôt que de laisser la maison vide, il préférait la savoir habitée par sa chère filleule.

C'était du Leonardo tout craché. Exubérant, généreux, égotiste — et toujours, inconditionnellement, du côté de Mollie.

— Comme ça, tu auras ton aventure, ton nouveau départ. Et pas trop de frais généraux.

Mollie l'avait regardé fixement, avant de murmurer, d'une voix un peu étranglée :

— Tu me demandes de sauter du haut de la falaise.

— Eh bien, avait-il rétorqué, les yeux brillants. Saute !

C'était exactement ce qu'elle avait fait en démissionnant, d'abord, puis en quittant son appartement, et en allant s'installer dans le sud de la Floride. Elle avait fait imprimer des cartes de visite, du papier à en-tête, et prévenu ses contacts qu'elle lançait sa propre affaire à Palm Beach. Le processus était lent, mais elle gagnait sa vie, à présent, et commençait à se faire une réputation de créativité et de sérieux.

Jusqu'à la veille au soir, elle caressait même l'idée de s'installer en Floride de manière permanente.

Poussant un soupir, elle prit son élan et se mit à courir à petites foulées régulières, en direction de la plage. Leonardo avait refusé d'acheter une maison directement sur l'eau, par respect pour les ouragans, disait-il. L'argument, tout à fait valable en soi, laissait quand même perplexe quand on savait qu'il s'était installé à moins de cinq cents mètres de l'océan. Mais Leonardo était ainsi. Dans son esprit, il avait fait preuve de prudence en choisissant de nicher sa maison au milieu des palmiers plutôt qu'au bord de l'Atlantique. Peu importait qu'il pût respirer les embruns de sa terrasse, et même entendre les vagues s'écraser sur les plages avoisinantes.

Mollie courut jusqu'à ce que les muscles de ses jambes protestent et que son esprit s'éclaircisse. Puis, jugeant que son jogging avait eu l'effet cathartique espéré, elle revint sur ses pas. Son short et son débardeur collaient à sa peau et un filet de sueur couvrait ses bras et ses jambes.

Elle déboucha dans sa rue. La maison de son oncle n'était pas ostentatoire, ni même très grande, comparée au style en vogue à Palm Beach, mais son architecture hispanisante, son toit de tuiles rouges et l'aménagement paysager, avec notamment les bougainvillées corail qui ruisselaient depuis le balcon du pavillon des invités, donnaient à Mollie l'impression de vivre dans un endroit merveilleusement exotique.

Alors qu'elle franchissait le portail d'entrée qu'elle avait laissé ouvert et remontait l'allée, elle songea qu'après quelques étirements, une douche et un bon petit déjeuner au bord de la piscine, elle se sentirait prête à affronter cette nouvelle journée.

Mais soudain, elle se figea et son cœur parut s'arrêter de battre. L'espace d'un instant, elle chercha même, contre toute logique, un moyen de disparaître à six pieds sous terre.

Un horrible pick-up marron était garé au bout de l'allée, un véhicule qu'elle reconnut immédiatement. C'était le même qu'elle avait vu la veille au soir. Le pick-up de Jeremiah Tabak.

Un homme brun aux yeux cachés par des lunettes de soleil la regardait par la vitre baissée de sa portière, trop loin pour que Mollie pût distinguer les traits de son visage.

Lui, malheureusement, ne pouvait pas manquer de la voir, avec ses vêtements trempés de sueur qui épousaient son corps.

Sous l'effet combiné de son effort physique et du choc qu'elle venait de ressentir, Mollie haletait, et son cœur battait à présent à coups redoublés. Hélas ! il n'y avait aucun moyen de se dérober à la réalité ! Il était 8 heures du matin, et Jeremiah Tabak se trouvait sur le pas de sa porte — ou peu s'en fallait.

— Eh bien, eh bien ! lança-t-il avec cet accent traînant qu'elle reconnut aussitôt. Mollie Lavender. Quel spectacle magnifique pour mes pauvres yeux !

— Je vous demande pardon ? Est-ce que je peux vous aider ?

Elle s'approcha et le considéra en plissant les yeux, comme si elle avait à faire à un touriste lui demandant un renseignement. Si elle faisait mine de ne pas le reconnaître, songeait-elle sans y croire, il s'en irait peut-être.

Jeremiah descendit de son pick-up et la considéra de la tête aux pieds. Sexy. Sûr de lui. Et absolument certain qu'elle savait qui il était. L'air amusé, il fit glisser ses lunettes sur l'arête de son nez.

— Bonjour, ma puce, reprit-il. Ça fait un bail...

Mollie cligna des yeux plusieurs fois, essayant de se composer l'expression de quelqu'un qui ne reconnaît absolument pas son interlocuteur. La stratégie n'était peut-être pas efficace, mais c'était la seule qui lui venait à l'esprit.

— Je... je suis désolée. Est-ce que je vous connais ?

Cette fois, il éclata de rire. Sans l'ombre d'une hésitation, d'un doute, sans la moindre trace de remords. Sa suffisance naturelle devait l'aider dans son travail, tant à naviguer au travers de la boue, du crime et de la corruption, qu'à garder la tête froide pour présenter les faits à ses lecteurs dans la plus grande objectivité possible. C'était un bon journaliste, même s'il avait allègrement piétiné tous les codes de déontologie existants avec elle. En cet instant, toutefois, Mollie se moquait bien de tout cela. Elle aurait donné son âme au diable en l'échange d'un objet lourd et contondant. A défaut de le jeter au visage de Jeremiah, elle aurait au moins pu le lancer à travers son pare-brise.

Le pire, sans doute, était cette façon qu'il avait de la regarder en souriant, comme s'il devinait parfaitement ce qui se passait dans son esprit.

— Allons, Mollie, reprit-il sans se départir de son air ironique, tu ne vas pas jouer à celle qui ne se souvient plus de moi, tout de même ?

Se souvenir de lui ! Comme si elle pouvait l'oublier. Encore maintenant, après dix ans, alors qu'il se trouvait à plusieurs mètres d'elle, il lui semblait sentir ses lèvres sur les siennes, les paumes de ses mains sur ses seins.

Refoulant ses émotions, elle continua de cligner des yeux.

— Je suis vraiment désolée, mais...

— Il y a dix ans. Les vacances de Pâques. Miami Beach. Tu veux que je répète les mots que tu m'as jetés au visage, en partant ? « J'espère que tu pourriras en enfer, Tabak. »

L'expression du visage de Jeremiah parut changer, et sa voix baissa d'un ton, se faisant presque hésitante :

— Dans un sens, ton vœu s'est réalisé. Si tu lis le *Miami Tribune*, tu dois savoir que je passe une bonne partie de mon temps en enfer.

S'il continuait de sourire, il ne plaisantait plus vraiment. Apparemment, son travail avait laissé sa marque sur lui.

— Tu permets que j'entre ? enchaîna-t-il aussitôt.

Cette question prit de court Mollie en même temps qu'elle la replongea dans la réalité. Elle oublia son amnésie.

— Ecoute, Jeremiah, nous n'avons pas eu le moindre contact depuis dix ans et je trouve ça parfait. Continuons ainsi, tu veux bien ?

— Mais je veux t'engager.

Mollie le regarda fixement.

— Pardon ?

— Je veux t'engager, répéta-t-il en s'approchant d'elle. J'ai décidé que j'avais besoin de quelqu'un pour se charger de ma communication.

— Toi ?

— Mais oui, moi. Je suis devenu une célébrité, tu sais. Et je suis inondé d'invitations, de requêtes pour assister à des réceptions, pour donner des discours, des interviews, paraître dans des émissions de télé. C'est très agaçant.

— J'aurais pensé que tu trouverais ça flatteur, répliqua Mollie.

— C'est pour ça que tu es dans les relations publiques, et moi pas. J'ai besoin d'une personne qui filtre tout ça à ma place. Qu'en dis-tu ?

— J'en dis que tu n'es pas sérieux.

Il la considéra sans un mot. Ils étaient face à face, maintenant.

Jeremiah n'avait pas changé, songea Mollie en essayant d'ignorer la drôle de sensation qui lui chatouillait le creux du ventre. Il avait le même corps dur et musclé ; il était toujours aussi grand. Il portait ses cheveux noirs plus courts qu'autrefois, mais son nez était aussi droit, sa bouche aussi fine et dure à la fois, et surtout, il exsudait la même sensualité dangereuse. Il n'avait pas besoin d'ôter ses lunettes de soleil pour qu'elle voie ses yeux. Eux aussi avaient inévitablement gardé le même éclat, avec ces nuances mêlées de gris, de verts et de dorés qui l'avaient tant fascinée quand elle l'avait rencontré.

Elle prit une profonde inspiration.

— Tabak...

— Dix minutes pour défendre mon cas.

— Tu n'as rien à défendre.

Il pencha la tête de côté, et un petit sourire s'épanouit au coin de ses lèvres.

— Qu'y a-t-il ? Tu ne me fais pas confiance ?

— Et pour cause !

— Ah ! Alors, tu ne m'as pas oublié.

Mollie poussa un soupir.

— Très bien. Je te donne exactement dix minutes. Sinon, tu vas m'empoisonner l'existence jusqu'à ce que j'accepte de t'écouter. Je n'ai pas du tout envie qu'on nous voie ici en train de nous disputer.

— Ah bon ? fit Jeremiah en haussant les sourcils. Pourquoi ça ?

— Parce que personne ne sait rien au sujet de notre petite semaine ensemble, Jeremiah. Personne. Et je veux que ça reste ainsi.

De nouveau, il sourit. Ce sourire paresseux et sexy face auquel Mollie se sentait complètement désemparée.

— J'aime bien l'idée d'être un de tes secrets inavoués, dit-il.

Laissant son indésirable invité dans la cuisine, Mollie courut prendre une douche. Puis, elle enfila un short et un T-shirt, se moquant bien d'arborer une image professionnelle. Jeremiah et elle n'auraient jamais une relation professionnelle. Ni même de relation tout court. Elle allait l'écouter et se débarrasser de lui. Point final.

Elle glissa ses pieds nus dans des sandales et coiffa ses cheveux humides vers l'arrière. Enfin, elle prit une profonde inspiration et s'aventura dans le couloir.

Jeremiah s'était perché sur un tabouret, au comptoir de la cuisine, et il avait mis du café à chauffer. Mollie lui adressa un bref signe de tête, avant de prendre deux tasses en porcelaine dans un des placards.

— C’est sympa, ici, remarqua-t-il.

Il portait une chemise foncée, un pantalon de lin noir et des espadrilles. Décontracté, mais avec une certaine recherche.

— Ça doit servir d’avoir un parrain chanteur d’opéra connu mondialement, ajouta-t-il.

— Je garde la maison en l’absence de Leonardo, répliqua-t-elle.

— Bien sûr.

Aussitôt, Mollie se mordit la lèvre. Quel besoin avait-elle eu de justifier sa décision d’accepter la générosité de son parrain ? Elle était sur le qui-vive, se dit-elle en servant le café. Jeremiah prenait le sien noir. Sans trop savoir pourquoi, elle se rappelait ce détail.

Alors qu’il lui tendait sa tasse, il demanda :

— C’est pour ça que tu es venue t’installer dans le sud de la Floride ?

— Jeremiah...

— Je suis juste curieux, l’interrompit-il.

Mollie poussa un soupir. Bien sûr qu’il était curieux ! Et il insisterait encore plus s’il avait l’impression qu’elle cherchait à lui cacher quelque chose. Ce qui n’était absolument pas le cas.

— J’avais envie d’un changement. Leonardo est en tournée, cette année, et quand il m’a proposé de rester chez lui, j’ai accepté.

— Pourquoi avoir monté ta propre affaire ?

— J’aime bien être mon propre patron, répondit Mollie en haussant les épaules. C’est un défi, c’est intéressant, excitant. Je ne pense pas que je resterai à Palm Beach, une fois l’année écoulée, mais je me sens bien en Floride.

Jeremiah avala une gorgée de son café sans cesser d'étudier Mollie. Son calme avait quelque chose d'irritant. Certes, par sa profession, il devait être habitué à dissimuler ses émotions ; tout de même, Mollie trouvait vexant qu'il ne parût pas souffrir du tout du choc, du trouble ou tout simplement de la gêne qu'elle-même éprouvait à se retrouver ainsi en sa présence.

— Qu'est-il arrivé à ta flûte ? demanda-t-il au bout de quelques secondes de silence.

Mollie se raidit encore.

— Rien du tout. Elle fonctionne toujours très bien.

— Alors, tu n'es pas entrée dans un orchestre, finalement ?

— Non.

— Pourquoi ?

— Parce que je me suis lancée dans la communication, répliqua Mollie d'un ton sec, avant de changer de sujet. Comment m'as-tu retrouvée ?

Comme il ne répondait pas tout de suite, Mollie eut le sentiment qu'il se demandait jusqu'à quel point il pouvait insister, avant qu'elle ne le jette dehors.

— Coïncidence, déclara-t-il finalement. Une collègue, au journal, a mentionné ton nom. Ne t'inquiète pas, poursuivit-il avec un léger sourire. Je n'ai rien dit au sujet de notre « passé ». Quoi qu'il en soit, elle a suggéré que je te confie mes histoires de communication.

Il marqua une pause, avant d'enchaîner, sans transition :

— Dire que pendant toutes ces années, je t'ai imaginée dans une salle de concert, vêtue d'une robe noire... Et je te retrouve publicitaire !

Il secoua la tête.

— Elle m'a prévenu que la liste de tes clients était un peu bizarre.

— Bizarre ?

— Elle a dit inhabituelle, pour être plus exact. Cela revient au même.

Mollie posa sa tasse dans l'évier et regarda fixement Jeremiah. Il mentait, elle était prête à en mettre sa main au feu. La question, maintenant, était de savoir pourquoi.

— Vraiment ? fit-elle d'un ton abrupt. Pour ma part, je suis en train de me demander quelle raison un journaliste investigateur comme toi aurait de vouloir se joindre à cette liste.

Jeremiah plissa les yeux une fraction de seconde, et son regard atteignit Mollie en plein cœur, lui rappelant de façon presque physique l'énergie et l'intensité de cet homme. Puis, il reprit son attitude décontractée et vaguement amusée.

— On dirait que tu doutes de ma sincérité, mademoiselle Mollie.

— Et tu expliques ça comment ?

— C'est simple : tu m'en veux encore pour ce qui s'est passé il y a dix ans.

— Pas du tout. Si je t'en veux, c'est parce que tu me prends pour une idiote. Car tu n'es pas venu ici pour m'engager. La vérité, c'est que tu n'as pas pu t'en empêcher. Tu m'as vue, hier soir, et tu n'as pas résisté au besoin de faire ta petite enquête à mon sujet. Tu as découvert où j'habitais, ce que je faisais, et il a fallu que tu viennes voir par toi-même.

Elle reprit son souffle, avant d'ajouter :

— Pour ton information, sache que je n'ai pas pensé à toi une seule fois depuis dix ans.

— Tu ne me crois pas quand je te dis qu'une collègue m'a parlé de toi ?

— Jeremiah, je veux être là le jour où tu voudras engager quelqu'un pour se charger de ta communication, et ensuite, celui où tu trouveras quelqu'un pour te prendre comme client.

L'air amusé, il sourit.

— Tu penses que tu me connais drôlement bien, n'est-ce pas ?

— Il y a des leçons que je n'oublie jamais.

Le téléphone sonna, et Mollie décrocha d'un geste brusque. C'était le magazine *Boca Raton*. Aussitôt, elle couvrit l'émetteur du combiné de sa main et s'adressa à Jeremiah :

— C'est quelqu'un que j'essaie de joindre depuis deux semaines. J'ai besoin de quelques minutes. Tu permets ?

— Bien sûr.

Il se leva aussitôt et se dirigea vers le petit salon, derrière la cuisine, tournant le dos au grand salon dans lequel Mollie avait installé son bureau.

— Je suis tellement contente que vous me rappeliez ! commença-t-elle. J'ai...

Elle s'interrompit, les yeux écarquillés d'horreur.

Le petit salon !

Mollie manqua s'étrangler et fit appel à tout son sang-froid pour parvenir à bredouiller :

— Je... je vous demande pardon, mais quelque

chose vient d'arriver. Je vous rappelle dans cinq minutes.

Elle raccrocha et se précipita dans la direction qu'avait prise Jeremiah.

Trop tard !

Alors qu'elle se figeait dans l'entrée, ce dernier se retourna et la regarda, les yeux pétillant d'humour, les lèvres retroussées en un drôle de rictus.

— Alors comme ça, tu n'as pas pensé à moi depuis dix ans ?

Mollie crispa les mâchoires.

Le petit salon était douillet, avec des meubles simples et confortables, ainsi qu'une note personnelle qu'avait apportée Mollie en incluant les quelques possessions qu'elle avait apportées de Boston : des livres, des photos encadrées de sa famille et de Leonardo, des cassettes vidéo, sa chaîne stéréo, sa collection de disques compacts.

Et la cible de son jeu de fléchettes. Elle l'avait fixée au mur, au-dessus d'un fauteuil en osier, dans un coin.

Elle avait pris l'habitude de jouer aux fléchettes peu de temps après ces fameuses vacances à Miami, dix ans plus tôt — après, surtout, sa liaison avec le seul beau ténébreux qu'elle ait jamais connu. Le jeu la détendait, l'aidait à voir un peu clair dans ses émotions.

Or, deux semaines plus tôt, elle avait eu l'étrange idée de découper un portrait de Jeremiah, dans un magazine qu'elle était en train de feuilleter, et sur un coup de tête, elle l'avait épinglé sur sa cible.

Mollie sentit son visage s'embraser, comme jamais.

— Je... c'était juste pour m'amuser, bredouilla-t-elle en essayant de son mieux de museler son embarras. Je m'ennuyais, un soir, et je suis tombée sur cette photo...

Inspirant profondément, elle se redressa et rassembla ce qui lui restait de dignité.

— Franchement, je ne nourris aucune animosité à ton égard.

— C'est pour ça que la plupart des fléchettes ont atterri entre mes yeux ?

Mollie s'obligea à sourire.

— Je vise bien.

Jeremiah, que tout cela paraissait amuser au plus haut point, hocha la tête.

— Je devrais peut-être m'estimer heureux que tu aies visé mon front, remarqua-t-il, un rien narquois.

— Ecoute, ne va surtout pas imaginer que parce que j'ai pris une photo de toi pour cible j'en pince toujours pour toi, ou que je préparais ma revanche, ou bien encore que j'ai passé les dix dernières années à penser à toi. Je t'assure que ce n'est pas le cas. Encore une fois, j'ai vu cette photo dans un magazine, ça m'a amusée et...

— Et tu l'as épinglée sur ta cible.

— Exactement. Tu n'as aucune raison de te sentir flatté ou insulté.

— Qu'est-ce qu'il y avait sur ta cible, avant ?

— Rien du tout. A part moi, personne ne vient ici. Autrement, je n'aurais jamais laissé ta photo sur le mur.

— Puisque je suis ton secret inavoué..., commenta Jeremiah en faisant un pas vers elle.

Mais Mollie ne lui donna pas le loisir d'approcher d'avantage. Elle pivota sur ses talons et retourna dans la cuisine. Pourquoi avait-elle accepté de le laisser entrer? Il n'avait jamais eu l'intention de l'engager, elle le savait très bien. Il avait fallu qu'il vienne constater ce qu'elle était devenue, depuis le jour où il lui avait froidement avoué s'être servi d'elle pour écrire son article. Cette petite visite n'était qu'un prétexte pour satisfaire sa vanité masculine. Rien de plus.

Comme il la rejoignait dans la cuisine, elle fit volte-face, prête à lui signifier sa façon de penser. Mais avant qu'elle ait eu le temps de prononcer un seul mot, il prit ses lunettes de soleil, qu'il avait laissées sur le comptoir, et la considéra d'un regard grave.

— Venir ici n'était pas une bonne idée, Mollie. Je suis désolé si je t'ai bouleversée.

La colère qu'elle éprouvait disparut sur-le-champ. Elle cligna des yeux et écarta une mèche de cheveux de son visage.

— Tu ne m'as pas bouleversée, affirma-t-elle. Et tu n'as jamais eu l'intention de m'engager non plus. Tu voulais juste voir ce que j'étais devenue.

— Je suis journaliste, remarqua-t-il en se dirigeant vers la porte. Ma curiosité est insatiable. Je suis content de t'avoir revue, Mollie.

— Moi aussi.

Il lui décocha un clin d'œil.

— On se croisera peut-être ici ou là, un de ces jours.

— Peut-être.

Il sortit et ferma la porte derrière lui.

Mollie exhala un long soupir, avant de se laisser choir sur un des tabourets. Et voilà ! Elle avait survécu. La rencontre qu'elle avait tant redoutée depuis qu'elle était venue s'installer en Floride, cette rencontre venait enfin de se produire. Et sa propre curiosité était satisfaite. Ainsi qu'elle l'avait imaginé, Jeremiah n'avait pas changé d'un iota. Mais surtout, il n'avait pas deviné l'impact que leur liaison avait eue sur sa vie. Il ignorait qu'en retournant à Boston, dix ans plus tôt, Mollie avait traversé une véritable crise existentielle, remettant tout en question : sa vie, son engagement dans la musique, etc. Elle avait compris qu'elle ne pouvait plus se laisser porter par le courant des autres, ainsi qu'elle l'avait fait jusqu'alors. C'était ainsi que, du jour au lendemain, elle avait quitté le conservatoire et abandonné son rêve de devenir une flûtiste internationale. Elle n'avait pas l'ambition, l'énergie, le talent ou même le désir nécessaires pour réussir. Pour traumatisante qu'elle ait été, sa semaine avec son ténébreux amant l'avait forcée à regarder au fond d'elle-même.

Au moins pour cette raison, elle ne pouvait pas détester Jeremiah complètement.

Elle ne lui pardonnait pas pour autant de s'être servi d'elle comme il l'avait fait. Car il l'avait draguée, séduite, il avait même couché avec elle, simplement parce qu'il la croyait mêlée aux agissements des revendeurs de drogues qui opéraient au nez et à la barbe de tout le monde, sur la plage où il l'avait abordée.

Etrangement, d'après ce qu'elle avait entendu et lu depuis son arrivée en Floride, une telle conduite ne paraissait pas — ou peut-être plus — faire partie de la manière d'agir habituelle du journaliste.

Mollie poussa un soupir et retourna dans la pièce voisine, où elle ôta la photo épinglée à la cible. Le papier avait été percé tant de fois par les fléchettes qu'elle éprouva quelque peine à le décoller. Elle en fit une boulette et retourna dans la cuisine, prête à la jeter dans la poubelle, mais au dernier moment, sans trop savoir pourquoi, elle hésita.

Marmonnant vaguement entre ses lèvres, elle déplia la photo, la lissa avec le plat de la main et finit par la glisser à l'intérieur de son annuaire des pages jaunes. Elle la brûlerait plus tard, quand elle ferait griller du poulet ou du poisson sur son balcon. Elle pourrait même en faire une cérémonie, une sorte de rituel purificateur au cours duquel elle se prouverait que Jeremiah Tabak était bel et bien sorti de sa vie.

Elle se revit à vingt ans, embarquant dans l'avion qui l'emmenait en Floride, pour ses vacances de Pâques. Et quelques jours plus tard, follement amoureuse, pour la première et la seule fois de sa vie.

Jusqu'alors, elle avait toujours passé ses vacances à Boston, jouant toute la journée de la flûte dans des studios de répétition sans fenêtre. Mais cette fois-là, elle s'était offert un vrai voyage au soleil, à la plage, et elle avait rencontré un jeune journaliste passionné et irrésistiblement sexy. Leur relation était improbable dès le départ ; un avenir commun inimaginable.

Il s'était servi d'elle pour faire progresser son enquête sur la drogue, ne s'avisant que trop tard qu'elle ne touchait même pas aux cigarettes ni à l'alcool. Sa vie, c'était la musique. Des heures et des heures d'exercices, de gammes et de répétitions, seule ou en orchestre. Des cours de solfège, de déchiffrage, de composition, d'histoire de la musique, tout cela en plus de son cursus scolaire.

Et bien sûr, elle avait sa famille. Ses parents étaient violonistes, sa sœur aînée violoncelliste, et son parrain un ténor célèbre dans le monde entier. Mollie se souvenait encore du long moment qu'elle avait passé à raconter la vie de la famille Lavender à Jeremiah, aux premières lueurs de l'aube, après qu'ils avaient fait l'amour. Les rivalités, les idées préconçues et les exigences des musiciens classiques, leur ambition... rien de tout cela n'avait paru avoir le moindre sens pour lui.

— Ta famille et tes amis me font l'effet d'une bande de farfelus, lui avait-il dit sans vouloir l'offenser.

Il n'avait pas tort. Ils étaient aimants, tolérants, dévoués à leur travail et à leurs proches, mais ils ne vivaient pas vraiment dans le monde réel.

Mollie sourit en pensant à eux.

Après Miami, après Jeremiah, elle s'était découverte incapable de continuer à prétendre qu'elle partageait leur passion inconditionnelle pour la musique. Elle aimait la flûte, elle aimait en jouer, mais ce n'était pas toute sa vie. Elle était différente. C'était à cette époque-là qu'elle s'était lancée dans des études de communication...

Revenant brusquement dans le présent, Mollie s'aperçut qu'elle tremblait. Nom d'un petit bonhomme ! Trente ans d'âge, et elle tremblait à cause d'un homme qu'elle avait côtoyé durant une semaine et n'avait pas revu depuis une décennie. Elle s'était convaincue que Palm Beach était bien loin de l'univers dans lequel Jeremiah évoluait ; elle était sûre qu'elle ne le rencontrerait jamais.

Mais alors, pourquoi leurs chemins s'étaient-ils croisés de nouveau ?

Pourquoi avait-il garé son pick-up à la sortie du Greenaway Club, la veille ?

Les sourcils froncés, elle s'efforça de pousser son raisonnement plus loin. Après tout, il devait avoir un bon nombre d'anciennes petites amies. Pourquoi tant de curiosité à son sujet ?

Mollie savait, pour en avoir fait l'expérience à ses dépens, que Jeremiah ne faisait jamais rien pour des raisons personnelles. Ni dix ans plus tôt ni maintenant.

Cela ne pouvait donc signifier qu'une seule chose, conclut-elle, l'estomac noué : Jeremiah Tabak était sur une enquête.

d'un homme qu'elle avait connu durant une semaine et n'avait pas revu depuis une décennie. Elle s'était convaincue que [illegible] était bien loin de l'univers dans lequel [illegible] évoluait, et elle était sûre qu'elle ne le rencontrerait jamais.

Mais alors, pourquoi leurs chemins s'étaient-ils croisés de nouveau ?

Pourquoi avaient-ils [illegible] à la sortie du [illegible] ?

Les [illegible] trouvés, elle s'efforça de pousser son raisonnement plus loin. Après tout, il devait avoir eu bon nombre d'anciennes petites amies. Pourquoi tant de curiosité à son sujet ?

Mollie savait, pour en avoir fait l'expérience à ses dépens, que [illegible] ne faisait jamais rien pour des raisons [illegible] plus [illegible].

Cela ne pouvait donc signifier qu'une seule chose, conclut-elle. [illegible] était [illegible].

3.

Jeremiah arriva à son bureau du *Miami Tribune* en se demandant combien de femmes avaient épinglé sa photo sur la cible de leur jeu de fléchettes. C'était probablement sa punition pour ne pas avoir été plus honnête avec Mollie, dix ans plus tôt. Tout de même, celle-ci avait l'air de prendre un certain plaisir à le considérer comme une ordure.

La voix de son père résonna dans l'esprit de Jeremiah, douce et pleine de sagesse :

— Mon fils, n'oublie jamais que par-dessus tout, une femme attend d'un homme qu'il lui dise la vérité.

Jeremiah ne put réprimer une grimace. Dans sa logique un peu tordue, il avait pensé qu'en présentant à Mollie une explication qui le faisait paraître comme un abominable individu, il se trouvait, du même coup, exempté de dire la vérité. Dans son esprit, il avait agi honorablement, s'efforçant d'adoucir le choc de la rupture en racontant à la jeune fille qu'il s'était servi d'elle pour obtenir des renseignements utiles à son enquête, alors qu'en réalité il était tombé amoureux d'elle aussi follement et aussi passionnément qu'elle de lui. La seule différence entre eux, à l'époque, était qu'il avait très vite compris le caractère impossible de leur liaison.

Alors, il avait menti, comme il avait encore menti deux heures plus tôt — par opportunisme. La première fois, il avait jugé préférable de se faire haïr, plutôt que de devoir expliquer les raisons si complexes pour lesquelles lui et Mollie ne pouvaient envisager un avenir commun ; et aujourd'hui, il lui avait semblé plus sage de justifier sa visite par une sorte de curiosité naturelle, plutôt que de parler de cette histoire de voleur de bijoux et prendre ainsi le risque de se retrouver bardé de fléchettes.

— Quel merdier ! marmonna-t-il en tapant sur une des touches du clavier de son ordinateur.

Chassant tant bien que mal de son esprit la vision des jambes de la jeune femme, de ses cheveux pâles et de son élégance naturelle, même dans des vêtements de jogging collés par la sueur, il se concentra sur la question qui l'occupait en ce moment : par où commencer pour trouver des informations concernant le voleur de bijoux de Croc.

Ainsi que son jeune ami l'avait remarqué lorsqu'ils avaient déjeuné ensemble, la veille, Jeremiah venait de boucler une enquête et il n'avait rien de particulier sur le feu. En fait, son rédacteur en chef lui avait même conseillé d'en profiter pour prendre des vacances bien méritées — les premières en deux ans. Jeremiah avait caressé cette éventualité, mais l'idée de quitter la Floride en plein hiver lui paraissait absurde. Et puis, Croc était venu lui raconter cette histoire d'une Mollie Lavender voleuse de bijoux...

Dix ans plus tôt, les revendeurs de drogues s'étaient livrés à leur petit trafic sous son nez, sans jamais l'inquiéter ni la troubler. Pourtant, même si elle était simplement en vacances et paraissait aussi dévouée à la musique que Jeremiah l'était à sa carrière de journaliste, Jeremiah avait senti en elle comme une agitation intérieure, une sorte d'insatisfaction profonde et latente. Il y avait en elle plus d'incertitude et d'innocence que bien des jeunes filles de son âge, et Jeremiah avait été attiré par ces zones d'ombre encore inexplorées. Même si au bout du compte, il l'avait laissée les découvrir seule, sans lui.

Se pouvait-elle qu'entre-temps elle se fût transformée en une voleuse de bijoux ?

Pourquoi pas ?

Mais de la même façon, il n'avait aucune peine à l'imaginer plongée au cœur des événements, et ne remarquant absolument rien.

Jeremiah secoua la tête et se demanda par quel hasard étrange Croc en était venu à considérer Mollie comme sa prime suspecte. Il devait y avoir davantage que cette théorie de dénominateur commun. Croc, qui aimait bien faire des mystères et donner l'impression qu'il en savait plus que tous les autres, n'éprouverait aucun scrupule à taire certaines informations vitales.

Une idée en tête, Jeremiah se leva soudain et quitta la salle de rédaction pour se rendre à l'étage réservé aux pages spectacles et loisirs. Helen Samuel y avait son propre bureau, d'abord parce que nul ne pouvait supporter la fumée des cigarettes qu'elle fumait à la chaîne ; et ensuite parce que personne ne pouvait la supporter, elle.

— Je rêve ! lança-t-elle lorsque Jeremiah parut dans l'encadrement de sa porte. Tabak !

Elle écrasa une cigarette dans un cendrier débordant de mégots.

— Cela fait deux jours de suite que vous venez me pomper des informations, et si vous n'étiez pas aussi ennuyeux, je me donnerais la peine de pondre un entrefilet pour ma colonne... Bon, fermez la porte et asseyez-vous. Je suppose que vous ne tenez pas à ce qu'on entende notre conversation ?

— Je ne cache pas mon intérêt pour...

— Bien sûr que si, vous le cachez ! coupa Helen avec un geste de la main. Alors, fermez-moi cette porte et prenez une chaise.

Helen mentait effrontément à propos de son âge — entre autres informations personnelles —, mais elle devait avoir au moins soixante-dix ans. Elle mesurait un petit mètre cinquante, pesait tout au plus quarante-cinq kilos, et se vantait de n'avoir jamais eu recours à la chirurgie esthétique. Jeremiah était incapable d'imaginer les effets d'un lifting, sur son visage. La rumeur prétendait qu'elle avait ressemblé à Loretta Young, dans sa jeunesse, mais ça aussi, il avait beaucoup de mal à l'imaginer.

Il lui obéit et l'observa tandis qu'elle tirait une autre cigarette d'un étui cousu de paillettes. Quand on agitait le spectre du cancer du poumon devant elle, Helen rétorquait immanquablement que cela lui éviterait les affres d'une longue retraite solitaire. Elle avait commencé à annoncer qu'elle quitterait le bureau sur une civière bien longtemps avant que Jeremiah ne fasse son premier stage au *Miami Tribune*, dix-huit ans plus tôt, alors qu'il était encore étudiant. La plupart de ses confrères et consœurs pensaient que Helen Samuel commencerait d'abord par s'ossifier. Un des concierges du bâtiment affirmait même qu'elle ne rentrait pas chez elle, le soir. Il était persuadé d'avoir affaire à une momie.

— Alors, comme ça, déclara-t-elle avec une note de triomphe dans sa voix rocailleuse, vous êtes sur cette histoire de vols de bijoux.

Jeremiah ne put retenir une grimace.

— Je furète un peu, voilà tout. Je suis censé être en vacances.

— Pft ! Je n'ai pas pris de vacances depuis dix ans. Je n'y crois pas. Evidemment, je peux poser mon derrière sur un bateau de croisière et appeler ça du travail. Vous et moi, Tabak, nous ne sommes pas si différents l'un de l'autre.

Elle sourit devant l'air désemparé de Jeremiah.

— Ça vous colle la frousse, hein ? Et pourtant ! Ce boulot, on l'a dans le sang ou on ne l'a pas. Et vous, vous l'avez, mon petit.

— J'ai une vie, Helen.

— Ouais, bien sûr. Votre vie, c'est votre boulot. Autant l'admettre dès maintenant. Cela vous évitera bien des chagrins par la suite. Mais ne vous inquiétez pas, vous ne finirez pas comme moi.

Elle sourit, avant d'ajouter :

— Vous ne fumez pas.

Jeremiah se retint de discuter avec elle. Il n'était pas comme Helen Samuel ; il ne le serait jamais. Dans trente ans, il ne serait pas assis dans un bureau exigu, en train d'évoquer avec un jeune journaliste des histoires de vols de bijoux chez les riches de la Gold Coast. Il serait... mais que serait-il donc, au juste ? se demanda-t-il avec une pointe d'angoisse. Il réprima un haussement d'épaules : qu'avait-il besoin de le savoir ? Il ne serait jamais comme Helen Samuel, voilà tout.

— Si vous n'y voyez pas d'inconvénient, reprit-il, j'aimerais que vous me communiquiez ce que vous savez au sujet de ces vols de bijoux.

— Ce que je sais ? Rien de rien ! Mais j'ai entendu dire des choses.

Helen glissa sa cigarette entre ses lèvres et fourragea dans les papiers éparpillés sur son bureau, à la recherche d'un briquet presque aussi âgé qu'elle. Jemeriah attendit en rongeant son frein. Lorsqu'elle eut tiré une profonde bouffée et soufflé la fumée vers lui, toujours sans rien dire, il poussa un soupir d'impatience.

— Helen, si vous attendez que je me mette à genoux pour vous soutirer le moindre mot...

— Vous mettre à genoux ? Attendez que j'aille chercher un photographe. On fera paraître ça en première page.

Jeremiah la fusilla du regard, mais elle ne se laissa pas intimider.

— Vous aimez jouer les durs, Tabak, pas vrai ? Tout le monde a peur de vous, au journal. A part moi, il va sans dire... Enfin, pour ce qui concerne notre voleur, il a frappé huit ou dix fois, au cours des deux dernières semaines.

— Sept fois en quatorze jours, y compris hier soir, au Greenaway.

— L'exactitude des faits, c'est votre truc, n'est-ce pas ? commenta la journaliste avec un sourire moqueur, avant d'enchaîner : Au début, personne ne se pose trop de questions. Il peut s'agir de vols, mais il est aussi possible qu'une de ces rombières ait oublié de mettre ses bijoux et préfère crier au voleur plutôt que de l'admettre. Ou bien on peut avoir affaire à une escroquerie aux assurances. Vous savez que ces babioles sont assurées. On peut trouver pratique, sinon suspect, qu'aucune des victimes n'ait été blessée. Et bien sûr, aucune d'elles n'a rien vu non plus.

— Pas de témoin ?

— Aucun. Aucun qui parle, en tout cas. Ce n'est qu'au cinquième ou sixième vol que les gens ont commencé à se dire qu'ils avaient un problème.

— Que fait la police ?

— Ce qu'elle fait d'habitude. Elle enquête. Les différents département concernés sont en train d'échanger leurs informations. Du moins, c'est ce que j'ai entendu dire. J'ai pour principe de ne pas parler avec la police, quand je peux l'éviter. En tout cas, la manière d'opérer est toujours la même — notre voleur frappe au cours de réceptions, et non pas en se glissant dans des maisons ou des chambres d'hôtel vides, comme les cambrioleurs habituels. Surtout, il tire profit de la moindre petite erreur. Notre ami ne dévalise pas les gens en les menaçant avec une arme à feu ; il se contente de glisser la main dans leurs poches et leurs sacs à main, sans se faire remarquer.

— Il a du culot, remarqua Jeremiah.

— Et un sacré sens de l'observation.

— Autrement dit, il est à même de regarder les invités sans attirer l'attention.

— Il ou elle, souligna Helen.

— Vous croyez qu'il s'agit d'une femme ?

La journaliste haussa les épaules et tira une nouvelle bouffée de sa cigarette.

— Ce voleur n'est pas comme les autres. Vous étiez au Greenaway, hier soir ?

Jeremiah hocha la tête, et Helen se renversa dans son fauteuil, l'air pensif.

— Revoyons un peu ce qui s'est passé, dit-elle. Nous avons une invitée qui porte une broche en forme de salamandre incrustée de diamants. Elle remarque que le fermoir est desserré et glisse le bijou dans la poche de sa veste Armani, avant de l'oublier. Comme il fait un peu chaud, elle ôte sa veste et l'accroche au dossier de sa chaise. Plus tard dans la soirée, elle l'enfile de nouveau, se rappelle la broche, fourre la main dans sa poche... et ô catastrophe ! la salamandre a disparu. Elle alerte les services de sécurité, ils cherchent partout, mais on ne retrouve pas la trace d'une broche en diamants.

— Cela ne signifie pas qu'elle a été volée.

— On aurait pu penser cela il y a deux semaines. Maintenant...

— Quelle est la valeur de la broche ?

— Trente mille dollars. Elle est assurée.

— Personne n'est venu déclarer une perte de bijoux qui serait survenue il y a plus de deux semaines ?

Quelqu'un qui, après coup, penserait avoir été victime de notre voleur ?

Helen secoua la tête, et de petites mèches de cheveux gris s'échappèrent de la masse de pinces qu'elle utilisait pour retenir son chignon.

— Les gens ont-ils peur ? demanda encore Jeremiah.

— Pas encore assez pour laisser leurs bijoux de valeur dans le coffre-fort.

— La police a-t-elle trouvé un dénominateur commun à tous les vols ?

— Si c'est le cas, ils n'ont pas partagé leur trouvaille avec moi, répondit Helen, avant de plisser soudain les yeux. Pourquoi ? Vous en avez un, vous ?

Mais Jeremiah s'était déjà levé. S'il mentionnait le nom de Mollie Lavender, Helen Samuel le dévorerait tout cru, avant d'aller s'attaquer à Mollie. Helen n'était pas spécialisée dans les faits divers, mais elle n'en était pas moins une sacrée journaliste.

— Merci, Helen, dit-il simplement. Je suis votre débiteur.

Elle eut une exclamation dédaigneuse.

— Ouais, c'est ça. Mettez-moi sur votre testament.

Après le départ de Jeremiah, Mollie se plongea dans son travail et passa la plus grande partie de la journée au téléphone. Au milieu de l'après-midi, elle décida de s'octroyer une longue pause au bord de la piscine de Leonardo.

Son entrevue avec Jeremiah lui avait fait du bien.

L'homme ne lui apparaissait plus comme une sorte de fantôme du passé, mais bien comme un être réel. Pas de quoi faire des cauchemars.

Une question, toutefois, la taraudait. Pourquoi s'intéressait-il à elle ? Sur quel genre d'article travaillait-il cette fois, qui pût la concerner, même de très loin ? Après tout, elle ne connaissait pas grand monde, à Palm Beach.

Elle venait de s'installer dans une chaise longue, à l'ombre, lorsque la sonnerie de son téléphone cellulaire retentit. Elle répondit et reconnut aussitôt la voix de Griffen Welles.

— Je rêve, s'exclama celle-ci, où c'est toi que j'aperçois au bord de la piscine, en plein après-midi, en train de bayer aux corneilles ?

Mollie sourit. Elle avait fait la connaissance de Griffen par l'intermédiaire de Leonardo, deux ans plus tôt, alors qu'elle était venue passer un long week-end chez son oncle. Griffen était traiteur pour la haute société de la région ; elle était aussi la première véritable amie de Mollie à Palm Beach.

— Tu ne rêves pas, répondit-elle.

— Il y a donc de l'espoir. Tu ne culpabilises pas devant tant de décadence ?

— Si. Mais j'essaye de faire avec.

— Tu nous laisses entrer ? enchaîna Griffen. Je suis avec Deegan. On passait dans le coin et on a décidé de s'arrêter pour te dire un petit bonjour.

— C'est gentil, dit Mollie. Je vous ouvre.

Elle composa aussitôt le code, sur le clavier de son téléphone, afin de débloquer le mécanisme de fermeture du portail, et elle s'allongea de nouveau dans sa chaise longue.

Deegan Tiernay était l'amant de Griffen et son cadet de onze ans. Etudiant en licence, il était le fils de Michael Tiernay, de la grande agence Tiernay & Jones Communications, à Miami ; au lieu d'effectuer son stage de fin d'études au sein de la puissante et prestigieuse entreprise de son père, il avait préféré demander à Mollie, que Griffen lui avait présentée, si elle ne voulait pas le prendre en stage. Celle-ci se félicitait chaque jour de cette aubaine : sans les vingt heures hebdomadaires que Deegan faisait pour elle, jamais elle n'aurait pu accomplir tout ce qu'elle avait fait.

Alors que le couple rejoignait Mollie près de la piscine, Griffen laissa échapper un petit sifflement, moqueur et affectueux à la fois.

— Tu as même ôté tes chaussures ! remarqua-t-elle en souriant. Alors là, je suis impressionnée.

— J'ai l'intention de travailler ce soir, répondit Mollie.

— Le contraire m'aurait étonné, mademoiselle Bourreau-de-travail. Je sais, je sais, ajouta Griffen avec un geste de la main. Tu ne disposes que d'un an avant de te transformer de nouveau en citrouille.

Mollie ne put s'empêcher de rire, comme toujours dès qu'elle se trouvait en compagnie de son amie. Griffen avait le don de propager la bonne humeur autour d'elle. Agée de trente-deux ans, elle était grande, avec un corps mince et musclé, mis en valeur par une longue robe d'été rouge sombre. Son visage encadré par une masse de boucles brunes frappait plus par son caractère que par sa beauté.

Deegan, en short et en polo, avait l'air d'un jeune homme de son âge, et parfaitement dans son élément. Il était blond, sportif, bon chic bon genre, et il ne tarderait pas à entrer en possession d'un important fonds en fidéicommis. Sa grand-mère maternelle, Diantha Atwood, était une femme exceptionnellement puissante au sein de la société de Palm Beach. Si elle n'approuvait pas le choix de son petit-fils d'effectuer son stage de fins d'études chez Mollie, elle n'en avait rien laissé paraître les rares fois où celle-ci l'avait rencontrée — tout comme les parents de Deegan, Diantha Atwood avait fait preuve de la plus parfaite courtoisie à son égard. Quant à Deegan, il affirmait volontiers avoir plus appris en travaillant avec une jeune femme qui se lançait dans le métier et devait tout faire elle-même, qu'en entrant dans l'agence de son père, où il n'aurait jamais pu acquérir une expérience riche et diversifiée. Evidemment, en prenant cette décision, il avait aussi affirmé son indépendance, ce qui n'avait pu manquer de provoquer quelques froncements de sourcils dans sa famille.

Mollie regarda Griffen, qui avait déjà ôté ses sandales, et lui demanda en souriant :

— Et toi, que fais-tu ce soir ?

— J'ai un petit cocktail, à Boca Raton. Tu veux connaître les exigences de la maîtresse de maison ? Tout doit être « maigre, faible en calories, et ultra-frais » ! Comme si j'avais l'habitude de servir des produits pas frais !

Elle haussa les épaules, avant d'ajouter :

— Enfin ! Notre voleur de bijoux viendra peut-être mettre un peu d'animation.

Mollie écarquilla les yeux.

— Voleur de bijoux ? Quel voleur de bijoux ?

Deegan s'accroupit près de la piscine et attrapa quelques impatientes qui flottaient à la surface de l'eau.

— Allons, Mollie ! lança-t-il en souriant. Si tu vis à Palm Beach, il faut te tenir au courant des potins de notre petite société. Tu étais pourtant au Greenaway Club, hier soir. Tu ne sais pas qu'il y a eu un vol de bijoux ?

Aussitôt, Mollie pensa à Jeremiah.

— Non, répondit-elle d'une voix blanche. Je... je suis partie tôt.

— C'était dans les journaux du matin, enchaîna Griffen. Enfin, il y avait juste un entrefilet. Pour l'instant, tout le monde adopte un profil bas. Mais il y a une rumeur persistante selon laquelle un voleur de bijoux rôderait.

— Hier soir, précisa Deegan, il a subtilisé une broche incrustée de diamants en forme de salamandre dans la poche de la veste Armani de Marcie Amerson. Il paraît que sa compagnie d'assurances a lancé une enquête.

C'était donc ça ! songea Mollie en essayant de garder son sang-froid. Jeremiah était sur cette affaire de vol de bijoux. Cela expliquait sa présence devant le Greenaway Club, la veille. Et s'il avait suivi sa trace jusqu'ici, ce matin, c'était pour les mêmes raisons qui l'avaient poussé à poser sa serviette de plage à côté de la sienne, dix ans plus tôt : il avait besoin d'elle pour accéder à des informations, pour pénétrer un univers qui n'était pas le sien. A l'époque, c'était celui des étudiants en vacances ; aujourd'hui, la haute société de Palm Beach. Dans les deux cas, Mollie représentait un outsider jouissant d'une position privilégiée, et totalement inconsciente de ce qui se déroulait sous ses yeux.

— Il n'y a aucune piste ? demanda-t-elle.

— Aucune qui n'ait été rendue publique, répondit Deegan en se redressant. Tu permets que je monte au bureau, un moment ? enchaîna-t-il sans transition. J'ai laissé une ou deux choses en suspens, et si je m'en occupe tout de suite, cela facilitera mon travail, demain. La porte est ouverte ?

Griffen fronça les sourcils.

— Je ne peux pas rester plus de dix minutes, dit-elle.

— Pas de problème. Je n'ai pas besoin de davantage. Mollie ?

— La porte est ouverte, dit celle-ci.

Puis, elle regarda Deegan s'éloigner, le cœur serré. Qu'allait-elle faire au sujet de Jeremiah ?

La voix de Griffen la ramena dans le présent :

— Tu as l'air préoccupé, murmura son amie, qui était allée tremper ses orteils dans l'eau tiède de la piscine. Quelque chose ne va pas ?

— Non, non. Juste une mauvaise journée.

Mollie aurait aimé se confier à Griffen, mais il y avait trop longtemps qu'elle gardait sa liaison avec Jeremiah secrète ; elle se sentait incapable de briser ce long silence. Même Leonardo, qui mieux que quiconque comprendrait qu'on puisse se jeter aussi follement dans une histoire d'amour vouée à l'échec, ne savait rien.

— Tu crois vraiment qu'un voleur de bijoux a décidé d'exercer ses talents dans la nature ? reprit-elle.

Griffen haussa les épaules.

— C'est possible. Pour être honnête, ça ne m'inquiète pas énormément. Je ne possède que des bijoux de pacotille, et encore, pas beaucoup. J'ai horreur d'avoir des trucs qui pendent à mon cou ou à mes oreilles, surtout si c'est lourd.

— Dans ce cas, aucune chance que tu sois la prochaine cible de ce voleur, remarqua Mollie en souriant.

— En effet !

Griffen était maintenant debout sur la première marche de la piscine, les deux pieds dans l'eau, sa robe remontée jusqu'aux genoux. Si elle était native de la Floride, qu'elle n'avait jamais quittée, elle n'était pas née pour autant avec une cuillère d'argent dans la bouche. Son ascension à la place enviée de meilleur traiteur de Palm Beach, elle ne la devait qu'à elle-même, à son travail, son sérieux et à sa personnalité enjouée. Mollie se disait souvent qu'elles étaient amies autant à cause de leurs différences que de leurs ressemblances. En tout cas, elles avaient le même esprit d'entreprise et, travaillant toutes deux à leur compte, elles pouvaient partager leur expérience. Simplement, celle de Griffen était plus étendue que celle de Mollie.

Elles bavardèrent encore un moment, puis Deegan redescendit, et le couple prit congé.

Après leur départ, Mollie plongea dans la piscine. L'eau, à température idéale, l'enveloppa délicieusement tandis qu'elle essayait de mettre un frein au malaise qui la tourmentait depuis la veille, et plus encore depuis son entrevue avec Jeremiah, ce matin. Elle ne pouvait nier le choc qu'elle avait ressenti en le revoyant. Leur liaison, dix ans plus tôt, et la manière brutale et douloureuse dont elle s'était terminée, lui avait laissé des cicatrices indélébiles. Jamais elle ne se serait crue capable de tomber ainsi amoureuse, pratiquement au premier regard, et de jeter comme elle l'avait fait son bonnet — et toute raison — par-dessus les moulins.

Bien sûr, avec le recul, elle était capable de juger qu'il ne s'agissait par véritablement d'amour. C'était une sorte de béguin de jeunesse, un plongeon dans un univers aux antipodes de celui dans lequel elle avait l'habitude d'évoluer. Les liaisons torrides n'étaient pas sa tasse de thé. La vie nocturne, avec ses sorties et ses excès, ne l'intéressaient pas davantage, ni à vingt ans ni aujourd'hui. Si elle s'était rendue au Greenaway Club, la veille, c'était pour son travail, afin d'établir sa réputation dans la région.

Jeremiah aussi était venu au Greenaway pour son travail. Il espérait sans doute que le voleur de bijoux allait se manifester. Et c'était ce qui était arrivé.

Oubliant qu'elle nageait sous l'eau, Mollie poussa une exclamation. Elle but la tasse et battit furieusement des jambes pour remonter à la surface, toussant et crachant.

Evidemment !

Elle sortit de la piscine, enroula sa serviette autour de son corps, glissa les pieds dans ses sandales et gravit deux à deux les marches menant à son appartement, au-dessus du garage. Sans se laisser le temps de réfléchir, d'analyser la situation, ou de se calmer, elle prit l'annuaire, chercha le numéro du *Miami Tribune* et composa le numéro. Une standardiste lui répondit, et elle demanda à parler à Jeremiah Tabak. Un instant plus tard, la voix de ce dernier se fit entendre à l'autre bout de la ligne.

— Tabak, à l'appareil.

— Je ne sais rien au sujet de ton voleur de bijoux ! lança Mollie, le souffle court. Je n'ai rien vu, hier soir. Je n'ai rien fait non plus, et je ne sais strictement rien. Je n'ai aucun moyen de contacter ce type, et je n'ai aucune information sur lui. Il y a encore un quart d'heure, je ne savais même pas qu'il y avait un voleur de bijoux en train d'opérer dans la région.

— Tu es libre, pour le dîner ?

— Quoi ?

— Je suis à Palm Beach. L'appel a été transféré sur mon portable. Les miracles de la technologie moderne... Je serai chez toi dans deux minutes.

Et il raccrocha.

Mollie regarda fixement le téléphone. Que diable venait-il de se passer ? Evidemment, elle était bien à l'abri derrière les grilles de la propriété de Leonardo, protégée par un système de sécurité ultramoderne. Mais elle ne se voyait pas expliquer aux voisins pourquoi et comment elle avait eu deux altercations avec un homme au volant d'un pick-up délabré, dans la même journée. Autrement dit, il lui restait moins de deux minutes pour enfiler des vêtements secs et courir jusqu'au portail de l'entrée.

Elle suivit le couloir menant à sa chambre en courant, repoussant de son esprit des images qui s'imposaient à elle. Jeremiah, qui lui ôtait son maillot de bain et lui faisait l'amour...

— Ça ne va pas du tout ! marmonna-t-elle. Mais pas du tout du tout !

Pourtant, comme dix ans auparavant, elle semblait incapable de se contrôler.

4.

Mollie arriva devant le portail au moment où Jeremiah arrêtait son pick-up devant l'entrée.

— Monte ! lui lança-t-il en se penchant à la portière. Nous allons marcher sur la plage et parler.

— Tu veux dire que tu vas parler. Je n'ai rien à dire, moi.

Il hocha la tête.

— D'accord.

Mollie le considéra d'un regard soupçonneux. Quelque chose avait changé. Sa suffisance et cette impression qu'il donnait de se moquer du monde en permanence avaient disparu ; et s'il n'avait pas l'air coupable à proprement parler, son attitude et l'expression de son visage étaient en tout cas totalement différentes.

— Monte ! insista-t-il. J'aimerais te parler sur un terrain neutre.

— Tu veux des témoins ?

Ses yeux, qui n'étaient pas cachés derrière des lunettes de soleil, brillèrent, et Mollie sentit un frisson lui courir le long du dos.

— Des témoins, ce ne serait pas mal, murmura-t-il.

Mollie décida que l'idée du terrain neutre lui convenait aussi. Sans un mot, elle fit le tour du véhicule et se hissa dans le siège, côté passager. Il y avait là un téléphone cellulaire, des blocs-notes, des cartes routières, des annuaires téléphoniques, des crayons, des stylos et toutes sortes de magazines et de journaux éparpillés. Un Post-it était collé sur la boîte à gants, avec dessus, griffonné à la hâte : « Nourriture pour lézards. »

Jeremiah remarqua qu'elle lisait et relisait ces quelques mots.

— C'est pour me rappeler. Je te rassure : il n'y a pas de nourriture pour lézards à l'intérieur de la boîte à gants.

— Je vois.

— La Jaguar de Pascarelli t'aurait-elle rendue difficile ?

Mollie s'efforça de sourire.

— Pas encore. Même si je dois avouer que c'est un vrai plaisir de la conduire.

— Oui, sans doute. Moi, cette vieille guimbarde me convient parfaitement. Personne ne la remarque, dans les quartiers où je traîne habituellement, et si jamais on me la vole, je n'en perdrai pas le sommeil.

Il fit demi-tour, dans la rue, et prit la direction de la plage. Mollie attacha sa ceinture de sécurité, essayant d'ignorer le trouble qu'elle éprouvait à se trouver ainsi assise à côté de Jeremiah.

Si seulement il était devenu gros et chauve, ce ne serait pas aussi difficile. Il n'était pas beau dans le sens classique du terme, et il paraissait même plus cynique, plus dur que lorsqu'elle l'avait rencontré, toutes ces années auparavant. Mais il était toujours aussi attirant et sexy ; et le temps, loin d'émousser l'effet qu'il avait sur elle, semblait au contraire l'avoir exacerbé.

— Je vais être obligée de remettre ta photo sur ma cible de fléchettes, s'entendit-elle marmonner entre ses dents.

Il tourna la tête et lui décocha un sourire narquois.

— Et mieux viser ?

Sans répondre, elle se tassa dans son siège.

Jeremiah franchit rapidement la courte distance les séparant de la plage pour se garer sur un parking étroit. Il sortit sans rien dire, et alors que Mollie se débattait encore avec la poignée de la portière, il vint lui ouvrir.

— Attention à la marche, la prévint-il, alors qu'elle descendait du pick-up.

Un vent assez fort soufflait depuis la mer, qui déployait son immensité à une cinquantaine de mètres, au-delà d'une rangée de chaises de bois posées sur une bande de sable blanc.

Le parking était presque plein, mais il n'y avait personne autour d'eux. Mollie inspira profondément, luttant contre sa tension et sa frustration.

— On peut parler ici, déclara-t-elle.

Jeremiah tourna la tête vers la plage, où l'on ne voyait que quelques parasols, quelques baigneurs et des enfants courant au bord de l'eau avec des seaux en plastique.

— Je ne viens pas si souvent par ici, répondit-il. Approchons-nous de l'eau.

— Jeremiah...

— J'ai quelque chose à te dire, Mollie, et je n'ai pas envie de le faire sur un parking.

— Si c'est au sujet de ce voleur de bijoux, je peux aussi bien t'écouter ici qu'au bord de l'eau.

— Ça n'a rien à voir.

Et il s'éloigna vers la passerelle de bois qui descendait vers la plage, ne donnant à Mollie d'autre choix que de le suivre.

— En fait..., commença-t-il, lorsqu'elle le rejoignit.

Il marchait d'un pas régulier, avec une détermination frappante.

— ... je t'ai menti, il y a dix ans.

— Oui, je sais, je suis au courant, répliqua Mollie, avec une pointe de lassitude et d'agacement. On a déjà fait le tour de la question. Tu voulais ton article et tu t'es servi de moi. Mais c'est arrivé il y a longtemps, et je t'ai pardonné.

Elle eut un léger sourire, avant d'ajouter :

— En quelque sorte.

Jeremiah ne répondit pas à son sourire. Il avait l'air grave, et Mollie remarqua des rides, au coin de ses yeux, qu'elle n'avait pas notées dans la matinée.

— Je voulais mon article, en effet. Mais je ne t'ai pas menti à cause de ça. Pas plus que je ne me suis servi de toi pour obtenir ce que je voulais.

— Où veux-tu en venir ? demanda Mollie en se forçant à continuer de marcher.

— Au fait que j'ai pensé que tout serait plus facile si tu me détestais. Alors j'ai inventé cette histoire selon laquelle je me servais de toi.

Cette fois, Mollie s'arrêta.

— Je ne comprends pas. Tu veux dire que tu ne t'es pas servi de moi pour ton enquête ?

— Exactement.

— Et tu as pensé que la pilule serait plus facile à avaler si tu te présentais comme un journaliste corrompu, sans morale, qui avait séduit une gamine de vingt ans dans l'espoir d'obtenir des informations susceptibles de lui faire décrocher la une de son journal ?

Jeremiah hocha la tête. L'expression sur son visage était impénétrable.

— Mais qu'est-ce qui aurait pu être pire que ça ? insista Mollie, abasourdie.

— La vérité.

— La vérité ? Mais quelle vérité ?

— J'étais tombé amoureux de toi, cette semaine-là, Mollie. Mais je savais aussi que cela ne pouvait pas marcher entre nous, alors j'ai essayé de t'épargner — ou plutôt de m'épargner moi-même — en faisant tout pour m'assurer, et d'une, que tu rentrais bien à Boston, et de deux, que tu n'essaierais plus jamais de me contacter. C'est qui est arrivé, conclut Jeremiah avec un sourire contrit.

Il marqua une pause, avant de reprendre :

— Tu te souviens de quoi tu m'as traité, ce jour-là ?

— De salopard, sans doute.

— Non, de dangereux beau ténébreux.

Mollie fronça les sourcils.

— J'étais jeune.

— En effet.

— Et toi, tu étais bête comme tes pieds. Non mais

franchement, à quoi pensais-tu ? Tu es coincé dans une relation sans avenir avec une joueuse de flûte de Boston, tu veux rompre le plus gentiment possible, et pour ça, tu t'assures qu'elle va te détester jusqu'à la fin de tes jours. C'est d'une logique !

— J'ai voulu faire les choses de façon honorable.

— La vérité, Tabak, voilà ce qui est honorable ! Un mensonge n'est jamais qu'un mensonge.

— Que veux-tu, j'avais vingt-six ans. J'avais à cœur de bien me comporter. Et voilà.

— Est-ce que tu as continué de penser à moi, à l'époque ?

— Pendant des semaines, admit Jeremiah.

— Tant mieux. Est-ce que tu m'aurais menti, aussi, si je n'avais pas été vierge ?

— Mollie, tu n'étais plus vierge quand j'ai pris la décision de te mentir !

— C'était à la fin de la semaine. Au début, j'étais vierge. Est-ce que cela a compté ?

— Evidemment, mais pas dans ma décision.

— Oui, bon, je sais que vous autres, les hommes, vous devenez chevaleresques et protecteurs, et que vous vous comportez comme de vrais crétins, dès que vous vous apercevez que vous êtes le premier amant d'une femme.

Jeremiah s'arrêta soudain de marcher et regarda Mollie droit dans les yeux.

— Nous autres, les hommes, comme tu dis, n'avons pas couché avec toi. C'était moi seul.

— Admettons..., marmonna Mollie, avant de changer brusquement de sujet.

Elle ne voulait pas s'aventurer plus loin sur ce terrain dangereux.

— Maintenant, j'aimerais bien comprendre le rapport avec ta visite, ce matin. Tu es bien sur cette histoire de vols de bijoux, n'est-ce pas ?

— Officieusement. Maintenant que tu y es mêlée, je ne peux plus écrire sur cette histoire.

— Comment ça, j'y suis mêlée ? s'exclama-t-elle.

— J'ai remarqué que tu avais assisté à toutes les réceptions durant lesquelles le voleur s'est manifesté.

— Et c'est sans doute le cas de beaucoup d'autres personnes, à Palm Beach.

— Je ne crois pas, non. Tu es le seul dénominateur commun que nous avons, pour le moment.

— Nous ?

Jeremiah haussa les épaules. Maintenant qu'il s'était débarrassé du fardeau de son mensonge passé, il semblait avoir recouvré un peu de sa suffisance naturelle.

— Mettons que ce « nous » concerne la rédaction. Quoi qu'il en soit, quand j'ai entendu ton nom, découvert que tu étais à Palm Beach et que tu y travaillais, j'avoue que cela a excité ma curiosité.

— Vraiment ? Eh bien, je n'ai aucune envie d'exciter la curiosité de qui que ce soit, encore moins d'un journaliste, et encore moins s'il s'agit de toi ! Alors, indique-moi ce que je dois faire pour rendormir ta curiosité...

— Dis-moi ce que tu sais, répondit sans hésiter Jeremiah.

— Je ne sais rien du tout. Jusqu'à cet après-midi, je ne savais même pas qu'un voleur de bijoux opérait dans les parages.

— Tu es toujours aussi distraite, hein ?

— Est-ce vraiment une question de distraction ? Je ne suis pas quelqu'un de soupçonneux, voilà tout. Et puis, je viens d'arriver et j'ai du travail. Je ne suis pas branchée sur la fréquence des potins de Palm Beach.

— Peut-être. Il n'empêche qu'à cause de Leonardo et de ta profession, tu as accès à certains milieux. Tu n'as donc rien vu et rien entendu ? Tu n'as aucune raison de croire que ton nom a été cité comme dénominateur commun, dans cette affaire, autrement que par coïncidence ?

— Aucune. Je ne suis pas témoin, et je ne fais pas davantage un suspect crédible. Si tu veux que nous retournions chez Leonardo pour fouiller sa maison de fond en comble, je n'y vois pas d'inconvénient...

— Molly, il est beaucoup trop tôt pour te considérer comme une suspecte.

— Il n'est ni trop tôt ni trop tard, Jeremiah. Cette idée est tout simplement ridicule.

Il observa un silence, avant de murmurer :

— Tu as peut-être raison.

— Mais j'ai raison ! s'exclama Mollie, les poings serrés.

— J'essaie seulement de demeurer objectif, Mollie, répliqua Jeremiah en pinçant les lèvres et en la regardant droit dans les yeux. Et ce n'est pas facile, crois-moi.

Mollie sentit sa respiration se bloquer dans sa gorge.

— Jeremiah...

Il venait de faire un pas vers elle, et approchant son visage du sien, il murmura :

— En fait, dès qu'il est question de toi, toute objectivité est carrément impossible.

Et il l'embrassa, d'un baiser doux et léger, comme il l'avait fait dans les innombrables rêves que Mollie avait faits, durant ces dix années ; comme dans ces rêves, il était insaisissable, présent sans l'être vraiment. Puis il se redressa, devenant bien réel, et aussi, d'une certaine façon, plus distant.

— Nous devrions rentrer, dit-il.

— Je...

Mollie s'éclaircit la gorge.

— Je vais rester là et marcher encore un peu. Je rentrerai à pied.

— Tu es sûre ? demanda Jeremiah.

Elle répondit par un hochement de tête.

Alors, il prit une carte de visite cornée, dans une de ses poches, et la lui tendit.

— Voici mes numéros, au journal et à la maison. Si tu veux m'appeler, pour quelque raison que ce soit, n'hésite surtout pas.

Mollie prit la carte et la glissa dans sa poche sans la regarder tandis que Jeremiah s'éloignait sur le sable. Seule, elle continua de longer la mer, regardant les mouettes, les enfants et les vagues, se laissant envelopper par leur rumeur. Et se revoyant, à vingt ans, amoureuse d'un homme qu'elle avait cru connaître.

Le trajet entre Palm Beach et South Beach eut un effet calmant sur Jeremiah. C'était là qu'il habitait, sur une petite île comptant en tout et pour tout huit pâtés de maisons, et où l'on pouvait, à condition de s'en donner la peine, trouver bien davantage que la célèbre enfilade de bâtiments Arts déco, le long de la mer. Sa rue se trouvait à l'intérieur de l'îlot, loin des célébrités, des spéculateurs immobiliers et des touristes. Il gara son pick-up devant son immeuble, un petit bâtiment qui n'avait ni barrière de sécurité, ni jardin manucuré, ni même une piscine, et il salua les retraités qui s'étaient installés sous la véranda, dans des chaises longues, pour apprécier la douceur de la soirée.

Déclinant leur offre de boire une bière avec eux ou de participer, comme cela lui arrivait souvent, à une de leurs interminables séances de sculpture — si l'on pouvait appeler cela ainsi : ils adoraient tailler des figurines dans des pièces de bois —, il grimpa jusqu'à son appartement, au deuxième étage. Composé d'une chambre, d'une salle de bains, d'un double living et d'une cuisine, il était simple et fonctionnel. De plus, l'un des immenses avantages de vivre dans cet immeuble, où tous ses voisins étaient pratiquement sourds, résidait dans le fait que personne ne lui reprochait jamais d'écouter sa musique trop fort. Quant au propriétaire, il venait trop rarement pour savoir que son locataire logeait chez lui un serpent, une tortue et un gros lézard, des laissés-pour-compte de la boutique d'animaux domestiques d'un ami. Depuis qu'il avait découvert le peu de goût de ses conquêtes féminines pour les reptiles, Jeremiah gardait leur cage sur la table de sa cuisine. De toute façon, il ne mangeait pratiquement jamais chez lui.

Il doutait que son style de vie convienne à la filleule

de Leonardo Pascarelli ; mais après tout, les parents de la jeune femme étant de véritables farfelus, on ne pouvait être sûr de rien. Peut-être Mollie ne souhaitait-elle rien d'autre qu'un endroit où accrocher sa cible à fléchettes...

Il écouta les messages sur son répondeur, n'y prêtant qu'une oreille distraite. Le dernier, en revanche, était de Croc.

— Tabak ? Tu es là, ou ton lézard t'a dévoré tout cru pour son goûter ? Bon, je te rappellerai à 20 heures.

Soit dans une quinzaine de minutes, songea Jeremiah en consultant sa montre. Il alla chercher une bière dans son réfrigérateur, et prit un peu de laitue pour sa tortue. Puis, il s'installa sur une chaise et pensa à Mollie en train de marcher sur la plage, avec le vent qui s'engouffrait dans ses cheveux blonds. Elle ne s'était pas mise en colère. Elle n'avait pas essayé de le noyer. Et quand il l'avait embrassée, elle ne l'avait pas giflé. L'un dans l'autre, cette petite séance de confession s'était plutôt bien passée.

Si seulement il pouvait savoir par quel hasard la jeune femme s'était trouvée dans la ligne de mire de Croc.

Quand la sonnerie du téléphone retentit, il décrocha aussitôt.

— Croc ?

— En personne !

— Il faut que je puisse te joindre, déclara Jeremiah avec humeur. Je ne peux pas rester assis à attendre que tu m'appelles. Tu as un numéro de téléphone, une adresse ?

— Je suis dans une cabine sur Broward. Et ça me coûte des sous. Alors, tu as du nouveau ?

— Non.

— Merde ! Je sais que cette Mollie Lavender est mêlée à l'affaire.

— Pourquoi elle, Croc ? Je sais que tu ne m'as pas tout dit. Crache le morceau. Est-ce que cela a un rapport avec Leonardo Pascarelli, avec un client, le jardinier, quelqu'un qu'elle fréquente ? Cette affaire n'a rien d'un jeu. J'ai besoin de connaître tous les éléments.

— Je t'ai donné ma meilleure piste.

Sa « meilleure piste ». Autrement dit, il y en avait d'autres.

Jeremiah serra la combiné.

— Croc, j'espère pour toi que tu n'es pas le voleur, ou je te jure que ça ira mal pour ton matricule.

Croc ne s'offusqua pas.

— Tu ne crois pas que je ferais un peu désordre au milieu de la belle société de Palm Beach ? Franchement, tu m'insultes. Continue à creuser, Tabak, et je ferai pareil de mon côté. S'il y a du nouveau, je t'appelle. Pour le moment, il y a de drôles de remous. Et je n'aime pas ça.

— Quel genre de remous ?

— On cause. Ça pourrait devenir dangereux...

— Bon sang, Croc, fais attention !

— Je n'ai rien, Tabak. Juste des impressions. Ce dont je suis sûr, c'est qu'aucune des pierres volées n'a été refourguée — en tout cas dans le coin. Pas une. Conclusion : notre voleur les envoie ailleurs, ou il les garde sous le coude.

Il y eut une pause, durant laquelle Jeremiah imagina

le gamin devant un téléphone public, dans un lieu malfamé, et il éprouva comme une bouffée de compassion pour lui.

— Tu ne peux pas fouiller la baraque de Pascarelli, par hasard ? enchaîna Croc.

— Tu es fou, ou quoi ? Je suis journaliste, moi, pas cambrioleur ! Et je t'interdis de mettre les pieds là-bas, tu m'entends ?

— Hé ! je plaisantais. Je sais bien que tu es régulier.

— Et tu as intérêt à l'être aussi. Si tu vas trop loin, ne compte pas sur moi pour payer la moindre caution et te faire libérer.

— Ça, je sais qu'il n'y a pas de risque, en effet. Tu es bien trop rapiat. Bon, ça va couper et je n'ai pas l'intention de dépenser encore vingt-cinq *cents* pour t'entendre grogner. Continue à creuser, d'accord ?

— Comment est-ce que je peux te joindre ?

Mais Croc avait déjà raccroché. Jeremiah étouffa un juron, avant de lancer le combiné à travers la cuisine — une habitude chez lui. Son lézard le regarda fixement, sans bouger. Le serpent dormait et la tortue continua de manger sa feuille d'épinard. Jeremiah jura encore, envahi par un mauvais pressentiment. Le calme qu'il avait éprouvé en rentrant de Palm Beach s'était brusquement dissipé. Quelque chose se préparait, qui le mettait mal à l'aise, sans qu'il sache d'ailleurs trop pourquoi. Des gens riches se faisaient délester de quelques babioles par un voleur malin et non violent. Il n'y avait en définitive là rien de dangereux ni d'anormal. De toute façon, Palm Beach n'était pas son terrain.

Il ferait mieux de se trouver un vrai sujet d'article, ou alors de partir à la pêche, une semaine, en compagnie de son père. Pourquoi irait-il perdre son temps à courir après un voleur de bijoux, tout ça pour faire plaisir à un gamin des rues qui ne jouait pas franc-jeu avec lui ?

Mais ce n'était pas Croc, le problème, et Jeremiah le savait bien. Le problème, c'était Mollie. Dix ans plus tôt, il avait remarqué la jeune femme au milieu de dizaines d'étudiants, parce que quelque chose, chez elle, avait parlé à son âme.

A pein eut-il formulé cette pensée que Jeremiah poussa un grognement. Voilà qu'il sombrait dans le romantisme sirupeux ! Décidément, dix années n'avaient pas suffi à lui remettre la tête à l'endroit, dès lors que Mollie Lavender était concernée.

En désespoir de cause, il prit son couteau et s'en fut rejoindre les quatre octogénaires sous la véranda. Les gars, comme ils les appelaient, lui passèrent un cigare et un morceau de bois, et Jeremiah se dit qu'il était bien mieux ici qu'à Palm Beach, à faire le guet autour de la maison de Leonardo Pascarelli, pour le cas où sa ravissante ex-joueuse de flûte déciderait de sortir, ce soir — d'autant plus qu'il lui faudrait alors décider s'il la suivait, s'il en profitait pour fouiller la maison, ou encore s'il restait dans son pick-up, à parler tout seul. La nuit portait conseil, disait-on. Peut-être le lever d'un jour nouveau l'aiderait-il à y voir un peu plus clair dans cette affaire.

⁂

Il fallut des heures à Mollie pour se débarrasser de la présence persistante et du goût des lèvres de Jeremiah sur les siennes. On ne pouvait même pas considérer qu'il lui avait donné un baiser, à proprement parler, et pourtant, elle n'avait pas cessé d'y penser depuis son retour de la plage. Et le travail n'avait pas suffi à la distraire. Elle avait passé ses coups de téléphone sur la côte Ouest, avait occupé une bonne demi-heure à mettre à jour son répertoire professionnel, elle avait pris son crayon et son bloc-notes et cherché des idées destinées à la promotion de ses clients. Après quoi, elle avait joué aux fléchettes, et pour finir, s'était plongée dans un bain chaud et parfumé. Là, elle s'était projetée dans le futur, un bond de cinq ans, afin d'essayer de remettre un semblant d'ordre dans sa vie. Elle aurait une jolie petite maison, un bureau, une petite équipe de personnes travaillant pour elle et des clients talentueux et passionnants. Elle aurait aussi un mari qui la ferait rire ; un mari qui ne serait pas Jeremiah, aussi ténébreux et sexy fût-il.

Jeremiah ne la faisait pas rire du tout.

Finalement, elle enfila un peignoir et se glissa dans son lit pour regarder la télévision, songeant qu'elle regrettait presque l'hiver de Boston, avec le vent qui hurlait, les radiateurs qui sifflaient et cognaient, le thermomètre qui dégringolait. Au lieu de quoi, une douce brise emplissait la chambre, avec les parfums de la nuit tropicale et la rumeur de l'océan, tout près, sans parler des milliers de criquets qui semblaient donner un concert, comme pour lui rappeler qu'elle était au-dessus du garage de Leonardo. Seule.

La sonnerie du téléphone l'arracha brusquement à ses réflexions et elle décrocha, le cœur battant.

— Mollie, ma douce Mollie, dit la voix de Leonardo Pascarelli à l'autre bout du fil.

— Leonardo ! Tu as failli me donner une crise cardiaque. Mais quelle heure est-il en Italie ?

— Je ne sais plus. La fin de la nuit. Le début de l'aube. Je fais les cent pas dans ma suite depuis des heures.

Il marqua une pause, avant de reprendre :

— J'ai chanté *La Bohème*, ce soir. Là, je bois un verre sur mon balcon. Je t'ai réveillée ?

— Non. Je suis dans ma chambre en train de regarder la télé. Je suis tombée sur un vieil épisode de *I Love Lucy*. Tu sais, celui où Lucy et Desi sont à Londres et Lucy veut absolument rencontrer la reine...

— Oui, je me souviens. Elle réussit à convaincre Desi de la laisser chanter avec lui. Ah ! ça me rappelle mon enfance... Tu sais, enchaîna Leonardo, il m'arrive de penser que j'aurais dû continuer à chanter sous ma douche et travailler dans la boucherie de mon père.

— La boucherie de ton père a fermé il y a vingt ans.

— J'aurais pu vendre des côtes d'agneau à Haymarket Square et chanter des chansons de Desi Arnaz à de jeunes étudiants prétentieux du conservatoire.

Il s'interrompit et Mollie l'entendit boire une gorgée. Elle pouvait presque sentir sa mélancolie. Leonardo avait toujours voulu plus — plus d'amour, plus de romance, plus de succès... plus de tout — et dans le même temps, il aspirait à tout le contraire ; il aspirait à ce que cet abîme indéfinissable, au fond de lui, se comble un jour, même s'il devait y perdre toute son ambition.

Il poussa un soupir.

— Si papa me voyait, maintenant...

— Il serait fier de toi, Leonardo.

— Je n'en suis pas si sûr. Je n'ai pas de femme, pas d'enfants. J'oublie même où je suis. Florence? Venise?

— Leonardo, tu n'en es pas à ton premier verre, n'est-ce pas?

— Je ne suis pas soûl, Mollie. Juste triste, parce que je ne suis pas encore couché et que je suis seul, dans le pays de mes ancêtres, et que je viens de chanter Puccini.

Il s'éclaircit la gorge, comme s'il cherchait à chasser son humeur sombre.

— Mais assez parlé de moi. Comment vas-tu, ma petite Mollie? Et tes affaires? Raconte-moi ta vie, un peu.

Mollie se laissa aller contre ses oreillers. Elle savait qu'elle pouvait parler à son parrain de Jeremiah et de cette histoire de vol de bijoux. Si Leonardo ignorait tout de sa liaison avec le journaliste et du rôle qu'elle avait joué dans sa décision d'abandonner le conservatoire, dix ans plus tôt, il n'était pas étranger aux affres de la passion; il savait les conséquences qu'une histoire malheureuse pouvait avoir sur la vie et la connaissance que l'on a de soi. Pourtant, Mollie ne pouvait se résoudre à raconter ce qui s'était passé, ni autrefois ni aujourd'hui. C'était trop risqué. Trop effrayant. Et elle avait gardé le silence trop longtemps.

Si elle commençait à parler, comment savoir où elle s'arrêterait, jusqu'où les mots l'entraîneraient ?

Alors, elle raconta plusieurs anecdotes concernant son travail, évoqua sa collaboration avec Deegan Tiernay, son amitié toujours grandissante avec Griffen. Et elle garda pour elle Jeremiah et son histoire de vols de bijoux.

— Au fait, j'allais oublier, conclut-elle. Je vais au bal de charité organisé pour l'hôpital des enfants, demain soir. Tu n'as pas une ex-petite amie ou quelqu'un qui aurait laissé une jolie robe dans un placard, par hasard ?

Leonardo prit quelques instants avant de répondre, comme s'il réfléchissait à la question.

— Si. Dans la chambre rose. Il doit y avoir plusieurs robes à ta taille. Essaye-les et prends ce qui te plaira.

— Tu es sérieux ? s'exclama Mollie.

— Bien sûr. Que veux-tu que je fasse avec des robes ? Et il y a quelques bijoux, aussi, dans le tiroir de la table de nuit. Notamment un ravissant collier en diamants et rubis. Je te l'avais montré, une fois. Tu as bien dû le voir, non ? Tu ne vas quand même pas me dire que tu n'as pas jeté un coup d'œil dans la maison !

— Mais si ! protesta Mollie. Voyons, je ne me permettrais jamais de fouiller dans tes placards !

Leonardo pouffa de rire.

— Tu es bien la fille de tes parents, tout compte fait. Aucune curiosité !

— Je suis aussi curieuse que n'importe qui, mais pas au sujet de ce que renferment tes placards. Ton esprit, en revanche, ça oui, il m'intéresse.

— Mollie, ma chérie, je ne vais pas discuter avec toi, commenta Leonardo, avant d'ajouter, mi-figue mi-raisin : Mais je préfère te voir envahir mes placards que mon esprit.

— Rassure-toi, je n'ai pas de tels projets d'invasion. En tout cas, merci pour ton offre. Je ne sais pas si c'est à force de vivre dans ta belle maison et de conduire ta Jaguar, mais je n'ai pas trop de mal à m'imaginer avec des diamants et des rubis, soudain.

— Alors, porte-les. Et amuse-toi bien à ton bal, Cendrillon.

5.

Jeremiah fourragea dans les piles de papiers qui couvraient son bureau, à la recherche de l'invitation à la réception privée qui devait précéder le bal de charité de l'hôpital des enfants, ce soir. Il était certain d'en avoir reçu une. Il avait beau ne pas être organisé, encore moins ordonné, il possédait une excellente mémoire. Il écarta des morceaux de papier, des bloc-notes, des disquettes, des articles découpés dans des journaux, des magazines, des mémos internes qu'il n'avait jamais lus... Il avait tendance à laisser s'accumuler tout ce qui ne l'intéressait pas. Puis, régulièrement, il décidait que c'était périmé et jetait tout cela dans la corbeille à papier. Il était néanmoins certain d'avoir vu cette invitation, récemment.

Or, il se pouvait fort bien que le voleur de bijoux de Croc considère la réception de ce soir, et le grand bal de charité qui allait suivre, comme des terrains d'action privilégiés. Et Jeremiah n'était pas disposé à oublier cette histoire et à abandonner Mollie aux manigances de son jeune informateur. Il ne s'occuperait pas de l'affaire pour le journal, mais il ne la laisserait pas pour autant à Croc, alias Blake Wilder, alias un rigolo en qui il n'avait qu'une confiance mitigée.

Puisqu'il était invité, il pouvait très bien se rendre à cette soirée et surveiller son déroulement. Personne ne songerait à s'étonner de sa présence.

Encore fallait-il qu'il retrouve cette fichue invitation !

A cet instant, Helen Samuel s'approcha de son bureau. Levant la tête, Jeremiah remarqua l'expression stupéfaite de ses confrères. La présence de Helen dans la salle de rédaction était assez rare, en effet, pour attirer l'attention générale, d'autant qu'elle proclamait volontiers n'éprouver que mépris pour le journalisme d'investigation. A ses yeux, le rôle d'un journaliste était de rapporter l'information, point final.

Helen s'arrêta devant Jeremiah. Elle sirotait une boisson d'une drôle de couleur rose pastèque, et une odeur de tabac froid émanait de son tailleur orange. Sans même se donner la peine de dire bonjour, elle déclara :

— Mes espions me disent que tu es sur cette affaire de vols de bijoux pour des raisons personnelles.

Si Jeremiah remarqua qu'elle avait abandonné le vouvoiement, il se garda bien de faire le moindre commentaire.

— Et on peut connaître ces raisons ? demanda-t-il sur un ton détaché.

— Une jolie publicitaire originaire de Boston.

Jeremiah se laissa aller contre le dossier de son fauteuil et considéra sa consœur avec une sérénité qu'il était loin d'éprouver.

— Vous voulez parler de Mollie Lavender.

— J'aime quand les gens n'essaient pas de se payer ma tête. Tu ne me demandes pas comment j'ai eu son nom ?

— Ce qui m'étonne, Helen, c'est qu'il vous ait fallu vingt-quatre heures pour le découvrir.

Marquant une pause, Jeremiah essaya de déterminer quelles étaient ses options. Finalement, il reprit :

— Si je vous parle, ça reste entre nous ?

— Oui, bien sûr, fit Helen en haussant les épaules. Pourquoi pas ?

Jeremiah se demanda ce qu'il pouvait révéler : il n'avait pas trop envie de voir Helen Samuel fouiner dans son passé. S'il lui en racontait trop, elle s'agiterait ; et s'il n'en disait pas suffisamment, là, elle ferait vraiment du bruit.

— J'ai fréquenté Mollie brièvement, il y a une dizaine d'années. Un de mes informateurs m'a dit qu'elle était un des dénominateurs communs dans cette histoire de vol de bijoux.

— Autrement dit, elle était présente chaque fois que le voleur a frappé, commenta Helen.

— Exactement. Je suis allé la voir, au cas où elle saurait quelque chose. Elle n'est arrivée qu'il y a quelques mois.

— Cinq. Elle s'est installée chez Leonardo Pascarelli, son oncle, qui l'adore.

Jeremiah hocha la tête. Helen Samuel était une force redoutable, dans le sud de la Floride. Elle savait tout sur tout le monde et n'inventait jamais rien. Elle ne gardait rien pour elle non plus.

— Je ne pense pas que Mollie sache quoi que ce soit au sujet de notre voleur, dit-il.

— Je suppose que vous n'êtes pas restés en contact, toutes ces années.

— Non, admit Jeremiah sans ciller.

— Vous vous étiez quittés en bons termes ?

— Non.

Un large sourire aux lèvres, Helen se pencha vers lui.

— Un de ces jours, Tabak, tu vas tomber sur une femme qui va prendre un malin plaisir à te faire galoper derrière elle, juste pour le plaisir. Tu auras tellement envie d'elle que ça te rendra fou. Et lorsqu'elle t'enverra sur les roses, tu entendras la moitié de la population féminine de Miami applaudir à tout rompre.

— Vous partez du principe que c'est moi qui ai fait du mal à Mollie, protesta Jeremiah. C'est peut-être le contraire !

Helen secoua la tête, visiblement très sûre d'elle.

— Non.

Jeremiah décida que le moment était venu de changer de sujet :

— En tout cas, c'est tout ce que j'ai à vous offrir. Vous allez à ce bal de charité, ce soir ?

— J'irai faire un tour. Pourquoi ? Tu veux qu'on te mette à la table des patrons du journal ?

— J'ai été invité.

— Pft ! Cette manie qu'on a maintenant de traiter les reporters comme des stars ! De mon temps...

— Je m'intéresse surtout au cocktail qui doit précéder le bal, coupa Jeremiah. Notre voleur ne s'est encore jamais manifesté lors de grands galas. Rien ne dit qu'il va changer ses habitudes ce soir. Je voudrais juste prendre un peu la température de ce genre de réceptions, voir qui est qui, et qui fait quoi.

— Une réception n'est jamais qu'une réception, commenta Helen. Tout de même, il serait de mauvais goût d'assister au cocktail et de t'éclipser pour le bal.

Jeremiah la regarda en réprimant un sourire.

— Je ne voudrais surtout pas qu'on m'accuse de mauvais goût...

— Tu parles, Charles ! Enfin, tiens-moi au courant de ce que tu pourras découvrir à propos de cette Mlle Lavender.

Sur ces mots, la journaliste s'éloigna, sa mixture rose à la main. Jeremiah la regarda disparaître en se demandant s'il ne devrait pas d'ores et déjà se payer un panneau d'affichage sur lequel il annoncerait avoir eu une liaison avec Mollie, histoire de se débarrasser de l'affaire, une fois pour toutes. Ou bien, il pourrait envoyer un mémo général sur la messagerie du journal, avec quelque chose du genre : « Oui, c'est exact. J'ai couché avec la filleule de Leonardo Pascarelli, il y a dix ans. »

Pourtant, sans qu'il puisse se l'expliquer, il avait confiance en Helen, ou du moins dans le fait qu'elle allait garder le secret — pour l'instant.

Alors, il se concentra sur sa priorité du moment, à savoir retrouver cette fichue invitation, et se penchant en avant, il fourragea à deux mains dans sa corbeille à papier.

Cette histoire commençait à devenir compliquée,

non pas tant sur un plan professionnel, puisqu'il ne la couvrait pas, que sur un plan social. Au rythme où allaient les choses, il allait sans doute se voir dans l'obligation d'acheter un costume.

Enfin, il aperçut, à une dizaine de centimètres du fond de la corbeille, le petit bristol blanc cassé, avec ses caractères gravés en lettres d'or. Il s'en saisit et le posa sur son bureau. Décidément, il avait une sacrée mémoire ! Le cocktail débutait à 18 heures, dans la Starlight Room de l'hôtel Palm Beach Sands, et il précéderait immédiatement le bal.

Jeremiah se renversa dans son fauteuil, très content de lui. Puis, il remarqua la dernière ligne, écrite en petits caractères. Le smoking était obligatoire. Cette fois, il ne pouvait plus se dérober. Il allait devoir l'acheter, ce costume. Il était 14 heures. Cela lui laissait deux heures, après quoi il se mettrait en route pour Palm Beach.

Il se leva d'un bond. Comme il quittait la salle de rédaction, il sentit les regards de ses confrères qui le suivaient, et il ne put s'empêcher de sourire en songeant à la tête qu'ils feraient, tous, s'ils connaissaient la véritable raison de sa précipitation.

Mollie trouva exactement ce qu'elle cherchait dans le placard de la chambre rose. Une robe de soie champagne qui lui allait à ravir. Les lignes en étaient parfaites, et le décolleté juste assez plongeant, sans l'être trop. En plus, elle avait une paire d'escarpins qui conviendraient parfaitement.

Elle rejoignit ses appartements pour y prendre tout ce dont elle avait besoin — ses chaussures, des bas, sa trousse de maquillage, des pinces à cheveux et les quelques bijoux qu'elle possédait —, puis elle retourna chez Leonardo. Si elle jouait les princesses se rendant au bal, autant se préparer dans le décor somptueux de la maison de son parrain.

Elle s'habilla et contempla le résultat dans l'imposante psyché de la salle de bains qui communiquait avec la chambre rose. C'était parfait ! Mais quel dommage qu'elle doive se coiffer et se maquiller elle-même ! Il lui fallut s'y reprendre à trois fois pour faire tenir ses cheveux dans un chignon haut. Le maquillage fut plus facile. En revanche, aucun de ses bijoux n'allait avec la robe.

Mollie fronça les sourcils, et son regard glissa vers la table de chevet, dans la pièce voisine. Elle était tentée, bien sûr, et cela depuis que Leonardo, la veille, lui avait parlé du collier en diamants et rubis.

Elle ne se rappelait plus exactement son histoire, sinon qu'elle était dramatique et mettait en scène deux femmes, qui avaient l'une et l'autre juré vouer un amour éternel à Leonardo. Ce dernier disposait de deux coffres-forts équipés d'une alarme, dans lesquels il serrait tous ses objets de valeur, mais il laissait le collier dans ce tiroir, là même où tout cambrioleur commencerait par regarder, comme s'il cherchait, consciemment ou non, à se le faire voler et à conclure ainsi un épisode douloureux de sa vie.

Mollie alla prendre l'écrin de velours.

Le collier — un ensemble de diamants et de rubis

montés sur une fine chaîne en or — était encore plus joli que dans son souvenir. Le cœur battant à se rompre, elle l'essaya, avant de reculer et d'admirer son reflet dans le miroir. Oui, l'effet était irrésistible. Et si Leonardo intervenait dans la vie de sa filleule, c'était bien pour la pousser à ne pas résister.

Elle ne porterait même pas de boucles d'oreilles. Le collier suffisait.

Après avoir bien fermé la maison, Mollie alla s'engouffrer dans la Jaguar et partit. Elle se sentait un peu comme Cendrillon en route pour le bal.

Chet Farnsworth, son client cosmonaute devenu pianiste de jazz, l'avait invitée, avec sa femme, à venir s'asseoir à leur table, pour le gala de charité. Et Diantha Atwood, la grand-mère de Deegan, sans doute conseillée par celui-ci, l'avait invitée au cocktail qui précédait.

Situé au bord de l'eau, l'hôtel Palm Beach Sands offrait à ses clients une plage magnifique, d'innombrables courts de tennis et piscines, un parcours de golf, et de manière générale, tout le luxe et l'élégance dont on pouvait rêver. Une fois là-bas, Mollie laissa la Jaguar à un voiturier et rejoignit la Starlight Room, qui surplombait la plage.

— Eh bien ! murmura une voix à son oreille, alors qu'elle venait de gagner l'entrée. On essaie de tenter notre voleur de bijoux, on dirait ?

Mollie fit volte-face et se trouva nez à nez avec Jeremiah, plus beau que jamais dans un smoking noir.

— Tu veux parler de mon collier ? répondit-elle en portant la main à son cou. Je l'ai emprunté à Leonardo, sur un coup de tête. Je ne sais même pas s'il est vrai.

— Mmm. Mais tu savais que tu prenais le risque de t'attirer les faveurs de notre amateur de brillants.

— Mais non ! Le fermoir tient bien, et je t'assure que je n'ai pas l'intention de l'ôter de mon cou jusqu'au moment où je le remettrai dans son écrin de velours.

Elle s'efforça de respirer calmement et d'ignorer la drôle de sensation, au creux de son ventre.

— J'ignorais que tu serais là, ce soir, reprit-elle.

— Moi aussi, avoua Jeremiah. Je n'ai ce smoking que depuis trois heures. Bennie s'est chargé de faire l'ourlet.

— Bennie ? ne put s'empêcher de demander Mollie, avec une pointe de curiosité.

— C'est un tailleur à la retraite qui vit dans mon immeuble. Il prétend avoir fait les retouches des costumes de tous les maires de New York depuis la grande crise de 1929 jusqu'à l'inauguration du nouveau stade des Yankees. Mais je ne veux pas te retenir, ajouta Jeremiah. Tu as peut-être rendez-vous avec quelqu'un.

Le seul quelqu'un que Mollie devait retrouver était un cosmonaute à la retraite reconverti dans le jazz, et encore, pas avant le bal. Soudain, elle regretta amèrement de n'avoir pas pensé à se faire accompagner, juste pour ennuyer Jeremiah. Car bien sûr, il savait pertinemment qu'elle n'avait aucun homme dans sa vie.

— Tu ne me retiens pas, déclara-t-elle d'un ton sec. Mais nous devrions nous mêler aux invités, maintenant, avant que les gens ne se demandent s'il n'y a pas anguille sous roche entre nous.

Jeremiah se pencha vers elle et chuchota :

— Oh ! mais il y a anguille sous roche, ma chérie. Et même plus qu'une anguille.

— Il y a eu, rectifia Mollie. Mais ce n'est plus le cas. A présent, si tu veux bien m'excuser...

Elle présenta son invitation à l'homme qui se tenait à l'entrée et pénétra dans la salle.

A l'intérieur, la réception de Diantha Atwood battait son plein. Les invités déambulaient entre une douzaine de tables, croulant sous les victuailles, et le bar, ravitaillés par des serveurs qui portaient des plateaux chargés de coupes de champagne. Dans un coin, une harpiste jouait une mélodie douce et apaisante. D'immenses baies vitrées donnaient sur un océan si calme que sa surface ressemblait à celle d'un lac, réfléchissant un ciel sans nuages.

Mollie prit une coupe de champagne et sourit à des gens qu'elle ne connaissait pas. Si ses parents étaient présents, songea-t-elle, ils seraient sans doute allés s'asseoir du côté de la harpiste, afin de l'écouter et de disséquer la pièce musicale qu'elle jouait, de commenter son interprétation, et cela sans imaginer un seul instant qu'on pût trouver étrange ou impoli leur comportement. Et tandis qu'elle sirotait son champagne, Mollie se sentit tiraillée entre deux identités : celle de la fille de musiciens qui continuait d'errer à l'orée d'un univers qu'elle avait abandonné ; et celle d'une jeune responsable d'entreprise qui ne pouvait même pas s'offrir la robe et les bijoux qu'elle portait.

Comme pour accentuer son malaise, elle sentait le regard de Jeremiah sur elle. Tant bien que mal, elle résista au besoin d'avaler sa coupe de champagne d'un trait. Ce n'était pas le moment de se soûler. Elle avait déjà un peu la tête qui tournait. Finalement, n'y tenant plus, elle traversa la pièce pour aller se planter devant lui.

— Tu ne manques pas de culot, tu sais ! déclara-t-elle sans préambule.

Il se mit à rire.

— C'est une qualité, dans ma profession. Pas de culot, pas d'article. Tu t'amuses bien ?

— Comment pourrais-je m'amuser alors que tu as les yeux braqués sur moi ?

— Tu as remarqué ? Et moi qui croyais être discret... Alors, dis-moi, est-ce que tu as l'intention de t'habituer au style de vie de Leonardo Pascarelli ? Tu empruntes les bijoux de ses petites amies, tu roules dans sa voiture, tu habites dans sa maison, tu te fais inviter à ses soirées...

— Leonardo n'a rien à voir avec ma présence ici, ce soir. Je connais Mme Atwood personnellement, figure-toi. Et franchement, cela me serait bien égal de n'être pas invitée.

Elle avala encore une gorgée de champagne. Une erreur.

— Et pour ton information, reprit-elle, sache que je préférerais avoir ma petite voiture et ma propre petite maison quelque part. Le fait que je sois la filleule de Leonardo Pascarelli ne signifie pas que...

S'interrompant brusquement, elle crispa les doigts sur sa coupe. Elle venait de comprendre le sous-entendu contenu dans la remarque de Jeremiah.

— Tu... tu penses que c'est moi ! s'exclama-t-elle. Tu penses que c'est moi la voleuse de bijoux !

— Vraiment ?

— Evidemment ! poursuivit Mollie en baissant le ton. Je ne pourrai plus me permettre ce style de vie, dans sept mois, et par conséquent, me voilà prête à voler. C'est ça que tu penses.

Jeremiah se contenta de hausser les épaules, conservant un calme absolu.

— C'est une théorie intéressante...

— Non, elle est ridicule ! Va au diable, Tabak. Je ne suis pas une voleuse de bijoux.

— En tout cas, si tu l'es, ça va être vraiment rigolo de t'attraper !

Mollie n'eut pas le temps de répondre. Griffen et Deegan venaient de se matérialiser devant eux, si soudainement qu'elle se demanda s'ils avaient eu le temps de surprendre son échange avec Jeremiah. Quant à ce dernier, à en croire la lueur qui pétillait dans ses yeux, il paraissait beaucoup s'amuser.

Mollie se tourna vers ses amis.

— Bonsoir ! Vous êtes superbes, tous les deux.

En effet, ils rivalisaient d'élégance : Griffen portait une robe blanche qui mettait en valeur ses boucles noires et sa silhouette anguleuse tandis que Deegan portait magnifiquement son smoking. Mollie les présenta à Jeremiah, faisant comme si elle-même venait juste de le rencontrer.

Puis elle enchaîna :

— Vous restez pour le bal ?

— Oh, non ! répondit Griffen. Nous passons juste pour ne pas froisser grand-mère.

Deegan eut un léger sourire, et Mollie expliqua à Jeremiah que Diantha Atwood, veuve et richissime organisatrice du cocktail, était l'aïeule du jeune homme.

— Ses parents, ajouta-t-elle, sont Michael et Bobbi Tiernay, qui sont... mais où sont-ils, au fait ?

— Juste derrière toi, chuchota Griffen en lui donnant un petit coup de coude.

En effet, le couple s'approchait d'eux, accompagné de Diantha Atwood.

Michael Tiernay, un homme mince et grisonnant au sourire agréable, sirotait un Martini, son épouse suspendue à son bras. Bobbi était une très jolie femme, vêtue avec recherche. Diantha, sa mère, plus petite et plus blonde, arborait un chignon classique et des bijoux d'une évidente valeur — sans doute afin de montrer qu'elle n'était pas intimidée par l'éventuelle menace d'un voleur rôdant dans leur microcosme.

— Jeremiah Tabak ! lança-t-elle avec un sourire. Quel choc, pour moi, de vous avoir parmi nous ce soir. Mais je vois que vous avez fait la connaissance de ma fille et de mon gendre, et aussi celle de mon petit-fils. Deegan, mon chéri, comment vas-tu ? ajouta-t-elle en offrant sa joue au jeune homme, qui y déposa un bref baiser. Et Griffen. Quel plaisir de vous voir ! Je suis surprise que vous ayez une soirée de libre, à cette époque de l'année.

— J'ai veillé à ce qu'elle le reste, répondit Griffen avec le plus grand sérieux.

Elle croyait — et Mollie partageait son opinion — que pas plus les parents de Deegan que sa grand-mère n'approuvaient sa relation avec le jeune homme. Mais, bonne éducation oblige, jamais ils n'iraient manifester ouvertement leur désapprobation.

— Mollie ! poursuivit Diantha de sa voix mélodieuse. Je ne vous avais pas encore vue. Vous êtes ravissante, ce soir.

Tentée de révéler où elle avait trouvé sa robe, Mollie se contenta de sourire poliment et de répondre :

— Merci.

— Comment vont les affaires ? intervint Michael Tiernay.

Mollie saisit aussitôt la perche qu'on lui tendait, trop heureuse de se lancer dans une conversation sur son travail. Le fait que son interlocuteur conduisît ses affaires depuis un bâtiment de verre de Boca Raton alors qu'elle menait les siennes depuis une pièce de la maison de Leonardo, ne faisait aucune différence pour elle, et apparemment pas non plus pour Michael Tiernay. Mollie savait tout de même qu'il considérait la décision de son fils de faire son stage chez elle comme un acte de rébellion ; et sans doute le jeune homme entrerait-il directement chez son père après avoir passé six mois chez elle. Cela ne signifiait pas pour autant qu'il ne la respectait pas ; si elle n'était qu'un tout petit poisson, ils n'en nageaient pas moins dans le même bocal.

Pendant ce temps, Jeremiah s'échappa en direction du bar, avec Griffen à sa suite. Mollie le remarqua, sans s'étonner. Elle savait Griffen prête à tout pour s'éloigner de la famille de son petit ami, et sans doute aussi ne pouvait-elle résister au besoin d'en apprendre un peu plus sur l'homme qu'elle avait surpris en train de bavarder avec son amie... Mollie en éprouva comme un malaise. Elle savait Jeremiah parfaitement capable de cuisiner Griffen, histoire d'en apprendre un peu plus sur elle, et de décider si elle était assez désespérée, ou s'ennuyait suffisamment pour aller jusqu'à dérober des bijoux.

Qu'il aille au diable ! songea-t-elle aussitôt. Il ne pensait pas vraiment qu'elle avait volé ces bijoux. Il cherchait simplement à la déstabiliser, par jeu, par perversité.

Inévitablement, elle repensa à leur baiser, la veille, sur la plage. Jeremiah ne tenait sans doute pas à ce qu'elle s'approche trop de lui. Une fois déjà, par le passé, elle s'était révélée une distraction presque fatale. Il ne voulait donc probablement pas que cela se reproduise. Rien ne devait s'interposer entre lui et son travail.

Mollie surprit le regard que lui lança Griffen, depuis le bar, et comprit que ses pires soupçons se confirmaient. Jeremiah était bel et bien en train de lui poser des questions sur elle.

— Le salaud ! marmonna-t-elle entre ses dents, avant de s'excuser auprès de la famille de Deegan.

Aussitôt, Griffen la rejoignit, un Martini à la main.

— Bon, Tabak et toi ! fit-elle sans préambule. Raconte. Je veux tout savoir.

— Oh ! je l'ai connu il y a un million d'années. Je suis tombée sur lui en arrivant. Pourquoi ?

— Je suis capable de voir quand des étincelles crépitent entre deux personnes. De plus, c'est la première fois que je le vois à une réception de ce genre. Je me demande pourquoi.

Elle enveloppa son amie d'un long regard pénétrant.

— Tu es sûre qu'il n'y a rien entre vous ?

— Absolument.

Un grand sourire étira les lèvres de Griffen.

— Eh bien, moi, je le trouve diablement sexy. Et si tu veux mon avis, il a le béguin pour toi. Qui songerait à le lui reprocher, d'ailleurs, quand on te voit dans cette tenue ? Mais dis-moi, cette robe n'appartient pas à Leonardo... Il est bien trop gros.

— Griffen, tu es vraiment insupportable ! s'exclama Mollie en riant. C'est une de ses anciennes copines qui l'a laissée chez lui.

— Le collier aussi ?

— Je suppose. Je me sens un peu bizarre avec.

— En tout cas, garde-le. Il suffit que tu ôtes quelque chose, un quart de seconde, et hop ! notre voleur surgit. Il est habile, le bougre. Tu penses qu'il est là, ce soir ?

Se taisant brusquement, Griffen écarquilla les yeux, comme si une idée venait de lui traverser l'esprit.

— J'y suis ! Tabak est là à cause des vols de bijoux.

— Chut ! Tout le monde n'a pas forcément entendu parler de ce voleur.

— Tu veux rire ? Nous sommes à Palm Beach. Tout le monde sait ce que j'ai servi à la réception d'hier soir, y compris les framboises. Alors, une histoire comme ça, tu penses ! C'est drôle, mais je n'aurais pas cru que Tabak s'intéressait à ce genre de trucs.

Elle secoua la tête, avant d'ajouter :

— En tout cas, je continue à penser qu'il a le béguin pour toi.

Deegan les rejoignit à cet instant, évitant à Mollie de répondre.

— Je ne voudrais pas me retrouver avec vous au milieu d'un ouragan, déclara-t-il. Vous m'abandonneriez toutes les deux sans hésiter pour sauver votre peau. Je viens juste d'échapper à maman et à ses conseils — elle veux que je fasse attention à ne pas me surmener. Et grand-mère m'a invité à déjeuner, ajouta-t-il avec un sourire amusé. Je vais sûrement avoir droit au sermon habituel sur la nécessité de calmer ses démons et de s'installer dans la vie.

— Ils me détestent, marmonna Griffen.

— Mais non. Ils ne te trouvent pas « convenable », voilà tout.

— En tout cas, on a fait acte de présence. Encore quelques minutes, et on s'en va. Mollie ? Tu nous suis ?

Celle-ci secoua la tête.

— J'ai rendez-vous avec un de mes clients et sa femme, répondit-elle. Ils m'ont invitée au gala de charité et au bal. Je ne peux pas partir sans les avoir vus.

Ils échangèrent encore quelques mots, et Mollie s'éclipsa vers les toilettes des dames, songeant que si Jeremiah restait toute la soirée, elle allait devoir trouver un moyen de supporter sa présence, et surtout son regard qui semblait la suivre partout — ou alors inventer une excuse pour s'en aller très tôt.

Les toilettes se trouvaient au bout du couloir, et Mollie se laissa choir dans un des fauteuils du petit salon qui leur servait d'antichambre, évitant de regarder son reflet dans les miroirs qui tapissaient les murs. Une robe empruntée, un collier emprunté, une maison empruntée... Même sa vie ne paraissait plus lui appartenir, d'un seul coup. Etait-elle en train de se laisser aspirer par le style de vie de Leonardo, ainsi que Jeremiah l'avait suggéré ?

Non ! songea-t-elle aussitôt. Elle n'essayait pas d'impressionner qui que ce soit, avec sa jolie robe. Elle se faisait plaisir, voilà tout. Et Leonardo serait ravi de la voir porter le collier de diamants et de rubis.

Jeremiah l'avait déstabilisée, avec ses remarques perfides. C'était sa manière d'opérer. Il poussait, aiguillonnait et fouillait sans cesse, cherchant à déséquilibrer les gens, comme s'il voulait voir au travers d'eux, ou les amener à trahir leur mauvais côté. Pas de lunettes roses pour Jeremiah Tabak : il avait appris à s'attendre au pire.

Le plus drôle était que Mollie se savait attirée par l'intensité de caractère et l'exigence de clarté du journaliste. Car s'il ne se faisait pas d'illusion sur les humains et leurs défauts, il n'en cultivait pas davantage à son propre sujet. Avec lui, même dix ans plus tôt, elle n'avait pas ressenti le besoin de s'excuser pour ses doutes et ses faiblesses. Au contraire, elle s'était montrée telle qu'elle était vraiment, et c'était justement — elle devait bien l'admettre — ce qui lui avait permis de se voir réellement, pour la première fois.

Les choses, bien sûr, avaient bien changé. Maintenant, Jeremiah la soupçonnait de voler des bijoux.

— Oh ! il me fatigue ! déclara-t-elle à mi-voix en se levant dans le salon vide.

Elle alla se laver les mains et les sécha sur une des petites serviettes disposées à cet effet. La lumière faisait scintiller les pierres de son collier, et elle se dit qu'elle était folle de le porter. En même temps, elle éprouvait un sentiment d'exultation, une sorte de joie un peu enfantine, et elle se sourit dans le miroir, décidant qu'elle n'avait aucune raison d'être intimidée par tous les Tabak, les Diantha Atwood et autres Tiernay de ce monde. Qu'ils aillent tous au diable ! Elle était ce qu'elle était, et advienne que pourra.

Ainsi rassérénée, elle retourna dans le couloir. Il était vide. Les invités avaient dû commencer à se diriger vers la salle de bal, un étage plus haut. Mollie songea qu'elle resterait jusqu'à la fin de la soirée. Pas question de fuir.

Comme elle passait devant l'ascenseur, elle entendit la petite sonnerie indiquant que la cage s'arrêtait à ce niveau. Elle continua d'avancer, et tandis qu'elle suivait le couloir en direction du salon où avait lieu la réception de Mme Atwood, elle entendit un bruit de pas, derrière elle — sans doute la personne qui venait de sortir de l'ascenseur. Elle allait jeter un coup d'œil, machinalement, lorsqu'elle sentit quelque chose, au niveau de son cou, comme une caresse légère, presque imperceptible. Une mouche, peut-être. Elle voulut la chasser d'un geste, mais elle sentit alors qu'on tirait sur ses cheveux, à la base de sa nuque, puis, brutalement, sur son collier.

Le voleur ! Il était là, juste derrière elle !

D'un geste brutal, la main gantée, il arracha la chaîne en or.

Mollie crut étouffer, et une douleur cuisante lui fit porter les mains à sa gorge tandis qu'elle s'effondrait, à genoux. Elle entendit le voleur courir de nouveau vers l'ascenseur et l'escalier, sans bruit.

Puis, dans un haut-le-corps, elle s'entendit pousser un hurlement strident.

6.

Un silence de cathédrale tomba brutalement sur la Starlight Room, et les invités de Diantha Atwood regardèrent autour d'eux, stupéfaits.

Jeremiah posa son verre et se rua vers le vestibule. Il avait reconnu la voix de Mollie. Il étouffa un juron quand il l'aperçut, agenouillée et appuyée contre le mur, une main autour de son cou. Elle tremblait de tous ses membres.

En moins d'une seconde, il fut près d'elle.

— Mollie... Mollie, est-ce que ça va ? Fais voir.

— Il... il est parti, dit-elle d'une voix chevrotante. Il a pris l'escalier, je crois.

— Fais-moi voir ton cou.

— Le salaud ! murmura la jeune femme en ravalant ses sanglots.

Jeremiah lui toucha la main, d'un geste apaisant, et elle la décolla de son cou. Il y avait du sang, pas beaucoup, mais son collier de diamants et de rubis avait disparu. Le voleur avait dû le lui arracher, laissant une traînée rouge là où la chaîne en or avait cisaillé la peau. Si elle garderait peut-être une légère cicatrice, il ne l'avait pas étranglée, poignardée, il ne lui avait pas tiré une balle de revolver, il ne l'avait pas enlevée, emportée dans la nuit...

Jeremiah crispa les mâchoires tandis que Mollie s'obligeait à lui sourire.

— Je vais bien. Il a juste pris le collier, puis il s'est enfui. C'est arrivé si vite...

Elle appuya la tête contre le mur. Des mèches de cheveux s'étaient échappées de son chignon, et elle luttait visiblement pour ne pas perdre son sang-froid. Elle était en état de choc.

Déjà, des gens se précipitaient vers eux, et des voix exigeaient qu'on alerte les services de sécurité, le directeur de l'hôtel, la police...

Soudain, Jeremiah se remémora les paroles de Croc : « Je crois que tout ça pourrait devenir dangereux. » S'agissait-il d'un avertissement ? D'une menace ? En tout cas, Mollie, le dénominateur commun, la seule piste de Croc, se trouvait une fois de plus au beau milieu de l'action.

— Tu as pu voir le voleur ? demanda-t-il.

Comme elle secouait la tête, une grimace de douleur lui échappa.

— Il a attrapé le collier par-derrière. Il a tiré et il est parti en courant.

Elle prit une profonde inspiration et pâlit encore.

— J'ai senti sa main, ajouta-t-elle en frissonnant. Je... je crois qu'il portait des gants.

Un attroupement s'était formé autour d'eux.

— Tout est fini, maintenant, murmura Jeremiah. Tu parleras plus tard.

Mollie leva les yeux, ses yeux si bleus et si clairs, les fixa sur lui, lui rappelant ainsi qu'il ne devait surtout pas la sous-estimer.

— Je parie que j'ai la tête de quelqu'un qui vient de croiser un fantôme, dit-elle.

Il sourit.

— Un peu, en effet.

Un membre du service de sécurité de l'hôtel apparut brusquement à côté de Jeremiah. Vêtu d'un complet bleu marine passe-partout, il avait une carrure impressionnante. Il était suivi de deux portiers et du directeur de l'hôtel, un bel homme d'une quarantaine d'années qui suggéra avec calme aux convives de retourner dans le salon où avait lieu la réception. Celui qui était chargé de la sécurité parlait dans un talkie-walkie, dirigeant visiblement une fouille approfondie de l'hôtel et des jardins.

Diantha Atwood intervint dans la discussion. D'un ton aimable, mais ferme, elle demanda au directeur à être tenue au courant des développements. En dépit de son extrême courtoisie, Jeremiah sentit dans sa voix comme une pointe de désapprobation, manifestement dirigée contre Mollie ; et il se demanda quelle était, aux yeux de la redoutable Mme Atwood, la plus grosse faute de goût commise par la jeune femme, ce soir : celle d'avoir crié, ou celle de s'être fait voler son collier.

Le talkie-walkie crépita, et une voix annonça que les recherches n'avaient encore rien donné.

— Ce voleur semble disparaître avec une facilité déconcertante, remarqua Jeremiah, avant d'ajouter, par goût de la provocation : Vous devriez peut-être fouiller les invités.

Le directeur de l'hôtel pâlit, et Mme Atwood pinça les lèvres en fusillant Jeremiah du regard.

— C'est hors de question ! décréta-t-elle d'un ton sans appel.

Evidemment, songea Jeremiah, qui se félicita quand même de son intervention. Au moins avait-il attiré l'attention sur le fait que l'hôtel — et la police, quand elle arriverait — ferait bien de considérer la possibilité qu'un voleur se promenait peut-être parmi la foule des invités en tenue de soirée, et qu'il ne fallait pas nécessairement chercher un gangster dissimulé dans les buissons en attendant la meilleure occasion de s'échapper. Pour lui, son travail ne consistait pas seulement à rapporter l'information, mais aussi à fouiner, pousser, talonner — tout, du moment qu'il ne violait pas la loi ni le code de déontologie des journalistes, et pourvu que cela permette d'accéder à la vérité.

Il croisa le regard de Mollie et s'aperçut qu'elle le considérait, les sourcils froncés, comme si elle avait parfaitement compris son petit jeu. Cette faculté qu'il découvrait chez la jeune femme, celle de lire dans ses pensées, ne manquait pas de le déconcerter et de l'intriguer. Elle n'était décidément plus la jeune fille un peu naïve qu'il avait connue autrefois.

Enfin, la police arriva, et Jeremiah s'éloigna un peu pour leur permettre de recueillir le témoignage de Mollie. Il n'avait aucune intention de s'étendre avec eux sur les raisons de son intérêt subit pour un voleur de bijoux opérant dans les cercles de la haute société. A la première occasion, il contacterait ses informateurs afin de découvrir ce qu'ils avaient pu réunir. En attendant, il préférait garder un profil bas.

Mollie semblait s'être remise un peu du choc de son agression. Si elle était encore pâle, elle se tenait droite et s'exprimait sur un ton clair et posé.

Quelques personnes s'attardaient au cocktail Atwood. Leur hôtesse, sa fille et son gendre les tenaient informés des événements et de l'état de Mollie.

— Elle a été prise par surprise, disait Bobbi Tiernay. C'est pour ça qu'elle a crié.

Prise par surprise? releva Jeremiah. Visiblement, on ne pardonnait pas à Mollie d'avoir gâché le bon déroulement de la soirée. La malheureuse s'était quand même fait arracher son collier directement sur le cou ! A sa place, n'importe qui aurait poussé un hurlement de douleur et de terreur. Sauf que Mollie était nouvelle parmi eux...

Ces gens n'étaient pas habitués à voir la violence se déchaîner sous leur nez. Un gentleman cambrioleur à la Cary Grant qui opérait sur leur terrain était une chose. Tout le monde pouvait s'en amuser, et même en concevoir une sorte de crainte mêlée d'excitation. Mais un Cary Grant ne faisait pas couler le sang.

Jeremiah n'aimait pas du tout la tournure que prenaient les événements. L'agression dont Mollie venait d'être victime n'était pas seulement un acte d'une audace folle, elle trahissait aussi l'intention du voleur de recourir à la violence s'il le jugeait opportun. Surtout, Jeremiah n'aimait pas le fait que Mollie soit la première victime à subir cette violence.

Diantha Atwood s'approcha de lui.

— Vous nous accompagnez au bal ? demanda-t-elle. Ou bien préférez-vous jouer au journaliste ? J'ai remarqué la vitesse avec laquelle vous vous êtes précipité auprès de Mollie. Vous avez d'excellents réflexes.

Jeremiah serra les dents, ravalant une repartie cinglante. Diantha Atwood était peut-être furieuse d'avoir vu son beau cocktail gâché par l'agression de Mollie, mais il n'était pas impossible qu'elle fût aussi sous le choc. Tout de même, elle ne manquait pas de toupet. « Jouer au journaliste ! » Comme s'il pouvait déclencher et couper son instinct à la demande. Comme s'il n'avait aucune idée de sa responsabilité vis-à-vis de la communauté.

— Je vous demande pardon, reprit-elle d'ailleurs en le regardant droit dans les yeux. Je crois que je vous ai offensé.

Jeremiah lui offrit son meilleur sourire.

— Pas de problème. On m'a accusé de bien pire que de jouer à faire mon travail. Je vous remercie pour cette réception.

— Vous allez faire un article pour le *Miami Tribune* ? s'enquit Mme Atwood.

— Non, répondit-il. Conflit d'intérêts.

Et il s'éloigna de nouveau en direction du vestibule.

La police et le personnel de l'hôtel étaient encore

attroupés autour de Mollie, et Jeremiah s'en fut dans l'autre direction, afin de jeter un coup d'œil dans le grand hall de l'hôtel, par-dessus la balustrade de la mezzanine. Il y avait beaucoup de fleurs de cuivre poli, une fontaine, des fauteuils moelleux et des canapés, un sol de marbre et d'épais tapis, des hommes en smoking et des femmes vêtues de robes longues qui arrivaient pour le bal. Jeremiah, qui était pourtant au courant de ce qui se passait, ne voyait aucun signe de chasse au voleur qui battait son plein.

Soudain, il se raidit. Là, à quelques mètres, affalé sur une causeuse comme s'il était propriétaire des lieux, se trouvait Croc. Ses longues jambes maigres étalées devant lui, les mains croisées derrière la tête, il regardait un couple qui passait justement devant lui. Puis, comme s'il avait senti la présence de Jeremiah, juste au-dessus de lui, il leva les yeux, sourit et agita la main.

Jeremiah pinça les lèvres et se dirigea vers l'escalier roulant, dont il descendit les marches deux à deux.

— Salut, Tabak ! fit Croc lorsqu'il vint s'asseoir à côté de lui. C'est pas mal, ici, hein ? Même si j'aime pas beaucoup les arrangements floraux, surtout celui-là, près de la fontaine. Trop Nouvelle-Angleterre. Nous sommes à Palm Beach, que diable ! Les gens veulent du clinquant, de l'ostentatoire.

De l'ostentatoire ? Où diable un gamin des rues comme Croc avait-il péché un mot pareil ?

— Qu'est-ce que tu fiches ici ? lui demanda Jeremiah.

— Je profite du spectacle. Tu aurais dû les voir se démener pour faire venir les flics sans trop de raffut. Un modèle de discrétion. J'étais très impressionné.

— Alors, tu es au courant de l'agression de Mollie Lavender ?

— Oui.

— Tu as de la chance que les poulets ne t'aient pas embarqué comme suspect.

— Ce n'est pas de la chance, Tabak. C'est du savoir-faire. Comment va-t-elle ?

Jeremiah leva les yeux vers la mezzanine. Il ne manquait plus qu'un policier un peu plus entreprenant que les autres jette un coup d'œil vers le hall et remarque un journaliste du *Miami Tribune* en train de discuter avec un gosse qui n'avait visiblement rien à faire dans l'hôtel. Ils les auraient sur le dos en moins de temps qu'il n'en fallait pour le dire.

— Elle est secouée, répondit-il, mais pas gravement blessée. Est-ce que tu vas me dire ce que tu fabriques ici ?

Croc haussa les épaules.

— Je suis assis dans mon coin, sans embêter personne, et je regarde, j'écoute...

— Tu es arrivé avant ou après l'agression ?

— Ah ! Ah ! s'exclama Croc en fixant son regard clair sur Jeremiah. Tu veux t'assurer que je n'ai pas subtilisé le collier. Eh bien non, ce n'est pas moi. Trop d'effort.

— Tu n'as toujours pas répondu à ma question.

— En effet.

C'était comme parler à un mur. Croc n'aimait

pas dévoiler ses tactiques. Jeremiah décida de ne pas insister pour le moment.

— En tout cas, tu vas pouvoir éliminer Mollie de ta liste des suspects, reprit-il.

— Ah bon ? Et pourquoi ?

— Pourquoi ? Parce qu'elle est là-haut, en état de choc !

— Et alors ? J'aimerais bien savoir pourquoi elle a mis ce bijou de valeur, ce soir. J'aimerais savoir, aussi, pourquoi personne n'a rien vu... Comme d'habitude, il n'y a pas d'indice, pas de suspect, pas de témoin, pas de preuve. On ne peut encore éliminer personne.

Jeremiah leva les yeux au ciel.

— Tu crois qu'elle s'est elle-même arraché le collier du cou ?

— Pourquoi pas ?

— La question est plutôt : pourquoi l'aurait-elle fait ?

— Qu'est-ce que j'en sais, moi ? Pour des histoires d'assurance, par exemple.

— Le collier appartient à Pascarelli. L'argent lui serait remboursé à lui.

— Alors elle voulait faire peur à des victimes potentielles, créer une sorte de psychose. Histoire de dissuader les gens de se défendre la prochaine fois qu'elle essaiera de les détrousser.

— C'est stupide. Ça risque plutôt de les amener à laisser leurs bijoux dans leurs coffres-forts. C'est le meilleur moyen de tout saboter.

Croc fronça les sourcils.

— Soit. Il faut que je réfléchisse à la question.

Il marqua une pause et enveloppa Jeremiah d'un regard perçant, avant de demander brusquement :

— C'est quoi l'histoire entre vous ?

— Entre qui et qui ?

— Diantha Atwood et toi, bien sûr ! Je t'en prie, Tabak, arrête de te payer ma tête. Bon, alors, qu'est-ce qui se passe entre cette Mollie et toi ?

Jeremiah serra les poings, en proie à un mélange de tension, d'irritation, de frustration. Finalement, il déclara, sur un ton crispé :

— Mollie et moi avons eu une brève liaison, il y a environ un million d'années. Cela ne s'est pas bien terminé.

— Qu'entends-tu par « brève » ?

— Une semaine.

— Quand ça ?

— Il y a dix ans. Elle était étudiante, en vacances.

Un instant, Croc garda le silence.

— Je comprends mieux.

— Ça n'a aucun rapport avec ton histoire de vols de bijoux.

— Que tu dis ! Je comprends mieux, maintenant, pourquoi tu ne considères pas cette affaire à ta manière habituelle, froide, claire et cynique. Toi et Mlle Mollie... C'est la meilleure, celle-là ! Je vais te dire un truc, Tabak : cette nana est impliquée dans cette histoire, d'une manière ou d'une autre. A mon avis, il faut enquêter du côté de ses clients, et aussi de sa copine traiteur et de son petit copain le stagiaire. Tu parles d'un couple !

Jeremiah le considéra gravement.

— Croc, si tu ne fais pas attention et que tu persistes à te parachuter au mauvais endroit au mauvais moment, les gens vont commencer à avoir des soupçons.

— C'est ton cas ? demanda Croc en se figeant une fraction de seconde. Allons, sérieusement, Tabak, tu me soupçonnes ?

— Pas encore, répondit Jeremiah.

Croc hocha la tête.

— Je devrai me contenter de ça pour le moment, déclara-t-il, sans que Jeremiah puisse déterminer s'il se sentait insulté ou non.

— Si seulement tu cessais de garder des informations pour toi...

Sans lui laisser le temps de terminer sa phrase, Croc se leva brusquement.

— Ecoute, il faut que je file d'ici. L'atmosphère ne me réussit pas. Je me trompe peut-être, au sujet de Mollie Lavender. Il n'empêche que je suis à peu près sûr qu'elle rigole tranquillement pendant que les gens s'agitent dans tous les sens.

— Ton instinct au sujet des gens n'est pas fiable, Croc.

— Possible. Mais réfléchis bien, et tu verras que toutes les pistes convergent vers elle.

Jeremiah fronça les sourcils, réfléchissant aux paroles de son jeune informateur. Mollie, le dénominateur commun. Mollie en train de crier. Mollie avec le cou ensanglanté. Mollie, là-haut, à l'étage, en train de parler avec la police, alors même que lui et Croc parlaient d'elle.

Après tout, que savait-il d'elle, après toutes ces années ?

Non, non et non ! C'était absurde ! Elle était la filleule d'un ténor de renommée mondiale, la fille de musiciens professionnels, une jeune femme entreprenante dans son travail. Rien n'était plus ridicule que de l'imaginer en train de voler des bijoux.

— Hé ! Tabak, tu as de la chance que je sois de ton côté ! ajouta encore Croc avec un large sourire.

Il avait l'air plus maigre que jamais, totalement déplacé dans cet environnement luxueux et élégant. Et pourtant, il semblait étrangement à l'aise.

— C'est moi, pour une fois, qui vois clair. Je n'ai pas mon jugement faussé.

— Il n'y a rien entre Mollie et moi, répliqua Jeremiah, sans trop comprendre pourquoi il éprouvait le besoin de se justifier.

Mais Croc se mit à rire et se dirigea vers la sortie. Il quitta l'hôtel sans que nul le remarque.

Mollie s'engagea dans l'escalier roulant, suivie de près par le directeur de l'hôtel. Elle se sentait encore un peu étourdie et vaguement embarrassée, mais au moins n'avait-elle plus la nausée. Son cou était douloureux : elle ressentait comme une brûlure, intense, qui aurait heureusement disparu d'ici à quelques heures. Agrippant la rampe de l'escalier mécanique, elle essayait toutefois de s'en persuader.

La police continuait à chercher des indices, mais Mollie doutait qu'ils trouvent quoi que ce soit d'utile à leur enquête. Le voleur avait été rapide, habile, malin et extrêmement audacieux. Il ne laisserait pas la moindre piste, et ce n'était pas non plus ce soir qu'il se laisserait prendre.

Elle fut parcourue d'un violent frisson.

— Est-ce que ça va ? s'enquit aussitôt le directeur de l'hôtel avec sollicitude.

— Oui, merci, répondit-elle avec un léger sourire.

Il tendit la main, comme s'il se préparait à la retenir au cas où elle perdrait connaissance. Elle devait avoir une mine épouvantable, songea-t-elle comme ils arrivaient dans le grand hall. Forcément, elle était pâle, elle tremblait et ses paupières étaient lourdes, comme si elle allait sombrer dans un profond sommeil d'un instant à l'autre. C'était le contrecoup, les effets du choc, l'excès d'adrénaline, la baisse du niveau de sucre dans le sang, les nerfs qui lâchaient... Tout son métabolisme était détraqué.

— Vous êtes sûre de ne pas vouloir qu'on vous reconduise chez vous ? s'enquit le directeur de l'hôtel pour la troisième fois. Je peux demander à ce qu'on ramène votre voiture en même temps.

« Votre voiture » ! La voiture ne lui appartenait pas plus que le collier ou la robe. Elle n'habitait même pas chez elle !

Mais elle comprenait l'inquiétude du directeur. Il devait la trouver bien déraisonnable de vouloir rentrer seule. Bien sûr, elle devait rendre un semblant de normalité à sa vie, mais cela pouvait attendre le lendemain, après qu'elle aurait eu le temps de se remettre de son épreuve.

Du coin de l'œil, elle vit Jeremiah se diriger vers eux. Il paraissait encore plus beau, plus irrésistible que tout à l'heure, dans son smoking. C'était sans doute ce mélange d'élégance et d'insolence qui n'appartenait qu'à lui, songea-t-elle. Où qu'il se trouve, il se mouvait avec une incroyable aisance. Il ne se laissait nullement impressionner par les Atwood ou les Tiernay, avec leur statut social et leur fortune, et il avait paru tout à fait dans son élément, peu après l'agression, au milieu des policiers et des gardes de sécurité.

— Je suis un ami. Je vais reconduire Mollie chez elle, déclara-t-il avec aplomb en s'adressant au directeur de l'hôtel.

Ce dernier eut l'air soulagé.

— A la bonne heure ! Je m'occupe de faire ramener votre voiture chez vous, mademoiselle Lavender. Et si je peux faire quoi que ce soit d'autre pour vous, je vous en prie, n'hésitez pas. Vous pouvez me joindre à tout moment, de jour comme de nuit.

Mollie bredouilla de vagues remerciements, et l'homme retourna vers l'escalier roulant, la laissant seule avec Jeremiah.

— L'hôtel va se charger de ramener ta voiture, déclara celui-ci.

— C'est inutile. Je me sens bien. Je peux très bien conduire.

— Il est hors de question que tu prennes le volant !

— Mais ça va, je t'assure !

— Ecoute, il ne s'agit pas de toi, mais de tous ceux, à commencer par moi, qui n'ont aucune envie de te savoir sur une route, ce soir. Fais ça pour nous, s'il te plaît.

— Tu parles ! La seule chose qui t'intéresse, c'est de me poser des questions au sujet de voleur.

— Tu peux croire ce que tu veux. Il n'empêche qu'il n'est pas raisonnable que tu prennes le volant, alors que tu peux t'en passer.

— Je sais, admit Mollie à contrecœur. Mais j'irai tout à fait bien, demain matin.

— Evidemment.

Mollie lui jeta un regard soupçonneux, et s'aperçut que Jeremiah était sincère ; il n'y avait aucune trace de condescendance, dans sa voix ou dans ses yeux. Il était convaincu, en effet, qu'elle irait tout à fait bien le lendemain. De même qu'elle aurait très bien pu conduire, si elle n'avait pas été sous le choc de l'agression. A sa grande surprise, la confiance et le calme de Jeremiah l'aidèrent à se détendre un peu.

Ils sortirent dans la nuit tiède et prirent le chemin de la maison de Leonardo. Ils parlèrent peu, durant le trajet. Mollie se laissa aller contre le dossier de son siège, les yeux rivés au pense-bête collé sur la boîte à gants. De la nourriture pour lézards ! Elle ne savait vraiment rien sur cet homme. Rien du tout. Sinon qu'elle était heureuse que ce soit lui, et non un employé de l'hôtel, qui la reconduise chez elle.

— Je vais attendre que tu sois à l'intérieur, dit-il. Griffen est partie avant que tu ne sois attaquée. Si tu sais où la joindre, elle pourrait peut-être venir passer la nuit avec toi.

Mollie hocha la tête et descendit du pick-up. Elle

se sentait épuisée, tout d'un coup, et elle fit le tour de la voiture d'un pas mal assuré. Elle composa le code d'ouverture du portail, sur le clavier, soulagée de pouvoir compter sur le système de sécurité sophistiqué de Leonardo.

Tandis que les battants de la grille s'ouvraient, elle retourna vers la portière de Jeremiah. Elle avait la gorgée serrée, la tête qui tournait.

— Ce n'est pas par accident que j'ai été attaquée ce soir, n'est-ce pas ? lui demanda-t-elle. Même si je n'avais pas porté ce collier, le voleur me visait, moi. J'ai l'impression que...

Elle avala péniblement sa salive, essayant de mettre un peu d'ordre dans son esprit, d'organiser les bribes d'informations dont elle disposait, les images, les éclairs de souvenirs qui se bousculaient dans sa mémoire.

— Je crois que le voleur m'attendait. J'ai entendu l'ascenseur...

Elle secoua la tête et réprima une grimace de douleur.

— C'était juste pour désorienter la police.

La veilleuse intérieure du pick-up et la lueur du lampadaire le plus proche, dans la rue, projetaient des ombres étranges sur le visage de Jeremiah, dont l'expression demeurait dure, insondable.

— Mollie...

— Mais pourquoi moi ? l'interrompit-elle. Surtout quand on sait que je suis le seul « dénominateur commun » dont vous disposiez.

— Le moment est mal choisi pour essayer de

comprendre. Tu y verras peut-être plus clair demain matin.

— Il aurait très bien pu se trouver parmi les invités de la réception, voir mon collier, sortir quand je me suis rendue aux toilettes et m'attendre...

— Mollie, au point où nous en sommes, tout est possible.

Elle leva brusquement la tête.

— Y compris l'hypothèse que ce soit moi le voleur ? Je me serais fait ça à moi-même ?

Jeremiah poussa un soupir.

— Non. Je ne le pense pas.

— Mais tu as considéré cette éventualité.

— Je considère toutes les éventualités.

Le ton net sur lequel il avait dit cela eut un effet apaisant sur Mollie. Elle était dans un tel état de nervosité qu'elle n'aurait pas supporté de sentir même une pointe de condescendance dans la voix de son compagnon — et encore moins de le soupçonner de mensonge.

Elle hocha la tête, sans rien dire, et ce fut Jeremiah qui rompit le silence.

— L'hôtel va arriver d'une minute à l'autre avec la voiture de Leonardo. Si tu veux, je m'en occupe pour toi, pendant que tu montes.

Mollie lui sourit.

— Merci. C'est vraiment gentil de ta part.

Elle parut hésiter. De façon imperceptible, à peine une fraction de seconde.

— Tant qu'à faire, tu n'as qu'à me rejoindre là-haut quand ils seront repartis. Nous n'avons pas dîné, avec toutes ces histoires. Je vais nous préparer des sandwichs.

— Mollie...

Elle lui jeta un coup d'œil par-dessus son épaule, alors même qu'elle franchissait le portail.

— Tu ne veux pas manger quelque chose? demanda-t-elle.

— Tu n'as pas besoin de me faire un sandwich...

— Au contraire, ça va m'occuper. Sinon, je vais devenir folle. Et puis, si je peux préparer un sandwich, pourquoi pas deux?

Elle sourit. Déjà, elle se sentait mieux.

— Dans ce cas, murmura Jeremiah avant de passer la première vitesse, j'accepte ton invitation.

7.

Ils mangèrent leurs sandwichs installés à la table de la cuisine. Mollie savait qu'elle avait besoin de se remplir l'estomac, mais après quelques bouchées, elle sentit revenir sa nausée. Ses nerfs lui jouaient de nouveau des tours.

Jeremiah se leva dès qu'il eut terminé et se mit à fourrager dans le congélateur. Sans un mot, il en tira un bac à glaçons qu'il vida dans un torchon, avant de le nouer et de le tendre à Mollie.

— Mets ça sur ton cou, dit-il. Tu as une trousse de premiers secours ?

— Euh, oui. Dans la salle de bains, dans le couloir, là.

Il sortit et revint quelques instants plus tard avec un tube de crème antibiotique et un gant de toilette mouillé.

— Tu veux que je le fasse, ou tu préfères t'en charger toi-même ? demanda-t-il.

— Je vais me débrouiller, merci, répondit Mollie.

Elle prit le gant de toilette et nettoya doucement sa blessure, à son cou. L'opération se révéla heureusement moins douloureuse qu'elle l'avait craint. Puis, Jeremiah lui déposa un peu de crème antibiotique sur le bout du doigt, et elle en couvrit la trace de brûlure laissée par le collier.

— A ta place, je laisserai ça à l'air libre, suggéra-t-il.

— C'est ce que je vais faire, oui. En tout cas, maintenant j'ai une petite idée de ce qu'est le supplice du garrot.

— Une vraie cochonnerie, commenta Jeremiah d'un air sombre.

— En effet.

Hésitante, Mollie marqua une pause, avant de reprendre :

— Tu n'as pas l'intention de me dire comment tu t'es trouvé mêlé à cette histoire ? Et comment tu as découvert que j'étais un « dénominateur commun » ?

— Non, répondit-il.

— Tu protèges tes sources ?

Comme il ne faisait aucun commentaire, Mollie s'emporta.

— Je ne comprends pas ! S'il existe un conflit d'intérêt parce que je suis mêlée à l'affaire, et que tu ne peux donc pas la couvrir, pourquoi me cacherais-tu tes sources ?

— Parce que c'est ainsi que j'opère, répliqua Jeremiah.

Et qu'il ne lui devait aucune explication, compléta Mollie.

— Ecoute, reprit-il avec douceur, sers-toi un grand verre de vin, garde la glace sur ton cou aussi longtemps que tu pourras le supporter, et tâche de dormir un peu.

S'approchant d'elle, il écarta une mèche de cheveux de son visage.

— Si tu veux, tu peux m'appeler demain.

— Et tu m'en diras davantage ?

— Probablement pas. Mais tu le prendras mieux une fois que tu te seras reposée.

Il lui caressa la joue, avant d'ajouter :

— Et maintenant, j'ai intérêt à m'en aller d'ici pendant que j'en suis encore capable.

— Attends.

Mollie posa la serviette pleine de glace sur la table et prit la main de Jeremiah, avant de se lever. Du bout des doigts, elle lui effleura les lèvres puis, se hissant sur la pointe des pieds, elle l'embrassa doucement. Comme elle s'abandonnait contre lui, il la prit dans ses bras.

— Mollie, murmura-t-il en lui déposant un baiser sur le dessus de sa tête, tu as vraiment besoin de ce verre de vin.

— Et d'une bonne nuit de sommeil, je sais !

Elle se dégagea en souriant.

— Merci pour ce que tu as fait ce soir.

— De rien. On se parle bientôt ?

Hochant la tête, Mollie regarda Jeremiah sortir en se demandant si son fameux sens de l'honneur lui dictait cette retraite prudente ; elle était sous le choc, déstabilisée par ce qui s'était passé ce soir, et il ne voulait pas en profiter — à moins qu'avant de coucher avec elle, il ne tienne à s'assurer qu'elle ne s'était pas elle-même arraché le collier. L'homme dont son imagination avait cultivé l'image aurait tiré avantage de la situation ; il aurait passé la nuit ici, avec elle, à essayer de lui soutirer toutes les informations possibles. Alors que ce nouveau Jeremiah, complexe, honorable, la laissait perplexe... et frustrée. Il était tellement plus facile de se monter la tête au sujet d'un reporter ambitieux et amoral !

Elle remit le torchon plein de glace sur son cou et se rendit dans le petit salon, ne sachant trop que faire. Finalement, elle décida de se passer le quatrième mouvement de la *Neuvième Symphonie* de Beethoven, avec Leonardo en ténor soliste, et poussa le volume aussi fort que possible. La musique emplit l'appartement, et elle se laissa porter par cette musique composée plus de deux cent cinquante ans auparavant. Bientôt, des larmes roulèrent sur ses joues.

Elle prit ses fléchettes et les lança une à une, avec force, manquant la cible à chaque tentative. Puis elle recommença, avec plus de réussite cette fois. Elle subissait le contrecoup de son agression, sans parler des sentiments confus que faisaient naître en elle la réapparition de Jeremiah dans sa vie, cette histoire de voleur de bijoux, et pour finir, la prise de conscience toujours douloureuse qu'elle était seule, seule, seule...

Lorsque les derniers accords de la symphonie retentirent, elle chantait à tue-tête — se félicitant avec amusement que son parrain fût sur un autre continent. Déjà, elle se sentait mieux. Voilà de quoi elle avait besoin. Et peut-être Jeremiah l'avait-il senti.

Elle tira la langue d'un air de défi lorsque la trajectoire de sa dernière fléchette dévia et qu'elle rebondit contre une lampe. Elle retourna alors dans la cuisine, se servit un verre de vin et sortit s'asseoir sur la terrasse.

La rumeur apaisante de la nuit acheva de calmer ses nerfs. Et lorsque finalement, elle se glissa dans son lit, elle avait recouvré un semblant de quiétude. Surtout, sa décision était prise : il n'était pas question qu'elle retombe amoureuse de Jeremiah Tabak.

Samedi en milieu de matinée, Griffen et Deegan passèrent chez Mollie avec des muffins, du café et le *Palm Beach Daily News*. Ils l'entraînèrent jusqu'au bord de la piscine et l'installèrent au soleil. Griffen disposa le petit déjeuner sur une table et écarta la main de Mollie lorsqu'elle celle-ci fit mine de se servir.

— Pas touche ! déclara-t-elle. Tu vas te laisser chouchouter un peu — au moins une dizaine de minutes. Fais voir ton cou...

Lorsque Mollie écarta le col de son polo, elle tressaillit.

— Oh ! ma pauvre !

Deegan fit la grimace.

— La couleur est jolie.

— J'ai de la chance, remarqua Mollie. Il aurait pu me trancher la gorge.

— Ne dis pas des choses comme ça ! répliqua Griffen en tressaillant de nouveau. Je suis vraiment désolée que nous n'ayons pas été là, mais nous avions déjà mis les voiles. J'en ai vraiment par-dessus la tête de mamie Atwood !

Elle tendit un muffin généreusement beurré à Mollie, ainsi qu'une serviette en papier.

— Tu as dû avoir une peur bleue, intervint Deegan.

— C'était assez effrayant, admit Mollie. Mais je me sens beaucoup mieux, maintenant.

— Dire qu'on trouvait presque amusant d'avoir un voleur de bijoux qui opérait dans notre petit monde. Quelqu'un d'audacieux et d'invisible, que personne ne voyait et qui ne blessait personne...

Il secoua la tête.

— Ce qui t'est arrivé hier soir change tout.

— Ça, c'est vrai, approuva Griffen. Ce type ne cherche pas seulement à s'amuser. Et je ne crois pas non plus qu'il fasse ça pour l'argent. Ce qu'il veut, ce sont des émotions fortes. Et voler des bijoux sans se faire voir ne lui suffit plus.

— Que dit le journal ? demanda Mollie.

Griffen lui montra l'article. Il était court, s'en tenait strictement aux faits et ne rapportait rien que Mollie ne sût déjà.

— Je n'aurais jamais dû porter ce collier, murmura-t-elle en posant le quotidien.

— Tu l'as dit à Leonardo ?

— Pas encore. Remarque, tel que je le connais, il va se montrer merveilleusement compréhensif. Cela ne fera que confirmer son sentiment que ce collier était maudit... Et comment va ta grand-mère, Deegan ? J'ai peur que tout ça n'ait un peu gâché sa réception.

— Je ne lui ai pas encore parlé, mais je ne me fais pas de souci pour elle. Dans son domaine, c'est une vraie pro. Elle va bien trouver un moyen de tourner la situation à son avantage. A mon avis, elle va rejeter toute la responsabilité du vol sur l'hôtel. Tu remarqueras que l'article ne mentionne pas le cocktail — seulement le fait que tu as été attaquée au Palm Beach Sands, et que tu te trouvais là pour le gala et le bal de charité.

— Est-ce que tu as pu le voir, au moins ? demanda Griffen.

— Le voleur ? Non, avoua Mollie avec un soupir. Je n'ai pas eu le temps. J'ai commencé par tomber à genoux, et puis j'ai voulu me relever...

Elle s'interrompit, l'estomac soulevé par la seule évocation de ce qui s'était passé la veille.

— Je suppose que je n'étais pas vraiment sûre qu'il en avait terminé avec moi...

— Seigneur ! fit Griffen avec un nouveau tressaillement.

— Que s'est-il passé ensuite ? demanda Deegan.

— Je l'ai entendu s'éloigner en courant et j'ai poussé un hurlement. L'instant d'après, Jeremiah était à côté de moi. Et puis, les services de sécurité de l'hôtel sont arrivés, et ensuite la police.

En entendant le nom de Jeremiah, Griffen s'était redressée.

— Alors, comme ça, Tabak s'est précipité pour se porter à ton secours ? souligna-t-elle avec un léger sourire. Voilà qui est intéressant... Tu es vraiment sûre qu'il n'y a rien entre vous deux ?

— Mais oui ! s'exclama Mollie. Simplement, comme je te l'ai dit hier soir, je l'ai connu il y a une dizaine d'années, à Miami. J'étais venue y passer des vacances de Pâques. Je ne l'avais jamais revu depuis, et c'est totalement par hasard que nous nous sommes de nouveau croisés.

— Je vois. En tout cas, si j'en crois la manière dont il te regarde, ces vacances ont dû être mémorables...

Mollie mordit dans son muffin pour éviter de répondre, et Griffen s'esclaffa.

— Bon, bon j'ai compris, j'arrête de te cuisiner à ce sujet. Tout de même, ajouta-t-elle avec un clin d'œil malicieux, je vous vois bien ensemble. Vous formez un beau couple.

— Griffen ! s'exclama Mollie.

Celle-ci éclata de rire.

— D'accord. Après tout, nous ne sommes pas venus pour te harceler. En tout cas, une chose est sûre : maintenant que notre voleur s'est montré agressif, la police va certainement accélérer son enquête. Ces dames de la bonne société de Palm Beach ne permettront pas qu'un malfaiteur s'introduise dans leur réception et se mette à leur arracher leurs colliers. A ce propos, une association de femmes a déjà décidé d'organiser un déjeuner qui traitera des problèmes de sécurité. C'est moi qui vais m'occuper de la nourriture. Tu devrais y assister, Mollie.

— Pourquoi pas, répondit celle-ci.

Ils terminèrent les muffins et bavardèrent encore de choses et d'autres. Puis Griffen et Deegan prirent congé, et Mollie se retrouva seule, en train de déambuler sur la terrasse et le jardin, autour de la piscine, dans un incroyable état d'agitation. Elle avait recommencé à trembler et ne pouvait se débarrasser de la sensation de la main gantée du voleur, sur son cou. Elle repensait à Jeremiah, au soulagement qu'elle avait éprouvé lorsqu'il s'était précipité vers elle, à ses questions, ses soupçons, et cette fichue manie qu'il avait de vouloir toujours garder son objectivité.

— Et merde ! s'écria-t-elle brusquement.

Sans réfléchir, elle courut vers le bord de la piscine et se jeta dedans, tout habillée. L'eau était assez fraîche pour la débarrasser de toute la tension qu'elle avait accumulée. Elle nagea vigoureusement jusqu'à ce que ses muscles protestent. Puis elle se hissa sur le bord et se laissa sécher au soleil, se répétant que si Jeremiah était resté la veille au soir, tous deux le regretteraient amèrement maintenant.

Jeremiah commençait à se dire que cette histoire de voleur de bijoux ne lui valait rien. Sans compter le mal qu'elle risquait de faire à sa carrière de journaliste ! Il en voulait pour preuve le fait que pour la troisième fois en trois jours il se trouvait dans le bureau de Helen Samuel !

On était samedi, et il aurait bien mieux fait de ranger son appartement, d'écouter de la musique, de tailler des morceaux de bois avec ses copains retraités, ou mieux encore, de chercher une bonne histoire à se mettre sous la dent, dont il pourrait tirer une série d'articles pour le journal. Mais non. Il n'avait pas fermé l'œil de la nuit, et il avait passé la journée à essayer de sonder toutes ses sources : police, avocats, informateurs, et même ses amis journalistes. En vain.

Il n'était pas plus avancé que la veille. Alors, en dernier recours, il revenait voir Helen — pour le cas où elle aurait du nouveau.

Elle était en train de taper sa colonne, une demi-heure avant l'heure de bouclage pour l'édition du dimanche. Lorsqu'il entra, elle leva les yeux et lui offrit un mince sourire.

— Tiens, voilà l'homme qui me fait marcher sur la tête.

— Vous êtes sans doute la seule, durant le week-end, à ne pas écrire vos articles chez vous, remarqua Jeremiah en ignorant la remarque de sa consœur. Vous savez, tout de même, que vous pourriez les envoyer par modem ?

— Par modem? s'exclama Helen avec une moue dédaigneuse. Ces trucs ne m'inspirent aucune confiance et ils me font une peur bleue. Crois-moi, Tabak, de même que j'avais raison au sujet de la télévision, j'ai raison en ce qui concerne les modems.

Jeremiah ne lui demanda pas de préciser sa pensée. Les prédictions de Helen Samuel évoquaient sans doute la fin de la civilisation qu'elle avait connue jusque-là. Elle était effroyablement pessimiste en ce qui concernait la nature humaine et l'avenir de l'humanité — plus encore que la moyenne des journalistes, ce qui n'était pas peu dire.

— Tu ne me demandes pas pourquoi tu me fais marcher sur la tête ? reprit-elle, avant d'enchaîner, sans attendre de réponse : Il y a un bon quart d'heure que je ne cesse de taper sur la touche « Effacer ». Tu vois, j'écris : « Jeremiah Tabak, notre célèbre journaliste, a été le premier à se précipiter au secours de Mollie Lavender », et hop ! j'efface. Puis je tape sur l'icône « Annuler la dernière frappe », et je contemple ma phrase pendant un petit moment, avant de l'effacer de nouveau.

Elle prit une cigarette qui brûlait, dans le cendrier, et tira dessus.

— Je me demande si je ne vais pas la laisser telle qu'elle est.

— J'ignorais que vous pouviez vous montrer aussi indécise, Helen, remarqua Jeremiah.

Les paupières plissées, elle le fixa un instant en silence.

— Dans quelle galère es-tu allé te fourrer, Tabak ? lança-t-elle soudain. Je peux m'asseoir sur cette histoire pendant quelque temps, mais ça n'empêche pas que tu es dedans jusqu'au cou.

Jeremiah s'assit sur une chaise bancale et secoua la tête avec lassitude.

— J'aimerais bien, justement, savoir dans quoi je me suis fourré, marmonna-t-il.

— Brass a-t-il découvert que tu étais au Palm Beach Sands, hier soir, et que tu n'as fait aucun papier sur ce fait divers ?

— Non.

— Ni que tu t'es fait griller par le *Palm Beach Daily News* ! On aura tout vu. Ils ne vont pas aimer ça, comme moi, d'ailleurs.

— Vous saviez ce qui s'est passé, hier soir ? s'enquit Jeremiah.

— Evidemment ! Tu te rends compte, on aurait pu

couvrir le même fait divers au même moment. C'est comique, non ?

— Nous aurions abordé le sujet de manière différente.

— Je n'en suis pas si sûre. Tu penses que Mollie Lavender est mêlée à cette affaire de vols de bijoux, n'est-ce pas ? Moi aussi.

Se laissant aller contre le dossier de sa chaise, Helen considéra un moment Jeremiah, sans cesser de fumer. Malgré son rouge à lèvres corail qui avait coulé dans les rides verticales qui encadraient sa bouche et les années d'abus de tabac qui avaient lourdement marqué sa peau et ses traits, il émanait d'elle une sorte de beauté. Surtout, Jeremiah ne cessait de découvrir à quel point elle était intelligente et perspicace. Les paroles qu'elle prononça, un instant plus tard, confirmèrent encore cette opinion :

— A quel point es-tu amoureux d'elle, Tabak ?

Il étouffa un soupir.

— Helen, pour l'amour du ciel !

— Bon, écoute, voilà la situation telle qu'elle se présente. Il se trouve que tu es un reporter célèbre, et que si tu as une histoire avec la nièce et filleule d'un chanteur d'opéra mondialement connu, les gens vont le remarquer ; ils voudront en savoir davantage...

— Ça n'est pas leurs oignons ! maugréa Jeremiah.

— Peu importe. Et s'il s'avère que c'est une voleuse de bijoux, tu vas te retrouver mêlé à un beau scandale. Surtout si tu as omis de publier certaines informations. Ta crédibilité et ta carrière ne s'en remettront pas.

— D'abord, je n'ai rien de solide...

— Mais tu étais sur place, hier soir !

— ... et ensuite, poursuivit Jeremiah, je ne suis pas en position de publier quoi que ce soit.

— Vois-tu, mon petit, je fais ce boulot depuis bien trop longtemps pour ne pas sentir un scandale, quand il pointe le bout de son nez. Mon conseil, bien que tu ne m'aies rien demandé, serait de passer la main et de te tenir en dehors de tout ça.

— Vous voulez dire de laisser quelqu'un d'autre couvrir l'affaire ?

— Exactement.

Helen alluma une nouvelle cigarette et tira une bouffée.

— Mais tu n'es pas venu jusqu'ici pour que je te fasse la leçon. Que se passe-t-il ?

— Eh bien, vous avez sûrement suivi ce voleur de plus près que moi.

— Depuis le début, en effet.

— Bon. L'agression d'hier soir...

Jeremiah marqua une pause, se demandant s'il était encore capable de raisonner logiquement. Enfin, il parvint à reprendre la parole :

— Soit c'est notre voleur qui devient violent et encore plus audacieux...

— ... soit c'est quelqu'un d'autre, enchaîna Helen. Une sorte d'imitateur.

— Que vous disent vos informateurs ?

Helen renversa la tête en arrière et étudia de nouveau Jeremiah à travers ses paupières plissées, se demandant visiblement si elle devait en révéler davantage. Après tout, alors que Jeremiah Tabak travaillait au journal depuis près de dix-huit ans, jamais il n'avait échangé plus de deux mots avec elle — jusqu'à trois jours plus tôt.

— Rien, répondit-elle enfin. Rien de rien. Et je ne te le répète que parce que tu ne couvres pas l'affaire. Tout ce silence, c'est diablement intrigant, ajouta-t-elle avec un geste de la main.

— Helen...

— Ecoute, on boucle dans quelques minutes, et il faut encore que je ponde un paragraphe pour ma colonne — un paragraphe dans lequel je devrais révéler à mes lecteurs que la filleule de Leonardo Pascarelli et toi êtes au centre de nombreuses conversations, en ville.

Jeremiah la fusilla du regard.

— Mais c'est faux !

— Ça ne le sera plus très longtemps, déclara la journaliste, avant de se tourner de nouveau vers son écran.

Ainsi congédié, Jeremiah quitta son bureau et se rendit jusqu'à sa voiture, dans le parking, se demandant, comme cela lui arrivait parfois, pourquoi diable il n'était pas resté dans les Everglades, avec son père. Comme celui-ci, il aurait pu être guide — un solitaire, lui aussi, mais par choix, et non par un tour cruel du destin. Sa mère avait en effet été emportée par un cancer foudroyant, et dans l'esprit de Jeremiah, le genre d'amour que ses parents avaient partagé ne pouvait pas durer — il était, en raison même de sa perfection, voué à l'échec.

Il se revoyait, à douze ans, assis devant leur maison, près des eaux peu profondes, écartant les moustiques de la main et se disant que, si ses parents ne s'étaient pas aimés aussi fort, sa mère aurait peut-être vécu. Cette logique puérile, pour torturée qu'elle fût, était restée gravée dans son esprit, et c'était elle qui l'avait empêché de dormir, la nuit précédente, elle encore qui le taraudait en cet instant ; il avait toujours cette vieille et terrible frayeur que s'il aimait trop quelqu'un, cela ne durerait pas.

Poussant un soupir, il mit le contact et retourna chez lui. Ses vieux amis étaient tous rentrés. Pas d'octogénaire insomniaque installé sous la véranda, les yeux perdus dans la nuit ou en train de tailler un morceau de bois. Jeremiah monta dans son appartement pour y prendre son couteau. Puis, il redescendit s'asseoir dans une des chaises longues et imagina son père en train d'écouter la nuit des Everglades, seul, et de fumer sa pipe jusqu'aux petites heures du matin, pensant peut-être à la femme qu'il avait aimée et perdue — ou peut-être pas.

Alors que l'après-midi de dimanche touchait à sa fin, Mollie s'installa à une table d'un club de jazz de Fort Lauderdale. Elle était venue écouter Chet Farnsworth, son client cosmonaute devenu pianiste, qui se produisait ce jour pour un petit public d'initiés. Ceux-ci n'étaient pas de la première jeunesse, mais Chet était trop heureux de jouer devant un auditoire qui appréciait sa musique pour s'en formaliser. Il avait invité Mollie la veille, lorsqu'elle l'avait appelé pour s'excuser d'être partie sans les attendre, lui et son épouse, le soir du bal.

Savourant l'atmosphère paisible du club, Mollie commanda une margarita sans alcool. Nul n'irait la délester de ses bijoux, aujourd'hui, car elle n'en portait pas, ou presque. Elle avait enfilé une petite robe bleu marine toute simple et mis des petites boucles d'oreilles qui étaient jolies, mais sans aucune valeur.

Elle avait réussi à joindre Leonardo, en Italie, afin de lui raconter les événements survenus lors du cocktail de Mme Atwood. Son oncle avait aussitôt offert de sauter dans le premier avion pour Miami, et elle avait eu toutes les peines du monde à l'en dissuader. Il avait aussi insisté pour qu'elle appelle ses parents, menaçant de s'en charger lui-même. Quant au collier, il avait déclaré avec conviction :

— Bon débarras !

Depuis la petite estrade sur laquelle il était perché, devant un demi-queue, Chat lui fit un signe de la main, sans cesser de jouer.

Il était dans son élément, ici, songea Mollie, autant qu'à bord d'une navette spatiale. L'homme pouvait intimider, au premier abord, avec son apparence contrôlée, presque rigide, et ses manières un peu brusques, mais elle avait appris à connaître sa vraie personnalité. Il n'était pas tant bourru et désagréable que réservé et discipliné ; surtout, il ne supportait pas les imbéciles. Une fois au piano, Chet Farnsworth devenait autre. Son maintien raide, ses cheveux coupés en brosse et sa tenue stricte pouvaient préparer l'auditoire à la précision de son jeu, mais pas à la qualité et la profondeur de son interprétation. Or, quand il jouait, Chet dévoilait des aspects inédits de l'âme humaine, comme si le fait d'avoir voyagé dans l'espace avait affecté la vision qu'il avait de lui-même et du monde; il révélait une complexité et une sensibilité uniques.

Mollie l'écouta un long moment, sous le charme, puis elle regarda autour d'elle.

Peu à peu, la salle s'était remplie, ce dont elle se réjouit. Soudain, toutefois, son cœur cessa de battre. Là, assis sur un tabouret, au bar, Jeremiah était en train de siroter un Martini.

Il ne regardait pas Chet. Il avait les yeux fixés sur elle.

La réaction de Mollie fut immédiate et d'une violence inouïe. Surtout, elle s'y attendait si peu qu'elle ne put même pas la prévenir, ou la contrôler avant qu'elle ne prenne entièrement possession d'elle. Il lui sembla qu'elle se liquéfiait. La musique, la pénombre et l'atmosphère intime du club de jazz, tout cela combiné à la présence de Jeremiah agit sur ses sens et sur ses nerfs comme une bombe à retardement. Et l'explosion se fit dans son esprit autant que dans son corps. Mollie comprit brutalement qu'elle ne pouvait plus nier l'évidence : aujourd'hui, comme dix ans plus tôt, Jeremiah avait le pouvoir de la réduire à un bouillonnement d'émotions et de désir.

Rien n'avait changé.

Lorsqu'il vit qu'elle l'avait remarqué, il leva son verre et but une gorgée. Mollie s'obligea à lui adresser un sourire, sans chaleur, et il descendit aussitôt de son tabouret, pour se diriger vers sa table.

— Salut ! fit-il en s'asseyant à côté d'elle.

— Je suppose qu'il ne s'agit pas d'une coïncidence, répliqua-t-elle en guise de réponse.

— Le fait que je sois venu écouter un cosmonaute jouer du jazz te paraît improbable ?

— Tu m'as suivie ?

— Inutile. J'ai vu dans le journal que Chet Farnsworth se produisait ici, aujourd'hui, et j'en ai déduit que tu serais là, en bonne professionnelle que tu es. Je vois que tu as laissé tomber les bijoux coûteux, enchaîna Jeremiah sans transition. Comment va ton cou ?

— Mieux. Cela ne fait mal que lorsque j'y touche. Tout bien considéré, j'ai eu de la chance.

Jeremiah la considéra d'un air grave.

— Mollie, il faut que je sois très franc avec toi. J'ai besoin de te dire exactement pourquoi je suis ici.

— Je t'écoute.

— Hier et aujourd'hui, j'ai passé la majeure partie de mon temps à essayer de réunir toutes les informations disponibles à propos de cette affaire de vol de bijoux. Il n'y a pas grand-chose. La police est dans le brouillard. Des rumeurs circulent, sans qu'aucune ne soit vraiment sérieuse. Et les bijoux n'ont reparu dans aucun des endroits de revente habituels.

— Cela doit être... frustrant, remarqua Mollie en essayant de recouvrer son sang-froid.

Ainsi, Jeremiah était là pour le travail. Il respirait, mangeait, buvait, il vivait chaque seconde de son existence entièrement tendu vers son prochain sujet d'article...

— Oui, c'est frustrant, admit-il, mais pas pour les raisons que tu imagines.

Il avala une autre gorgée de son Martini et parut hésiter.

— Ecoute, Mollie, reprit-il enfin. Si je suis sur cette affaire, c'est à cause de toi ; et j'ai l'intention de la suivre jusqu'au bout, toujours à cause de toi.

Fronçant les sourcils, elle voulut parler, mais il lui intima le silence d'un geste. Maintenant qu'il avait commencé, il semblait vouloir aller jusqu'au bout, sans être interrompu.

— Je ne m'en serais jamais mêlé si un de mes informateurs ne m'avait pas donné ton nom. D'après lui, tu es la seule personne qui était présente chaque fois que le voleur s'est manifesté. D'où sa conviction que, d'une manière ou d'une autre, tu es mêlée à ces vols de bijoux.

— Mêlée ? Ça veut dire quoi, mêlée ? Et d'abord, qui est ce type ?

— Je ne suis pas venu ici pour qu'on se dispute. Simplement, je tenais à ce que tu saches pourquoi je suis sur l'affaire.

— A cause de moi.

— Absolument.

Mollie fronça les sourcils. La voix de Jeremiah, basse et profonde, semblait capable de s'infiltrer en elle, de s'insinuer jusque dans son âme et de lui donner cet apaisement auquel elle aspirait tant depuis des jours. Mais lentement, le sens des paroles qu'il venait de prononcer pénétra le brouillard de son esprit.

Jeremiah, lui, se redressait déjà, prêt à partir. Il se

pencha sur le visage de Mollie et chuchota, tout contre ses lèvres :

— Quand j'ai une idée en tête, je m'y tiens. Et en ce moment, toute mon attention se concentre sur toi et sur ce voleur de bijoux. Si tu es mêlée à l'affaire, j'aimerais que tu considères la possibilité de me dire comment et pourquoi, et ce que tu as l'intention de faire. Parce que d'une manière ou d'une autre, je finirai par le découvrir.

Crispant les mâchoires, Mollie se retint de le gifler de toutes ses forces.

— Tu es complètement à côté de la plaque, mon pauvre ! Et à des kilomètres des faits. Je n'ai rien à voir avec cette histoire — si ce n'est que j'ai été agressée — et dans le cas contraire, je préférerais mourir que de t'en parler !

Le front de Jeremiah se plissa.

— Tu ne rends pas les choses faciles à ceux qui tiennent à toi.

— Ceux qui tiennent à moi ne m'accusent pas d'être une voleuse de bijoux !

— Je ne t'accuse de rien du tout. Je te fais simplement connaître ma position.

Ce qu'il n'avait pas fait dix ans plus tôt — le sous-entendu était clair.

— Ecoute, Jeremiah, tu ferais mieux de partir et de me laisser tranquille, déclara Mollie.

— Bon, bon, fit-il avec un léger sourire. Si tu as des problèmes, tu sais où me trouver. Appelle-moi, viens me voir. Une chose m'intéresse avant tout : la vérité. Et si elle te nuit, eh bien, soit ! Mais je serai encore là pour toi.

— Quelle chance !

— Eh oui. Pour t'avoir menti, il y a dix ans, j'estime être ton débiteur. Et j'ai l'intention de payer ma dette.

Il lui envoya un baiser du bout des doigts, et s'éloigna. Un instant plus tard, il quittait le club.

Mollie commanda une autre margarita, cette fois avec de l'alcool, et elle essaya de se concentrer de nouveau sur la musique de Chet. A l'entracte, celui-ci vint la voir.

— Qu'est-ce qu'il vous voulait, ce rigolo de reporter ? demanda-t-il de son ton un peu brusque. J'ai bien vu, à votre tête, que ce qu'il vous racontait ne vous plaisait pas du tout.

— Je ne comprends pas trop ce qu'il me veut, avoua Mollie.

— Vous auriez dû lui envoyer une bonne gifle.

— J'y ai pensé.

Chet la considéra entre ses paupières plissées.

— Il y a quelque chose entre vous, déclara-t-il d'un ton sans appel, avant d'enchaîner : Cela ne me regarde pas, mais à votre place, je me méfierais. Ces types-là jouent sur la vulnérabilité des gens. Ils ne peuvent pas s'en empêcher. A croire qu'ils ont un sixième sens pour détecter le plus petit point faible ; et vous pouvez être sûre qu'ils s'en servent pour obtenir ce qu'ils veulent. Tabak est sur cette affaire de vol de bijoux, n'est-ce pas ?

— Ce n'est pas son domaine habituel.

— Comme si cela pouvait le gêner ! Il va trouver un angle d'approche qui sera du pur Jeremiah Tabak.

Soudain, le visage de Chet s'éclaira.

— Ah ! voilà ma douce et tendre !

Celle-ci s'approcha de la table et la conversation dévia vers d'autres sujets, plus neutres. Puis, Chet retourna sur la scène et Mollie resta un moment avec son épouse, avant de prendre congé.

Durant le trajet de retour à Palm Beach, elle écouta une cassette d'arias romantiques interprétées par Leonardo et augmenta le volume. Elle essaya d'abord de lutter contre les larmes qui se pressaient dans ses yeux, et finalement, comme la musique la submergeait, elle les laissa déborder, en même temps que toutes les émotions qu'elle avait essayé de refouler depuis l'instant où elle avait revu Jeremiah, devant le Greenaway Club. Elle pleura sa frustration et sa peur. Elle pleura même pour celle qu'elle avait été, dix ans plus tôt, et pour les rêves d'alors qui ne s'étaient jamais réalisés. Autrefois, sa liaison douloureuse avec Jeremiah lui avait permis de prendre conscience de ses vrais désirs. Mais à présent ? Ne se découvrait-elle pas prête à commettre la même erreur ? Elle désirait un homme qu'elle devait éviter à tout prix. Plus que tout, elle voulait lui faire confiance, alors même qu'il la soupçonnait de voler des bijoux, alors même qu'il se promettait de découvrir la vérité, quelles que soient les conséquences pour elle.

Finalement, les larmes lui firent un peu de bien. Elle essaya de se persuader que l'amour et l'attirance physique n'avaient rien à voir avec la raison ou la volonté des hommes. Si elle avait aimé Jeremiah, si une part d'elle l'aimait encore, elle n'avait d'autre choix que de l'accepter et de continuer son bonhomme de chemin.

Mais surtout, de ne pas céder.

Jamais.

Elle avait trente ans, et elle aimait sa vie. Il n'était pas question de permettre que ses sentiments pour un homme, qui ne lui valait rien de bon, aillent de nouveau bouleverser son équilibre.

8.

Lundi matin, le téléphone ne cessa de sonner, chez Mollie, mais la plupart des appels étaient liés au travail, et Deegan se chargea de les filtrer.

— Tu es un don du ciel ! lui dit-elle lorsqu'il prit congé, vers midi.

Il se mit à rire.

— Ça fait toujours plaisir de se voir apprécier. Tu pourras te débrouiller, pour le reste de la journée ? Je ne vois pas d'inconvénient à revenir cet après-midi, si tu veux.

— Non, merci, ça devrait aller. Je ne pense pas bouger avant ce soir : j'ai plusieurs communiqués de presse à rédiger. Je laisserai le répondeur prendre les messages, s'il le faut. Et surtout, si tu vois ta grand-mère avant moi, remercie-la pour ses fleurs.

En effet, on avait livré dans la matinée un énorme bouquet, accompagné d'une carte de visite de Diantha Atwood au dos de laquelle elle souhaitait à Mollie de se remettre bien vite. Celle-ci s'était empressée de lui envoyer un mot pour la remercier.

— Je n'y manquerai pas, répondit Deegan.

Les parents de Mollie lui avaient téléphoné aussi, la veille, après que Leonardo les eut prévenus de l'agression. Ils avaient voulu connaître tous les détails et proposé de sauter dans le premier avion pour Miami ; et si Mollie préférait rentrer à Boston, ils s'étaient déclaré prêts à débarrasser son ancienne chambre, qu'ils avaient convertie en bibliothèque ; elle pourrait s'y installer le temps nécessaire. Le soutien inconditionnel de ses parents avait bouleversé Mollie, même si elle n'avait jamais douté de leur amour ou de la confiance totale qu'ils avaient en elle.

Elle les avait assurés que le pire était derrière elle. Et en raccrochant, elle s'était sentie mieux.

Le temps sur Palm Beach était incertain, ce lundi, avec des passages nuageux et des averses, et tandis qu'elle pianotait sur le clavier de son ordinateur, Mollie se dit qu'au moins elle n'était pas tentée d'aller s'asseoir au bord de la piscine.

Un moment après le départ de Deegan, le téléphone sonna de nouveau. Elle pensa laisser le répondeur se charger de l'appel, mais elle saisit finalement le combiné.

— Mollie Lavender, dit-elle.

— Je sais.

Mollie se redressa d'un mouvement brusque en entendant la voix étrange, manifestement déformée, à l'autre bout du fil.

— Qui est à l'appareil ? demanda-t-elle.

— Miami est un endroit dangereux, mademoiselle Lavender. Vous devriez peut-être envisager de rentrer à Boston.

Ces mots furent suivis d'un déclic, et du silence.

D'une main tremblante, Mollie reposa le téléphone sans fil sur son bureau. Puis, sans réfléchir, poussée par l'instinct, elle se rua hors de la maison, attrapant ses clés et son sac au passage. Deux minutes plus tard, elle était à bord de la Jaguar de Leonardo et roulait au hasard des rues, sans destination précise. Elle bifurqua sur une avenue, maudissant les touristes qui roulaient presque au pas — afin de pouvoir mieux admirer les maisons et les plages —, puis s'engagea dans une rue qui menait à l'Interstate. Elle emprunta la rampe d'accès à toute vitesse. Un camion klaxonna furieusement lorsqu'elle se glissa sur la voie du milieu, lui coupant presque la route, et Mollie agrippa son volant, faisant appel à tout son sang-froid.

Elle devait se calmer, se concentrer sur l'instant présent. On était lundi, en début d'après-midi, elle se trouvait sur l'Interstate 95 et roulait en direction du sud. Une bruine légère s'était mise à tomber. Elle poussa le levier de commande des essuie-glaces, relâcha sa pression sur la pédale d'accélérateur, prit une profonde inspiration...

Voilà, se dit-elle.

L'appel ne provenait pas nécessairement de l'homme qui l'avait attaquée vendredi soir. Elle s'était peut-être fait un ennemi dans les affaires, quelqu'un qui voulait lui nuire et la forcer à quitter la ville. En même temps, cette hypothèse était absurde : si elle avait un listing de clients digne d'intérêt, il ne représentait en rien une menace pour qui que ce soit.

La bruine devint une pluie fine et serrée, qui se mua en un véritable déluge, l'espace d'un moment, et obligea Mollie à fixer son attention sur la route. Puis, le soleil réapparut, plus brillant que jamais, et la circulation recouvra son flux normal.

Soudain, alors qu'elle roulait depuis un moment déjà, elle aperçut le bâtiment du *Miami Tribune*, devant elle, juste à la sortie de l'Interstate. Elle bifurqua aussitôt et se rendit dans le parking souterrain réservé aux visiteurs. Comme lorsqu'elle était partie de chez elle, elle agissait d'instinct, sans réfléchir; elle s'engouffra dans l'ascenseur avant d'avoir eu le temps de se demander ce qu'elle faisait exactement.

Une fois dans la cage, elle se dit que Jeremiah avait la ténacité, l'arrogance et les contacts susceptibles de l'aider à découvrir qui était responsable de l'agression qu'elle avait subie, vendredi soir, et aussi du coup de téléphone qu'elle venait de recevoir. Car, qu'elle le veuille ou non, de près ou de loin, elle était bel et bien mêlée à cette histoire. Et elle aimait de moins en moins le tour que prenait la situation.

Elle inscrivit son nom dans le registre, à la réception, et se rendit dans la salle de rédaction. Arrivée dans l'entrée, elle considéra les rangées de bureaux, avec les ordinateurs et les fax qui ronronnaient, les téléphones qui sonnaient. Trois hommes étaient en train de se disputer devant un bureau. Personne ne parut la remarquer ou se soucier de sa présence. Les journalistes vaquaient à leurs affaires, démontrant ainsi leur capacité si enviable à travailler dans le bruit et le chaos.

— Vous cherchez quelqu'un? lui demanda enfin une jeune femme qui revenait avec un gobelet de café.

Mollie prit une profonde inspiration.

— Jeremiah Tabak.

— Son bureau est là-bas, près du mur. Mais il n'a pas l'air d'être là. Vous avez de la chance : il est d'une humeur massacrante, aujourd'hui.

La remerciant, Mollie marcha dans la direction qui venait de lui être indiquée. En effet, Jeremiah n'était pas à son bureau, mais il n'avait pas dû partir depuis longtemps. L'ordinateur était allumé, et les poissons de son économiseur d'écran nageaient tranquillement, environnés par des dizaines de Post-it. Comme dans son pick-up, chaque surface exploitable était recouverte de papiers divers, et la vieille chaise pivotante avait l'air d'avoir heurté le mur plus souvent qu'à son tour.

Mollie se demanda si elle aurait l'audace de fouiller un peu dans ses affaires, avec l'espoir de trouver des informations liées aux vols de bijoux.

— Vous cherchez Tabak ? lança soudain une voix, derrière elle.

Mollie sursauta. Une femme de petite taille et d'un certain âge venait de s'approcher, une cigarette pas encore allumée entre les doigts.

— Oui, répondit-elle. Il est là ?

— Malheureusement oui. Il est allé s'aérer à la cafétéria. J'ai essayé de le suivre, mais il s'est mis à me grogner dessus. Je me suis dit qu'il valait mieux l'aborder de nouveau quand il aurait avalé sa dose de caféine. Moi, je me contente de fumer, poursuivit-elle en levant sa cigarette. J'allumerais bien celle-là, mais les nazis qui travaillent ici n'hésiteraient pas à me lyncher ou à me faire fusiller. Si vous saviez ce qu'on nous refile en guise de journalistes, de nos jours !

Elle marqua une pause et considéra Mollie d'un regard perçant et clair qui rappelait étrangement celui de Jeremiah.

— Vous êtes Mollie Lavender, n'est-ce pas ?

Elle écarquilla les yeux.

— Oui. Mais... comment... ?

Visiblement ravie, la journaliste lui sourit.

— Je suis Helen Samuel. Et je suis payée pour savoir ce genre de choses. La filleule de Leonardo Pascarelli, agressée vendredi soir, pendant le cocktail de Diantha Atwood, alors qu'elle sortait des toilettes pour dames. Cela a dû être terrible. Vous allez mieux ?

L'expression du visage de Mollie devait refléter ses soupçons, car Helen Samuel lui sourit de nouveau.

— Détendez-vous. Cette conversation restera entre vous et moi.

Mollie hocha la tête.

— Je vais bien, merci. Je passais près d'ici, et je me suis dit que je pouvais en profiter pour venir voir Jeremiah et le remercier de son aide.

La journaliste arqua un sourcil, avant de pointer sa cigarette.

— Allez voir à la cafétéria. C'est l'étage au-dessus.

Sa remarque suivante prit Mollie totalement au dépourvu.

— Je ne lui dirai pas que vous étiez en train de regarder dans ses affaires.

— Je ne...

— Voyons, ma chère ! A votre avis, qu'est-ce que je suis venue faire ici ?

Mollie ne put retenir un sourire.

— Vous allez fouiller dans les affaires de Jeremiah ? Et s'il vous surprend ?

— Il sera furieux. Et après ? D'autant qu'il y a peu de chance qu'il ait laissé traîner quelque bout d'information susceptible de me servir... Quand Tabak sait quelque chose, il le garde pour lui. Il n'a aucune confiance en nous autres.

Et pour cause ! songea Mollie en se dirigeant vers la cafétéria. Elle y trouva Jeremiah, assis à une table près d'une fenêtre, le regard fixé vers le fond de sa tasse de café.

Avant de changer d'avis, elle alla se planter devant lui, essayant d'arborer un air serein — juste au cas où elle déciderait en définitive de ne pas lui parler du coup de téléphone qu'elle avait reçu.

— Tu as l'air d'attendre que ton café te révèle quelque vérité profonde, dit-elle avec un sourire.

Jeremiah leva la tête et cligna des yeux plusieurs fois, comme s'il avait oublié où il se trouvait.

— En fait, lui répondit-il, je me demandais si leur café est devenu encore plus mauvais, ou si mes papilles gustatives se réveillent enfin.

D'un long regard, il enveloppa Mollie, qui s'obligea à ne pas détourner les yeux.

— C'est Helen qui t'envoie ? demanda-t-il au bout de quelques instants.

— Elle m'a indiqué où te trouver, admit Mollie. Il paraît que tu es de mauvaise humeur.

— C'est vrai. Elle était en train de manigancer pour m'éloigner de mon bureau et en profiter pour fouiller dans mes affaires. Elle ne supporte pas l'idée que je puisse en savoir plus qu'elle.

— C'est le cas ?

— Je n'en suis même pas sûr.

— Elle ne se permettrait pas vraiment une chose pareille, si ?

— Probablement pas. Mais il fallait qu'elle joue à ce petit jeu. Je la vois d'ici, résistant à l'envie de regarder partout et se félicitant de ne pas succomber...

— Elle sait que tu ne laisses jamais traîner de documents importants.

— De toute façon, elle n'oserait pas franchir ce pas. Quand je suis arrivé au journal, Helen y travaillait déjà depuis des années. C'est une vraie professionnelle, qui connaît mieux que personne les limites à ne pas dépasser. Mais dis-moi, enchaîna Jeremiah, qu'est-ce qui t'amène à Miami ? Tu as la tête de quelqu'un qui vient d'avoir encore une belle frayeur...

— Tu ne crois pas si bien dire, répondit Mollie en s'installant en face de lui. J'ai reçu un coup de téléphone, sur ma ligne de travail, il y a environ une heure et demie. La voix était déguisée, et mon mystérieux correspondant a suggéré que je rentre à Boston, Miami devenant une ville dangereuse.

— Tu as prévenu la police ?

Mollie secoua la tête.

— Pourquoi ? insista Jeremiah.

— Je n'ai aucune preuve de ce que j'avance. Et je n'ai pas envie que la police se fasse des idées à mon sujet.

— Tu ne veux pas devenir suspecte...

— ... ni qu'on me prenne pour une folle qui cherche à se faire remarquer.

— Il n'empêche que quelqu'un t'a appelée.

— Oui.

Repoussant sa chaise, Jeremiah se leva.

— Viens, dit-il. J'ai un ami qui travaille dans la police de Palm Beach. On va essayer de le joindre.

Il esquissa un sourire.

— Helen a eu assez de temps pour s'arracher à la tentation, tu ne crois pas ?

— Jeremiah...

— Tu vas voir, ça ne prendra pas plus de deux minutes.

Il lui prit la main et l'entraîna à sa suite.

En effet, Helen Samuel n'était plus là, et Jeremiah fit asseoir Mollie sur sa chaise pivotante, avant de décrocher le téléphone, de composer un numéro et de demander à parler à un certain Frank. Dès qu'il eut celui-ci en ligne, il lui exposa rapidement la situation et passa le combiné à Mollie, qui expliqua ce qui s'était passé, dans les moindres détails, avant de conclure :

— J'ignore si c'est lié à l'agression de vendredi soir. Il peut s'agir d'un cinglé qui a vu mon nom dans le journal.

— Possible, acquiesça Frank. Je vais consigner tout ça. Donnez-moi votre numéro de téléphone, pour le cas où j'aurais des questions à vous poser.

Mollie lui communiqua ses coordonnées et raccrocha.

— Et voilà, fit aussitôt Jeremiah, qui n'avait pas perdu un mot de la conversation. Devoir accompli. Tu te sens mieux ?

— Un peu.

— C'est un début.

Mais Mollie ne l'écoutait pas. Un plan était en train de se former dans son esprit.

— J'ai un dîner à Boca Raton, ce soir, annonça-t-elle au bout de quelques secondes. Des amis de Leonardo m'ont invitée chez eux. Nous devrions être une trentaine.

— Notre voleur n'a encore jamais frappé lors de réceptions aussi intimes, remarqua Jeremiah. Sauf erreur, la plus petite comptait soixante-quinze invités.

— Peut-être, mais puisqu'il semble que je suis impliquée, nous devrions peut-être nous pencher sur mes activités à moi, et non uniquement sur la manière d'opérer du voleur.

— Nous ? releva Jeremiah.

Mollie se leva et inspira profondément.

— Je m'en irai de chez Leonardo à 18 h 30. Et crois-moi, dorénavant, je vais ouvrir l'œil — de préférence le bon.

— Oh ! Oh ! fit Jeremiah. Mollie a enfilé sa casquette de détective !

— Contrainte et forcée. Je suis votre dénominateur commun. J'ai été attaquée. Et maintenant, il y a ce coup de téléphone.

— Autant de raisons pour lesquelles tu ferais mieux de rester sagement chez toi à regarder la télé, jouer aux fléchettes ou ressortir ta flûte, plutôt que de courir les dîners mondains.

— Et accepter ma situation sans me battre ?

— Tu prendrais surtout une décision intelligente...

— Ecoute, Jeremiah, fais ce qui te paraît juste et bien, et je vais agir de même de mon côté. Merci de m'avoir accordé un peu de ton temps.

— Quand tu as dit « nous », cela signifiait-il que j'étais invité, ce soir ? demanda encore Jeremiah alors que Mollie s'éloignait.

Mais elle l'ignora. Dire qu'elle était venue le trouver avec l'espoir qu'il pourrait lui apporter son aide... Au lieu de quoi, il avait commencé à vouloir diriger ses moindres mouvements. « Appelle la police. Reste à la maison. Joue aux fléchettes... » Pour qui se prenait-il ? Elle en était presque à espérer que le voleur se manifesterait, ce soir, et qu'elle réussirait elle-même à le confondre. Quant à Jeremiah Tabak, avec ses conseils et sa belle arrogance, il pouvait aller au diable !

Lorsqu'elle rejoignit sa voiture, dans le parking souterrain, il l'attendait, appuyé contre le capot de la Jaguar.

— Comment es-tu arrivé ici avant moi ? s'exclama Mollie. Et comment as-tu su où j'étais garée ?

— Je connais les raccourcis de la maison, et tu remarqueras qu'il n'y a pas beaucoup de Jaguars noires dans la partie du parking réservée aux visiteurs... Tu es sur mon territoire, maintenant, ma puce.

— Et alors ?

— Alors, je veux savoir pourquoi tu as fait tout le trajet depuis Palm Beach pour me parler du vilain coup de fil que tu as reçu. Je veux savoir, poursuivit Jeremiah en s'approchant d'elle, pourquoi tu m'as parlé de ce dîner, ce soir, et pourquoi tu as dit que « nous » devrions nous pencher sur tes activités à toi, et non uniquement sur la manière d'opérer du voleur.

— Ce « nous » était un lapsus, en aucun cas révélateur de quoi que ce soit, répliqua Mollie avec froideur. Pour ce qui concerne l'appel, je voulais juste m'assurer que tu n'étais pas déjà au courant, mentit-elle.

Jeremiah ne cilla pas.

— Et comment aurais-je été averti ? demanda-t-il simplement, le visage impassible.

— Ce fameux informateur qui t'a soufflé mon nom. Il le sait peut-être, lui.

— Tu veux dire qu'il pourrait être à l'origine de l'appel ? Et que je l'aurais su ? Si c'était le cas, j'aime autant te dire que j'aurais déjà étranglé le bonhomme à l'heure qu'il est. Maintenant, est-ce qu'il a pu t'appeler lui-même ? Ça n'est pas impossible. Mais franchement, ça m'étonnerait.

Il parut réfléchit un moment, avant de reprendre :

— Tu as raison, il faut garder son objectivité et ne négliger aucune piste. Maintenant, pour ce soir, je serai chez toi à 18 h 25 au plus tard.

— Quoi ?

— C'est bien pour ça que tu m'as parlé de ce dîner, non ?

Le ton de sa voix parut s'adoucir :

— Pour que je vienne.

— Je ne sais pas, avoua Mollie. Je n'y ai pas réfléchi.

— Eh bien, réfléchis maintenant.

Mollie poussa un soupir.

— C'est insupportable de ne pas comprendre ce qui se passe, et de ne pas savoir ce qui va se passer. Je ne pouvais pas rester là, sans rien faire, à attendre le prochain coup de fil de ce maniaque. Alors, j'ai dû vouloir trouver un moyen de t'aider — ou que tu m'aides.

Jeremiah plissa le front.

— Si c'est ce que tu suggères, Mollie, je suis désolé mais il est impossible que nous fassions équipe. Je ne travaille pas comme ça.

— Je sais, je sais. Et je comprends. Sincèrement. Merci de m'avoir mise en contact avec Frank. La police finira peut-être par retrouver ce type.

D'un geste doux, Jeremiah effleura la joue de Mollie. La caresse, pourtant aussi légère qu'un souffle, la fit violemment frissonner.

— Tu essaies de te persuader qu'il n'y a rien entre nous, Mollie, mais ce n'est pas le cas. Et tu le sais parfaitement.

— Pas du tout ! riposta-t-elle sans aucune conviction.

— Mollie, Mollie, tu te souviens. A cet instant même, tu te souviens...

— De... de quoi ?

— J'ai été ton premier amant, chuchota Jeremiah. Tu te rappelles, n'est-ce pas ?

— Jeremiah..., commença-t-elle.

Elle s'interrompit et avala péniblement sa salive, songeant qu'il était en train de la mettre à l'épreuve ; c'était sa façon à lui d'établir les termes de leur relation. Il avait besoin de tout contrôler. Voilà la raison pour laquelle il travaillait seul et n'avait toujours personne dans sa vie.

Au prix d'un violent effort, elle s'arma contre les émotions et la confusion qui lui nouaient le ventre

— Jeremiah, reprit-elle enfin, je t'assure que je suis guérie de notre liaison depuis bien longtemps. Si j'ai mis ta photo sur ma cible de fléchettes, c'était pour m'amuser, rien de plus. Cela aurait aussi bien pu être une photo de Darth Vader.

— Oh ? fit-il d'un air amusé. Et quand je t'ai embrassée, j'aurais pu être Darth Vader aussi ?

Amusée malgré elle, Mollie ne put réprimer un sourire.

— Et si je t'embrassais, ici, tout de suite, poursuivit Jeremiah, qu'est-ce que tu en penserais ?

— Que c'est culotté.

— J'adore faire preuve de culot.

Jeremiah se pencha sur le visage de Mollie.

Celle-ci posa une main tremblante sur le capot de la voiture pour ne pas perdre l'équilibre, tandis que la langue de Jeremiah se glissait entre ses lèvres, l'affolant totalement.

Quand il s'écarta, elle découvrit dans son regard qu'il était visiblement très ému, lui aussi.

— Ce n'était pas trop culotté, ça ? Si ?

Mollie se redressa, essayant d'ignorer la tension presque douloureuse de la pointe de ses seins. Elle en tremblait de tous ses membres, l'esprit submergé par une vague de souvenirs brûlants : les mains de Jeremiah courant sur sa peau, suivies de sa bouche, ses dents, sa langue, jusqu'à ce qu'elle ne soit plus qu'un corps en fusion, frémissant, jusqu'à ce qu'il la pénètre, enfin, et fasse exploser en elle un plaisir ineffable.

Le vague, dans son regard, prouvait assez qu'il repensait, lui aussi, aux moments magiques qu'ils avaient partagés dans les bras l'un de l'autre.

— Ecoute, Jeremiah, reprit-elle en rassemblant ce qui lui restait de lucidité, je sais très bien ce que tu essaies de faire.

Elle lissa sa jupe du plat de la main, pour se donner un semblant de contenance et avoir une excuse de ne plus le regarder dans les yeux.

— Mais je t'assure que je n'ai pas du tout l'intention de retomber amoureuse de toi. J'ai pris seule la décision de venir jusqu'ici, aujourd'hui, et je suis prête à en assumer toutes les conséquences.

— A t'entendre, on dirait que tu vas te lancer dans l'ascension du mont Everest.

Elle sourit.

— Contente-toi de te concentrer sur ce que tu as à faire, d'accord ?

— Je ne perds jamais de vue ce que j'ai à faire, répondit Jeremiah en lui caressant doucement la joue.

Puis il ajouta, avec un clin d'œil :

— A tout à l'heure. 18 h 25 au plus tard.

Jeremiah retourna à son bureau de plus mauvaise humeur encore que lorsque Mollie était apparue devant lui, à la cafétéria. Il n'était que confusion et indécision, et se disait qu'il aurait bien mieux fait d'emmener Mollie chez lui, pour le reste de l'après-midi. Après avoir vérifié sur son répondeur s'il y avait des messages, il se jeta sur sa chaise et fixa son écran d'ordinateur.

Bien sûr, moins de deux minutes plus tard, Helen Samuel pointa le bout de son nez.

— Si tu me racontais ce que Mollie Lavender est venue faire ici ? demanda-t-elle sans s'embarrasser de préambule.

Jeremiah fit pivoter sa chaise. L'abus de mauvais café et la frustration lui causaient des brûlures d'estomac, et le manque de sommeil lui donnait la migraine.

— Sais-tu pourquoi tu excelles dans ton domaine depuis aussi longtemps, Helen ? fit-il en abandonnant le vouvoiement auquel il s'était tenu jusqu'ici. Parce que tu es par nature une véritable commère.

Sans paraître offensée le moins du monde, elle lui sourit.

— Ouais, ouais. Tu es juste de mauvaise humeur parce que tu voulais écrire cet article, au sujet de ce qui s'est passé vendredi, et tu n'as pas pu. Tu es très mal...

— Mais qu'est-ce que tu racontes ?

— Une femme, qui porte un collier appartenant à un des ténors les plus célèbres du monde, se fait arracher ce fameux collier à même le cou, au cours d'une réception très mondaine, par un voleur aussi malin qu'audacieux. Et toi, tu étais là, sur les lieux ; cela s'est passé pratiquement sous ton nez ! Pas étonnant que tu sois aussi désagréable... Cela doit te rendre fou.

— Eh bien, oui, ça me rend fou, admit Jeremiah avec un soupir. J'ignore totalement qui peut être à l'origine de ces vols, pourquoi il fait ça, ou encore comment il se débrouille pour être à toutes ces soirées sans se faire remarquer. Je ne sais pas si c'est un homme ou une femme ; s'il agit seul ou avec des complices.

Il se leva brusquement.

— Bref, je ne sais rien et j'en ai par-dessus la tête de toute cette histoire, conclut-il. Je rentre chez moi nourrir mon lézard. Sa compagnie est bien plus agréable que celle que je peux trouver ici.

Haussant un sourcil, Helen rétorqua du tac au tac :

— Est-ce que ton lézard a son mot à dire sur le genre de compagnie qu'il est forcé de supporter ?

Jeremiah, qui déjà s'éloignait, ne prit même pas la peine de répondre. Mais il ne put s'empêcher de sourire. C'était un autre des traits de caractère de Helen Samuel : elle n'avait pas la langue dans sa poche.

La circulation vers South Beach était épouvantable, et pour couronner le tout, il mit un temps fou à trouver une place pour se garer. Quand finalement il arriva devant son immeuble, il trouva Croc sous la véranda, en compagnie de Bennie, l'ancien tailleur, et Albert, l'ancien gangster. C'était la première fois en deux ans que Croc venait chez Jeremiah ; il préférait toujours les rencontres dans des endroits publiques, sur Ocean Drive. Avec ses cheveux hirsutes et ses vêtements froissés, il avait l'air d'un clochard.

— Ce gars-là dit qu'il est ton ami, indiqua Bennie en pointa son couteau dans sa direction. On lui a permis de t'attendre un moment.

— J'ai appelé au journal, expliqua Croc. La bonne femme qui m'a répondu m'a expliqué que tu étais rentré chez toi. Elle n'était pas très aimable.

Helen, songea Jeremiah. Après son attitude détestable, elle avait dû éprouver moins de scrupules à fouiller dans ses affaires et même à dire à un inconnu, au téléphone, où on pouvait le trouver. Quant à Bennie et Albert, ils étaient sans doute ravis de cette visite impromptue : toutes les distractions étaient bienvenues, et puis, armés de leurs couteaux à tailler le bois, ils ne risquaient rien.

— Je ne sais pas comment ces vieux schnocks se débrouillent pour ne pas se trancher les mains, remarqua Croc en gravissant les marches du perron à la suite de Jeremiah. C'est dur de tailler du bois. Tu as déjà essayé ?

— J'ai grandi dans les Everglades. C'est une des spécialités du coin. Je ne me débrouille pas trop mal.

Ils arrivèrent devant l'appartement de Jeremiah, qui déverrouilla la porte. Puis il fit signe à Croc d'entrer. Ce dernier avait l'air encore plus agité qu'à l'accoutumée.

— Tu sens quelque chose ? demanda Jeremiah.

Haussant les sourcils, Croc huma l'air autour de lui.

— Non, répondit-il en secouant la tête. Pourquoi ?

— J'aime bien m'assurer que cela ne sent pas le zoo, chez moi — pour le cas où j'aurais de la visite. C'est comme les gens qui ont des litières pour leur chat. Ils s'habituent à l'odeur et ne remarquent même plus que ça pue.

— Ça sent normal, je trouve.

— Bon.

Jeremiah lui offrit une boîte de thé glacé — c'était tout ce qu'il avait, dans son réfrigérateur. Croc l'ouvrit et but longuement, comme s'il n'avait rien avalé depuis plusieurs jours. « Drôle de garçon », songea Jeremiah, comme souvent lorsqu'il se trouvait en présence de son informateur. Avec lui, c'était tout ou rien.

Croc observa les cages, sur la table, et fit des bruits avec sa bouche, mais les animaux l'ignorèrent totalement.

— J'ai eu des poissons, quand j'étais gosse, déclara-t-il. Ils ne m'ont pas beaucoup intéressé, et ils ont tous fini par crever. Après, j'ai eu un chien. Il était sympa. Il doit être mort, maintenant.

— Tu n'en sais rien ?

— Non. En tout cas, il était encore vivant quand je suis parti de chez moi.

Jeremiah avait appris à ne jamais lui poser de questions sur son passé, car il se fermait aussitôt comme une coquille d'huître. Alors, il se contentait de collectionner les quelques informations que le gamin lui fournissait spontanément — comme ici, des poissons morts, un chien... — en se disant qu'un jour il réussirait peut-être à compléter le puzzle et à comprendre qui était Blake Wilder, et pourquoi il avait atterri dans la rue, à vingt ans. Jeremiah sentait confusément qu'il représentait une sorte de force stabilisatrice, dans la vie de Croc — quelqu'un qui le prenait tel qu'il était.

Le gamin s'était tu ; visiblement, il en avait terminé avec sur le chapitre des animaux domestiques qui avaient peuplé son enfance. Jeremiah ouvrit une autre boîte de thé glacé, pour lui cette fois, et il but une gorgée avant de demander :

— Alors, qu'est-ce qui t'amène ?

— J'ai fait ma petite enquête, répondit Croc, avant de se mettre à faire les cent pas. Une partie de cette bonne société de riches trouvait plutôt amusant, ou en tout cas excitant, d'avoir une espèce de gentleman-cambrioleur en train d'opérer dans son petit monde. Cela fournissait une distraction, un sujet de conversation.

— Qu'est-ce que c'est que cette histoire ? Tu vas te balader dans Palm Beach et tu interviewes les riches, maintenant ?

— Je ne dévoile jamais mes méthodes, répliqua Croc. Quoi qu'il en soit, d'après ce que j'entends, l'agression dont a été victime ta bonne amie Mollie a changé tout ça. Le hurlement, sa blessure... ça en a refroidi plus d'un.

— Forcément. Mais écoute-moi bien, Croc : je ne veux pas que tu t'amuses à poser des questions pour moi. Si jamais tu vas fourrer ton nez dans un nid d'abeilles, ce sera ton problème, pas le mien.

— Ça va sans dire, fit Croc en haussant les épaules.

Mais soudain, il fronça les sourcils et considéra Jeremiah avec attention, comme s'il le regardait vraiment pour la première fois depuis qu'il était arrivé, un moment plus tôt.

— Tu vas bien, toi ? demanda-t-il.

— Non. Je suis de mauvais poil. Bon, qu'est-ce que tu as entendu d'autre ?

Croc ne répondit pas immédiatement, et Jeremiah poussa un soupir d'impatience.

— Croc...

— Hé, j'ai des bonnes raisons d'hésiter ! Si tu es d'une humeur de crabe et que je dis un truc qui ne te plaît pas, va savoir si je ne vais pas finir dans la gamelle de ton gros lézard, là !

— Mon lézard est végétarien.

— Oh ! d'accord...

Croc jeta un coup d'œil vers le petit reptile endormi.

— Qu'est-ce que c'est laid, ces bestioles !

Jeremiah posa sa boîte sur le comptoir, avec plus de force qu'il n'en avait l'intention, et Croc lui sourit, l'air amusé.

— C'est vrai que t'es pas à prendre avec des pincettes.

Face au regard noir que lui jeta Jeremiah, il recouvra son sérieux.

— Bon, je n'ai pas grand-chose, mais on dirait que certaines personnes bien placées sont convaincues que l'attaque de vendredi n'était pas le boulot de notre voleur. Un imitateur, quelqu'un qui essaie de se glisser sur le territoire de notre bonhomme ; ou alors, il peut s'agir d'une tentative délibérée de brouiller les pistes de la police.

— Donc, tu ne penses pas que Mollie soit responsable de quoi que ce soit ?

— Je n'ai pas dit ça. Elle sait qu'elle est notre seul dénominateur commun. Si elle est bien le voleur, elle peut chercher à nous déstabiliser en mettant en scène une attaque dont elle est la victime. Ou bien, si elle est de mèche avec le voleur, qui qu'il soit, peut-être cherche-t-elle à nous entraîner loin de sa piste.

— Cela devient compliqué, Croc.

— On est à Palm Beach, Jeremiah. Il faut raisonner de manière compliquée, ou on risque de louper le coche. Ces gens-là savent comment couvrir leurs traces.

— Je ne suis pas certain de te suivre.

— Je dis simplement que tout est possible, quand il

y a beaucoup d'argent et des réputations en jeu. Là où je traîne habituellement, autrement dit dans la rue, on est un peu plus franc du collier.

Se laissant tomber sur une chaise, Croc allongea les jambes devant lui, avant d'enchaîner :

— Et toi, pourquoi es-tu de mauvaise humeur ?

— Mollie est venue me voir, tout à l'heure, répondit Jeremiah sans réfléchir. Elle a reçu un coup de téléphone de menace, cet après-midi.

— Oh ?

— Son correspondant, anonyme, lui a dit que Miami était un endroit dangereux et qu'elle ferait bien de retourner à Boston.

— Il sait donc qu'elle est originaire de là-bas ! déclara Croc en se levant d'un bond. Ça, c'est intéressant. Il faut que j'entre ces nouvelles données dans ma bonne vieille Cocotte-Minute mentale, et que je laisse mijoter un peu...

— Croc, s'il y a des choses que tu ne m'as pas encore dites, crache le morceau maintenant, déclara Jeremiah avec gravité. Une femme a été blessée, et elle est menacée.

Croc se figea.

— Soit tu as confiance en moi, soit tu n'as pas confiance en moi, murmura-t-il.

— C'est valable pour toi aussi.

— Absolument ! rétorqua Croc, avant de sourire. Merci pour le thé.

— C'est tout ? Tu t'en vas ?

— C'est tout. Je m'en vais. A plus.

L'instant d'après, Croc était parti.

Jeremiah fut pris d'une terrible envie de donner des coups de pied dans ses meubles. Mais ses bêtes dormaient. Alors, avec un grognement de frustration, il prit son couteau et descendit retrouver ses vieux copains. Bennie et Albert lui tendirent un morceau de bois, et Jeremiah s'occupa ainsi, jusqu'à ce qu'il soit l'heure de se préparer pour son rendez-vous chez Pascarelli. Car, qu'elle veuille bien l'admettre ou non, Mollie l'attendrait.

9.

Jeremiah arriva chez Leonardo Pascarelli deux minutes avant l'heure convenue. A sa grande surprise, ce fut Griffen Welles qui lui ouvrit la grille du portail, et non Mollie. La jeune femme portait un maillot de bain rose fuchsia, et par-dessus un petit peignoir de bain au tissu soyeux.

— Mollie est là-haut, en train de se préparer, expliqua-t-elle en passant une main dans ses longues boucles noires. Elle a proposé que vous l'attendiez au bord de la piscine.

Jeremiah se contenta de hocher la tête, et il la suivit à travers le jardin, jusqu'au bord d'un superbe bassin dans lequel Deegan Tiernay venait justement de plonger. Il avait l'air très jeune, plein d'énergie et, constata Jeremiah, il nageait très bien.

La soirée était plutôt fraîche, et on avait annoncé de la pluie. Jeremiah avait enfilé un pantalon et une chemise en lin sombre, songeant qu'ainsi il pourrait jouer indifféremment les espions ou les invités, selon l'état d'esprit dans lequel se trouverait Mollie.

— On a un broc de margarita, indiqua Griffen. Vous en voulez ?

— Non, merci.

La jeune femme s'installa dans une chaise longue.

— Mollie nous a permis de passer un moment près de la piscine, ce soir, reprit-elle sur le ton de la conversation. C'est gentil de sa part. Il y en a bien une, dans ma résidence, mais elle n'est pas aussi belle, et il y a toujours du monde. Et bien sûr, ni Deegan ni moi n'avons envie d'utiliser celle de ses parents.

Elle plia une de ses longues jambes hâlées, et poursuivit :

— Je suis tellement contente de n'être pas née riche. J'aurais horreur de devoir supporter le genre de pression auquel il est soumis en permanence. Mes parents ne sont pas à plaindre, mais ils ne jouent pas dans la même catégorie des Tiernay-Atwood.

Jeremiah haussa les épaules.

— La vie peut vous faire de pires cadeaux qu'un joli fonds en fidéicommis et une grand-mère snob. Deegan ne tardera sans doute pas à s'en apercevoir.

Ce dernier sortait justement de l'eau et il arrosa sa compagne, éclatant de rire quand elle poussa des cris et se leva d'un bond. Il la souleva alors dans ses bras et la jeta dans la piscine.

— Dix longueurs avant que tu ne sois autorisée à sortir ! lança-t-il.

Griffen lui tira la langue et s'éloigna en nageant lentement sur le dos. Deegan, qui s'était installé dans la chaise longue qu'elle venait de libérer, ne la quittait pas des yeux, et elle le savait.

Jeremiah, lui, observait la scène avec un intérêt mitigé. Il n'était pas vraiment dans son élément.

— Mollie n'a pas eu l'air surprise de votre arrivée, fit observer Deegan. Je ne lui ai pas posé de question, bien sûr. Cela ne me regarde pas.

Et il avait bien fait, songea Jeremiah. Mollie n'aimait pas beaucoup les hommes trop protecteurs, ainsi que lui-même l'avait découvert. C'était sans doute dû au fait qu'elle avait grandi au sein d'une famille de farfelus. D'après ce qu'il avait compris, ses parents l'avaient laissée se débrouiller toute seule assez jeune, et elle avait appris très tôt à compter principalement sur elle-même. Jeremiah, de son côté, n'avait eu pour limite que le vaste territoire des Everglades, depuis qu'il savait marcher, et il comprenait très bien le caractère indépendant de Mollie — même s'il n'était pas sûr de bien comprendre les Lavender.

— A votre place, je ne commettrais pas l'erreur de la sous-estimer, reprit Deegan. Elle a peut-être tendance à faire confiance aux gens plus facilement que moi, mais elle n'est pas naïve. Elle doit savoir que vous êtes probablement sur cette histoire de vols de bijoux.

Jeremiah retint un soupir. D'abord Griffen, et maintenant Deegan. Décidément, cette journée était éprouvante jusqu'au bout.

— A mon avis, elle sait beaucoup de choses, en effet, déclara-t-il plutôt froidement, peu désireux de discuter de sa relation avec Mollie ou de son travail avec le stagiaire de la jeune femme.

Mais Deegan continua sur sa lancée :

— Mollie n'est pas en Floride depuis longtemps ; pourtant, elle a déjà des amis, des gens qui veillent sur elle. Ses clients, notamment, lui sont tous dévoués.

— Y compris Ash, le chien, ne put s'empêcher de commenter Jeremiah.

Deegan n'eut pas l'air d'apprécier le trait, car il le fusilla d'un regard noir.

— Vous êtes un vrai con, n'est-ce pas ?

— Je vous laisse juge..., murmura Jeremiah.

— Elle a été correcte avec moi dès le départ, poursuivit Deegan, qui n'en avait pas fini. Pas de blabla ni de traitement de faveur. Peu de gens accepteraient le fils de Michael Tiernay comme stagiaire, vous savez. Si ça ne se passe pas bien, mon père a assez de pouvoir pour ruiner n'importe qui. Et si ça se passe trop bien, au contraire, la personne peut être suspectée de vouloir faire de la lèche.

— Pas facile, en effet, ironisa Jeremiah.

— Ce ne sont pas des histoires de gamins de treize ans qui se tirent dans le dos. Il n'empêche que ce n'est pas si simple. Et pour couronner le tout, ajouta Deegan, presque à mi-voix, j'ai la réputation d'être un gosse de riches, insupportable et trop gâté. Cela n'aide pas.

Jeremiah se retint de lever les yeux au ciel. Voilà qu'il devait se coltiner les états d'âme d'un fils de milliardaire en pleine crise d'identité ! Pourtant, il ne put s'empêcher de demander :

— Et c'est vrai ? Je veux dire, que vous êtes insupportable et trop gâté ?

Deegan ne répondit pas tout de suite. Son visage se

durcit, et il regarda le corps longiligne de Griffen fendre l'eau claire.

— Je m'efforce d'aller contre ça, déclara-t-il finalement, avec une conscience de lui-même à laquelle Jeremiah ne s'attendait guère.

Soudain, sans trop savoir comment, ce dernier fut pris d'une inspiration.

— Vos parents vous ont permis de faire ce stage chez Mollie à cause de sa relation avec Leonardo Pascarelli, n'est-ce pas ?

Deegan parut surpris par la perspicacité de Jeremiah.

— C'est vrai, admit-il. Cela leur permettait de sauver la face. Sinon, ils auraient dû commencer à parler de me déshériter, et ils ne veulent pas en arriver là : c'est compliqué, ça prend du temps, et puis ça fait mauvais effet. La parenté de Mollie avec Leonardo leur a fourni une échappatoire et permis de repousser de quelques mois le jour du grand jugement.

— Mollie le sait-elle, ou imagine-t-elle qu'elle a pour vocation de vous apprendre quelque chose ?

— Je vous l'ai dit : elle a été correcte avec moi. J'essaie de faire de même avec elle.

— Mais vous apprenez quelque chose ? insista Jeremiah.

— Je fais mon boulot.

Autrement dit : « Mêle-toi de ce qui te regarde, Tabak. » Deegan Tiernay n'était pas seulement pourri-gâté, c'était aussi un petit con arrogant. Evidemment, il n'avait que vingt et un ans. Il essayait de découvrir qui il était, sans vraiment se rendre compte de la chance qu'il avait. Il était le fils unique de Michael et Bobbi

Tiernay, et le petit-fils unique de Diantha Atwood. Il était riche, et il avait une petite amie qui était belle, plus âgée que lui, et qui en plus réussissait dans la vie. Comment aurait-il pu ne pas se prendre au sérieux ?

— Je ne crois pas que Mollie se rende compte à quel point son lien avec Leonardo influe sur le comportement des gens vis-à-vis d'elle, par ici, reprit Deegan. Elle ne s'en vante pas et ne cherche pas non plus à en tirer avantage — ce n'est pas son style —, mais ce n'est pas le cas de tout le monde. Et quand je dis tout le monde, je veux parler de tous les gens qui gravitent autour de nous.

— Ses clients y compris ? demanda Jeremiah.

Deegan secoua la tête.

— Non. Si le nom Leonardo les attire peut-être, au début, cela ne suffirait pas à les faire rester. D'ailleurs, une fois qu'ils apprennent à connaître Mollie, ils oublient de qui elle est la nièce et la filleule. Simplement, elle va avoir du mal à déterminer qui sont ses vrais amis.

Un instant, il considéra Jeremiah.

— Je sais que vous me prenez pour un petit con, reprit-il. Vous n'êtes pas le premier. Mais je tenais à vous dire que... eh bien, j'ai beaucoup de respect pour Mollie.

A cet instant, Griffen sortit de la piscine et prit une serviette.

— Je parie que vous êtes en train de parler de Mollie, déclara-t-elle gaiement. La pauvre ! Alors qu'elle est en train d'essayer de décider de ce qu'elle va porter ce soir... Vous devriez avoir honte !

Justement, Mollie s'avançait au bout de l'allée pavée de briques. Elle portait une petite robe noire toute simple et une veste dont le col dissimulait son cou. Et comme bijoux, des boucles d'oreilles discrètes ; pas de bague, pas de bracelet, pas de collier. Ses cheveux clairs étaient coiffés vers l'arrière et brillaient dans la lumière du jour déclinant. Jeremiah l'admira, songeant qu'elle était d'autant plus belle qu'elle ne paraissait pas s'en douter.

Elle le salua d'un bref signe de tête et dit :

— Comme tu vois, je suis en retard.

Puis, sans attendre de réponse, elle se tourna vers Deegan et Griffen.

— Vous pouvez rester aussi longtemps que vous voudrez — ou que le temps le permettra, ajouta-t-elle avec un geste en direction du ciel. Vous vous rappelez comment on ferme ?

— Oui, répondit Deegan. Amuse-toi bien. Et ne te fais pas de souci : Griffen et moi allons veiller sur l'argenterie.

Mollie fit mine de frémir d'effroi.

— Je commence à comprendre pourquoi mes parents ne possèdent pratiquement rien. C'est trop compliqué.

— Qu'y a-t-il de compliqué dans le fait de verrouiller une porte et d'armer un système d'alarme ? s'exclama Deegan. Par moments, j'ai l'impression que nous vivons sur des planètes différentes.

— Merci encore de nous permettre de rester, Mollie, intervint Griffen. Tu es vraiment adorable.

— Pas de problème. A demain, Deegan.

Et Mollie s'éloigna, suivie de Jeremiah.

— On sent qu'ils se posent plein de questions à notre sujet, observa celui-ci quand ils furent hors de portée de voix.

— Je ne pensais pas qu'ils seraient là quand tu arriverais.

— Je m'en doute. Ils vont te cuisiner, demain. La tête que tu fais n'arrange pas les choses. On dirait que je suis un démon venu t'emmener en enfer...

Lui jetant un coup d'œil par-dessus l'épaule, Mollie sourit.

— C'est un peu le cas.

— Oh ! Oh ! J'ai comme l'impression que je ne vais pas être convié au dîner, moi.

Comme ils arrivaient devant la Jaguar, Mollie ouvrit la portière du conducteur.

— Expliquer ta présence à mon stagiaire et à ma meilleure amie est une chose, déclara-t-elle. L'expliquer aux amis de Leonardo en est une autre, très différente. Et je ne veux pas leur donner à croire que tu es ce que tu n'es pas, conclut-elle avant de s'installer derrière le volant.

Autrement dit, songea Jeremiah, quelqu'un qu'elle avait embrassé sur le capot d'une voiture, dans un parking de Miami.

— Dans ce cas, pourquoi est-ce que je t'accompagne ? demanda-t-il en prenant place à côté d'elle.

— Parce que la réception a lieu dans une grande maison, avec un grand parc autour. Je pourrai te déposer à l'entrée, et tu n'auras qu'à fureter.

Elle lui sourit, un peu froidement, et Jeremiah se dit que d'une certain façon, elle savourait la situation.

— Je suis sûre que tu es très doué, quand il s'agit de fureter, ajouta-t-elle.

— Est-ce qu'au moins tu me rapporteras quelque chose à manger ?

— J'essaierai de te glisser un éclair au chocolat dans mon sac. Alors, tu es toujours partant ? demanda Mollie, la main sur la clé de contact.

— Toujours, répondit-il.

Elle fit démarrer le moteur et sortit de la propriété de son parrain, fermant les grilles derrière elle à l'aide de la télécommande fixée à son pare-soleil.

— Tout ça n'a aucun sens ! reprit-elle avec un soupir, quelques minutes plus tard. Nous savons très bien, toi et moi, que le voleur ne va pas se manifester ce soir ; pas à un petit dîner entre amis, dans une propriété privée, et même si je suis présente, moi le « dénominateur commun »... Après tout, il n'a pas volé un bijou chaque fois que je me suis rendue quelque part.

— En effet.

— Alors, pourquoi es-tu là ? demanda Mollie. A cause de moi ? Tu ne veux pas que je sorte seule, n'est-ce pas ?

— C'est exact.

— Et puis ?

— Et puis quoi ?

— Tu ne veux pas t'étendre un peu sur la question ?

— Cela risque de t'énerver et je n'ai pas envie de gâcher ta soirée.

Mollie s'arrêta brièvement à un stop et en profita pour regarder Jeremiah droit dans les yeux.

— Qu'est-ce que je dois comprendre, au juste ?

Jeremiah se cala confortablement dans son siège.

— Qu'à mon avis, tu ne voulais pas sortir toute seule ce soir — ce que je trouve parfaitement normal.

— Je vois. Tu persistes à vouloir me protéger.

— Et toi, Mollie, tu persistes à ne pas vouloir comprendre. Si je voulais seulement te protéger, cela ne te gênerait pas : tu te dirais que Tabak le reporter est encore sur la piste d'une bonne histoire, et voilà tout. Ce qui t'agace, c'est que je tiens à toi.

— A ton travail, tu veux dire, corrigea la jeune femme avec entêtement.

— A toi, répéta Jeremiah.

Lorsque Mollie repartit brusquement, il éclata de rire.

— Je t'avais prévenue ! C'était déjà bien assez de te rendre à un dîner en sachant que je serais en train de rôder dans les buissons ; maintenant, il va en plus falloir que tu t'inquiètes, parce que quelqu'un tient suffisamment à toi pour risquer de se faire attaquer par une meute de dobermans, ou encore de s'électrocuter sur des clôtures de sécurité.

— J'ai beaucoup d'amis qui tiennent à moi, remarqua Mollie en fronçant les sourcils.

— Mais moi, c'est différent, ma chérie.

Cette fois, Mollie garda le silence, et ils ne prononcèrent plus une seule parole durant le reste du trajet — qui se révéla d'ailleurs fort court.

Les amis de Leonardo vivaient dans une maison en stuc rose pâle installée juste au bord de l'eau. La jeune femme déposa Jeremiah au début de la longue l'allée qui menait à l'entrée, à un endroit où le sol était couvert d'une végétation intense. Il n'y avait aucun mur de délimitation.

— Au fait, dit Mollie en baissant sa vitre, il n'y a pas de clôture électrifiée. Et ne t'inquiète pas non plus au sujet des dobermans. Ils sont très gentils.

Jeremiah fronça les sourcils.

— Quels dobermans ?

— Mozart, Ludwig et Cosima.

— Cosima, répéta Jeremiah.

— La femme de Wagner.

— Mollie, ils ont trois dobermans ?

— Oui. Mais je t'assure que ce sont des amours. Et puis, ils seront sûrement à l'intérieur, ce soir, à cause de la pluie. Tu n'as donc pas de souci à te faire...

Alors qu'elle se trouvait au milieu des autres invités, quelques minutes plus tard, Mollie comprit que se débarrasser de la présence physique de Jeremiah ne signifiait pas qu'elle pouvait aussi facilement le chasser de son esprit. Elle continua de réfléchir aux propos qu'il venait de lui tenir, et peu à peu, une colère sourde monta en elle.

Qui croyait-il tromper en essayant de lui faire croire qu'il voulait la protéger du voleur de bijoux ? La vérité était plutôt qu'il cherchait à s'assurer qu'il ne s'était pas trompé sur son compte ; il voulait être absolument certain qu'elle, Mollie Lavender, n'était pas ce fameux voleur !

Quand il prétendait l'avoir accompagnée, ce soir,

parce qu'il tenait à elle, elle n'était pas dupe. Elle ne le croyait pas... ou plutôt, elle refusait de le croire, même si une part d'elle-même n'aspirait qu'à cela. Alors même qu'elle se tenait ce raisonnement, elle prit la mesure de la confusion qui régnait en elle.

Heureusement, les amis de Leonardo finirent par la dérider et l'arracher au cours sombre de ses pensées. Un début de fou rire s'empara d'elle lorsque ses hôtes firent sortir les dobermans. Il s'agissait de chiens magnifiques et superbement dressés, qui ne s'attaqueraient jamais à un intrus. En revanche, ils pouvaient fort bien converger vers lui s'ils sentaient sa présence.

Ils ne durent pas trouver Jeremiah, car ils revinrent très vite sur la terrasse couverte, où les invités s'étaient réunis pour le dessert et les cafés.

Mollie en terminait avec sa mousse au chocolat, lorsque le sujet de son agression fut abordé. Une femme, bénévole infatigable qui donnait de son temps et de son argent à pratiquement toutes les associations à vocation artistique de Palm Beach, déclara que Diantha Atwood était encore bouleversée par ce qui s'était passé.

— Vous imaginez ! conclut-elle. Une de ses invitées a été attaquée au cours de sa réception. Cela a dû être horrible pour vous, Mollie.

— Il paraît que Jeremiah Tabak a été le premier à venir vous secourir, renchérit l'époux de cette dame.

Profitant de l'occasion qui lui était donnée d'en apprendre davantage sur le journaliste, Mollie, aussi subtilement qu'elle put, encouragea ceux qui l'entouraient à parler de lui. Et très vite, elle s'aperçut qu'ils en savaient à son sujet bien plus qu'elle. Elle découvrit ainsi qu'il avait chez lui des reptiles, et aussi qu'il vivait très largement au-dessous de ses moyens. Très apprécié, il était fréquemment invité dans les émissions d'informations d'une chaîne de télévision nationale, surtout quand éclatait un fait divers sur Miami, mais il préférait la presse écrite. Il était reconnu comme un homme aux opinions très arrêtées et un orateur plein de force lors des rares occasions où il acceptait de parler en public. On lui avait connu des liaisons avec un certain nombre de femmes, mais il ne s'était jamais marié. Il semblait entièrement et uniquement dévoué à son travail. En bref, il faisait ce qui le passionnait, et il le faisait bien.

Et plus son portrait s'affinait, plus Mollie se disait que cet homme n'avait rien en commun avec elle, qu'il ne partageait aucun de ses désirs profonds, aucune de ses ambitions. Elle aussi aimait son travail, mais ce n'était pas toute sa vie. Si le lancement de sa propre agence avait certes occupé une bonne partie de son temps, au cours des derniers mois, c'était temporaire, et elle aspirait à une existence plus équilibrée. Elle voulait une famille, des amis, des vacances, et le loisir de souffler un peu de temps à autre et de jouir de la vie.

Autrement dit, elle était prévenue. Pour la deuxième fois. Jeremiah était un journaliste redoutable, et même s'il n'avait trahi aucun code de déontologie, dix ans plus tôt, il n'avait pas davantage permis qu'elle entre dans sa vie. Au bout du compte, c'était pour cette raison qu'il avait menti : pour se protéger et s'assurer qu'elle retournait à Boston. La seule idée d'aimer lui faisait une peur bleue.

L'esprit en pleine ébullition, Mollie quitta la réception de ses amis avec plus de raisons que jamais de ne pas s'en laisser conter par le sieur Tabak. A tel point qu'elle était déjà sur la route, lorsqu'elle s'aperçut qu'elle l'avait oublié. Elle fit demi-tour et rebroussa chemin pour rejoindre l'allée, roulant assez lentement pour permettre à Jeremiah de lui faire signe. Soudain, alors qu'elle s'engageait dans un virage, ses phares prirent sa silhouette dans leur faisceau.

Mollie s'aperçut aussitôt de sa méprise. Ça n'était pas lui, mais un autre homme ! Maigre, jeune, vêtu de noir.

Ecrasant la pédale de frein, elle retint son souffle alors que l'inconnu se jetait derrière un arbre. Instinctivement, elle verrouilla les portières, avant de s'interroger sur la conduite à suivre. Le mieux était sans doute de retourner chez ses amis et de prévenir la police. Même si cet homme était juste de passage, il n'avait rien à faire sur une propriété privée.

Un coup frappé à la vitre du passager la fit sursauter violemment.

C'était Jeremiah.

Elle appuya sur la commande électrique pour baisser la vitre.

— Tu as failli me faire mourir de peur ! s'écria-t-elle. Tu as vu cet homme ? Où est-il passé ?

— Il est derrière moi. Il s'appelle Croc, je le connais.

Mollie cligna des yeux plusieurs fois.

— Croc ?

La tête de l'homme en question apparut au-dessus de l'épaule de Jeremiah.

— Salut, mademoiselle Mollie ! lança-t-il en souriant. Ça va ?

— A cet instant, pas trop bien. Qui êtes-vous ?

— Un ami de Jeremiah.

Ce dernier fit la grimace.

— Ouais, bon, n'exagère pas, tu veux bien ?

Croc éclata de rire.

— Il est furieux contre moi parce que je vous ai suivis jusqu'ici, tous les deux. Mais tu m'as repéré, vieux. Tu n'es pas mauvais à ce petit jeu de cache-cache...

— Attendez une minute ! intervint Mollie. Vous voulez bien m'expliquer ce qui se passe ?

— Je te raconterai tout en route, commença Jeremiah en faisant mine d'ouvrir la portière.

Mais Mollie secoua la tête, se félicitant d'avoir tout verrouillé.

— Pas question. Tu me racontes tout de suite.

Jeremiah poussa un soupir. Il avait l'air excédé d'un homme qui a épuisé ses réserves de patience.

— En venant ici, j'ai remarqué Croc, au volant d'une voiture. Je ne t'ai rien dit parce que je n'étais pas sûr que ce soit bien lui, et aussi parce qu'il n'est pas facile d'expliquer qui est Croc.

— C'est ton informateur, déclara intuitivement Mollie. C'est lui qui a découvert que j'étais un dénominateur commun.

— Ouais, le dénominateur commun, confirma Croc avec fierté.

Jeremiah lui décocha un coup d'œil terrible. Puis, il se tourna de nouveau vers Mollie et l'expression de son visage s'adoucit.

— Je suis désolé qu'il t'ait fait peur. Il a du mal à comprendre la différence entre ses affaires et celles des autres.

— C'est un problème de limites psychologiques, commenta Croc. Cela remonte loin. Tabak essaye de me remettre sur le droit chemin.

— Je connais Croc depuis deux ans, précisa Jeremiah.

Mollie, elle, s'efforçait de garder son calme.

— Et tu ne pouvais pas m'en parler plus tôt !

— Compte tenu des circonstances, non.

— Mais à présent que je suis tombée sur lui, en pleine campagne et au beau milieu de la nuit, tu peux peut-être m'en parler, non ?

Croc fronça les sourcils.

— Il est quelle heure ? 22 heures ! Ce n'est pas le milieu de la nuit.

Mollie s'adressa à lui, cette fois :

— J'aurais pu vous écraser.

— Je ne crois pas, non. J'ai d'excellents réflexes, même face à une Jaguar.

— Croc, le prévint Jeremiah, si tu ne veux pas que Mollie recule et essaye de nouveau, je te suggère de la fermer !

— Bon.

— Si un seul des invités se trouve avoir perdu ne serait-ce qu'une bague en plastique, ce soir, leur dit Mollie, je veillerai à ce que la police vous rende une petite visite, à l'un comme à l'autre. Vous pouvez même vous estimer heureux que je ne les appelle pas tout de suite. Maintenant, conclut-elle, je vous souhaite une bonne nuit.

Alors que Croc s'apprêtait à argumenter, Jeremiah le prit par le collet et le força à reculer d'un bond, afin de permettre à Mollie de passer. Elle fit un autre demi-tour et retourna sur la route en direction de la maison de Leonardo.

Elle fulminait.

— On dirait que tu as perdu ton chauffeur, commenta Croc après que Mollie les eut abandonnés.

Jeremiah crispa les mâchoires. Il faisait nuit noire, la température était tombée de plusieurs degrés, et il recommençait à pleuvoir.

— Croc, je ne sais vraiment pas ce qui me retient de te pendre à cet arbre, là...

— Mais qu'est-ce que j'ai fait ?

— ... ou alors de te traîner jusqu'au commissariat.

— Pourquoi ?

— Pour ma satisfaction personnelle.

— Hé, mais c'est pas moi, ton voleur ! Si ça se trouve, ta Mollie vient de s'envoler avec un coffre plein à craquer de bijoux.

Jeremiah se figea.

— Mollie n'est pas le voleur non plus. J'aimerais bien que ça rentre une bonne fois pour toutes dans ton crâne ?

— D'accord, d'accord, elle n'est pas le voleur, déclara Croc sans conviction.

— Je ne comprends pas quel est ton intérêt dans cette histoire, avoua Jeremiah avec un soupir. Explique-moi.

— Ça me tient à l'écart des mauvaises fréquentations de la rue.

Aussitôt après le départ de Mollie, ils s'étaient enfoncés sous les arbres, afin de n'être pas repéré par d'autres invités qui quitteraient la réception. Jeremiah ne voyait pas d'inconvénient à marcher ainsi dans le sous-bois, mais Croc s'attendait sans cesse à voir surgir des alligators et des serpents.

— Je dois être plein d'araignées ! se plaignit-il lorsqu'ils débouchèrent sur la route.

— Bien fait ! maugréa Jeremiah.

— Tu es vraiment une ordure sans cœur, tu sais ?

— Je ne t'ai pas encore étranglé.

— Merci, c'est trop gentil. Je te ramène chez toi ?

— Mon pick-up est resté chez Mollie. Ce n'est pas si loin. Je peux marcher.

— J'espère pour toi qu'elle ne l'aura pas fait embarquer par la fourrière ou qu'elle n'aura pas crevé les quatre pneus. Elle avait l'air furieuse que tu ne lui aies pas dit que je vous avais suivis.

— Si tu te rappelles bien, j'ai précisé que je n'étais pas sûr que ce soit toi.

— Oui, oui, je me rappelle...

En fait, après être sorti de la voiture de Mollie, Jeremiah s'était caché dans les buissons et il avait attendu un moment pour s'assurer que tous les invités étaient arrivés. Croc avait eu beaucoup de chance qu'il le reconnaisse avant de se jeter sur lui. En tout cas, Jeremiah lui avait donné la frayeur de sa vie.

— Ma voiture est un peu plus haut sur la route, à trois ou quatre cents mètres environ, indiqua Croc.

— D'accord. Tu n'as qu'à me conduire chez Mollie. Mais je te suggère de retourner dans le trou d'où tu es sorti et de lui fiche la paix, dorénavant. Est-ce que c'est clair ?

— On ne peut plus clair, mon capitaine !

Jeremiah accéléra le pas. Il était à peu près persuadé que Croc avait fait exprès de se faire surprendre par Mollie. Il voulait la rencontrer et savoir comment elle réagirait.

Sa voiture était une petite Volkswagen Rabbit rouge cabossée et rongée par la rouille, qui avait encore moins sa place à Palm Beach que le pick-up de Jeremiah. Croc, toutefois, n'avait pas l'air de s'en soucier.

Alors qu'ils roulaient, Jeremiah se demanda qui payait l'assurance, et à quel nom celle-ci était souscrite. Il aurait pu relever le numéro d'immatriculation et faire des recherches, mais cela paraissait un peu prématuré. Il aurait eu l'impression de violer le rapport de confiance si fragile qu'il avait établi avec Croc, alias Blake Wilder. Même si ce dernier ne respectait pas vraiment sa part du contrat... A l'idée qu'il avait suivi Mollie, Jeremiah fut pris d'une nouvelle bouffée de colère.

Quand ils arrivèrent chez Pascarelli, la jeune femme était en train de sortir le pick-up de la propriété, sans doute pour le garer dans la rue. L'engin émettait des hoquets terribles.

— Elle n'a pas l'air très doué avec les pédales d'embrayage, remarqua Croc.

— La mienne est particulièrement dure, grommela Jeremiah, avant de tressaillir en entendant crisser les pneus de son véhicule.

Puis, le moteur toussa, et ce fut le silence. Le pick-up était encore de travers, ses roues arrière dépassant largement sur la chaussée, mais Mollie dut juger qu'elle en avait assez fait, car la portière du conducteur s'ouvrit et elle descendit.

Croc poussa un petit sifflement.

— A mon avis, elle n'a pas très envie de te voir.

— Rentre chez toi, Croc, déclara Jeremiah en sortant de la Volkswagen. Appelle-moi demain. On parlera.

Cette fois, Croc ne discuta pas ; il fit rapidement demi-tour, avant de se perdre dans la nuit. Jeremiah marcha vers son pick-up, s'approchant de Mollie avec circonspection.

— Je suis surpris que tu n'aies pas crevé mes pneus, lança-t-il.

La jeune femme se tourna vers lui, se frottant les mains comme pour en ôter la poussière ou les diverses saletés qu'elle aurait pu trouver sur le volant. Puis, elle leva le menton.

— Pour que tu restes dans le coin encore plus longtemps ? Certainement pas !

— Tu es vraiment fâchée contre moi, hein ? remarqua Jeremiah en s'approchant encore d'elle.

— En effet.

— Tu as de bonnes raisons de l'être.

Mollie plissa les yeux.

— C'est ta façon de t'excuser ?

— Ecoute, Mollie, je n'étais pas tout à fait sûr que c'était bien Croc qui nous suivait, ni qu'on nous suivait tout court. Si je me trompais, je ne voulais pas gâcher ta soirée. Et quand je l'ai surpris sur le terrain de tes amis, je pouvais difficilement faire irruption dans la maison pour aller tout te raconter.

— Tu m'en aurais parlé si moi je ne l'avais pas surpris ?

— Je n'en sais rien, avoua Jeremiah. Je ne me suis pas posé la question.

— Evidemment ! Bon, eh bien, bonne nuit. J'ai laissé les clés sur le contact.

Sur ces mots, Mollie franchit le portail.

Jeremiah demeura immobile, mais ne put s'empêcher de lancer :

— Que ferais-tu, si tu étais coincée ici avec une meute de chiens enragés et que ton portail ne fonctionne plus ?

Mollie s'immobilisa, tourna la tête et lui jeta un regard interloqué.

— J'irais chercher mon pistolet tranquillisant et je les endormirais.

— Tu n'as pas de pistolet tranquillisant.

— Il n'y a pas non plus de meute de chiens enragés et mon portail marche parfaitement !

Se retournant d'un mouvement lent, Mollie finit par demander :

— Qu'y a-t-il, maintenant ?

— Comment se fait-il que tu n'aies pas d'homme dans ta vie ?

La jeune femme s'attendait à tout sauf à cette question et son visage, un instant, trahit son désarroi.

— Il en faut un absolument ? Une femme ne peut-elle pas être heureuse et comblée sans un homme dans sa vie ? Et d'abord, ajouta-t-elle en posant une main sur sa hanche, comment se fait-il que tu n'aies pas de femme dans la tienne ?

— Qui a dit qu'il n'y en a pas ?

— Moi ? Ce n'est pas dans ta nature d'avoir une relation sérieuse avec une femme, Jeremiah.

Celui-ci fronça les sourcils.

— Ah bon ?

— Oui. La seule relation sérieuse que tu aies, tu l'as avec ton travail.

— Et je le prouve de manière éclatante en ce moment, en passant tout mon temps sur une affaire que je ne peux même pas couvrir...

— Ah ! oui, c'est vrai, commenta Mollie, avec une pointe de sarcasme. Ce serait contraire à ton code de déontologie.

Jeremiah secoua la tête.

— Tu n'es pas aussi dure que tu veux bien t'en donner l'air, Mollie. Tu sais bien que tu m'as pardonné pour ce qui s'est passé, il y a dix ans.

Il s'approcha d'elle, parfaitement détendu. Il avait recouvré son aisance, son insolence, et il s'amusait, de nouveau, d'autant plus qu'il était convaincu que c'était aussi le cas de Mollie.

— Simplement, poursuivit-il, tu préférerais mourir plutôt que de l'admettre.

— Tu as bouleversé ma vie, Jeremiah. Tous mes projets, tous mes espoirs... tout a changé, après la semaine que nous avons passée ensemble.

— Sans doute parce que c'était nécessaire.

— Là n'est pas la question.

— Ah bon ? C'est quoi, la question ?

Il saisit les doigts de la jeune femme et l'attira doucement vers lui.

— Je t'ai fait du mal, c'est ça ?

Elle battit des cils, plusieurs fois, sans répondre, et il porta sa main à ses lèvres.

— Je n'en ai jamais eu l'intention, Mollie. Jamais. Et crois-moi, si je pouvais retourner en arrière et effacer toute la peine que je t'ai causée, je le ferais.

Lorsqu'il passa un bras autour de sa taille, elle ne dit rien, ne se dégagea pas. Elle savait pourtant qu'il allait l'embrasser, mais elle se laissa faire.

Sentant qu'elle appelait ce baiser de toute la force de son désir, Jeremiah se pencha sur son visage. Les lèvres de Mollie, leur goût, la sensation du corps de la jeune femme pressé contre le sien... c'était tout ce dont il avait rêvé durant ces dix dernières années. Sauf que cette fois, lorsqu'il l'embrassa, c'était réel.

L'univers bascula et ils s'accrochèrent l'un à l'autre, oubliant toute retenue. Rien n'existait plus que le plaisir qu'ils se donnaient mutuellement, le bonheur d'être enfin ensemble, de nouveau. Même pour un moment, pour quelques minutes.

— Oh ! Mollie, chuchota Jeremiah, avant de reprendre possession de ses lèvres et de l'embrasser encore, avec force.

Puis, il se dégagea.

— Si tu as des voisins curieux, ils ont dû s'amuser, ce soir, remarqua-t-il en regardant autour de lui.

— En effet, admit Mollie, qui enchaîna aussitôt : Tu veux bien attendre que j'aie fini de fermer la grille ?

Jeremiah hocha la tête, comprenant parfaitement le message implicite qui lui était délivré. Il ne passerait pas la nuit avec elle. Compte tenu des circonstances, il ne pouvait pas espérer davantage qu'un ou deux baisers brûlants.

— Bonne nuit, Mollie.

Elle lui sourit, sans aucune trace de la colère et du doute qui l'habitaient encore, un moment plus tôt. Son visage était ouvert, détendu. Surtout, elle n'essayait plus de prétendre qu'elle n'éprouvait plus aucune attirance pour lui.

— Bonne nuit, Jeremiah. Tu sais, ajouta-t-elle avec une soudaine gravité, tu as raison : je t'ai pardonné. Et je me suis pardonné à moi-même aussi.

10.

Mollie avait étalé sur la table de cuisine tout ce qui avait pu être écrit sur Chet Farnsworth, depuis sa première interview lorsqu'il était entré à la NASA jusqu'à une critique du *Sun-Sentinel* de Fort Lauderdale, sur sa prestation de dimanche. Elle se sentait l'esprit clair, professionnelle, et capable de se concentrer sur son travail. La folie de la nuit précédente était oubliée.

Mais quand le téléphone sonna, elle sursauta et regarda l'appareil, le cœur battant, en pensant à l'appel menaçant qu'elle avait reçu la veille. Alors qu'elle caressait la possibilité de laisser le répondeur se mettre en marche, elle eut un sursaut d'orgueil. Non seulement son travail exigeait qu'elle réponde, mais surtout, elle n'allait pas permettre qu'un crétin mal intentionné l'empêche de mener sa vie normalement.

Prenant une profonde inspiration, elle décrocha et se présenta.

— Tu ne peux pas filtrer tes appels ? lui demanda Jeremiah sans préambule.

— Pas si je veux continuer à faire tourner l'agence,

répondit-elle sur un ton calme qui contrastait violemment avec le trouble qu'elle éprouvait. Quoi de neuf?

— Rien. J'appelais juste pour dire bonjour.

— Où es-tu? demanda Mollie avec méfiance.

Il ne répondit pas tout de suite.

— Sur Worth Avenue. Je suis garé devant un magasin de vêtements pour enfants. Il y a un mannequin de petite fille avec une robe à volants, dans la vitrine.

Mollie sourit.

— Je connais cette boutique. Ton ami Croc est avec toi?

— Croc n'est pas mon ami, et j'ignore totalement où il se trouve. En fait, je ne le sais jamais; ça fait partie de notre... collaboration. Après ce qui s'est passé hier soir, j'ai peur qu'il ne devienne totalement incontrôlable. Mais parle-moi plutôt de ta journée. Quels sont tes projets?

— Je dois faire une course, ce matin. Sur Worth Avenue, justement.

— On pourrait se rencontrer pour prendre un café.

Déjà plus calme, Mollie se renversa sur sa chaise.

— Tu n'as pas un fait divers ou un sujet d'article sur lequel travailler?

— J'ai quelques pistes, mais pour l'instant, officiellement, je suis en vacances. Je peux me consacrer entièrement à toi.

Sa voix prit une intonation caressante :

— Tu as de la chance, tu ne trouves pas?

— Oh! si, bien sûr. Depuis que tu as refait irruption dans ma vie, j'ai été attaquée, menacée, soupçonnée de vol et amenée à vous laisser, toi et le mystérieux Croc, vous promener impunément dans la propriété d'amis qui m'avaient invitée à dîner.

— On t'a embrassée passionnément aussi.

— Jeremiah, tu es incorrigible !

— C'est ce que beaucoup de gens me disent... même si je ne les embrasse pas tous dans des parkings.

Jeremiah marqua une pause, avant de reprendre :

— Nous aurions dû monter chez toi, hier soir.

Mollie sentit les battements de son cœur s'accélérer.

— Je te trouve d'humeur bien effrontée, ce matin...

— C'est le manque de sommeil. Que fais-tu, après ta séance de shopping sur Worth Avenue ?

— J'ai un déjeuner au Manoir Paulette. Un expert en matière de sécurité doit donner une conférence à une association féminine locale...

— George Marcotte, précisa Jeremiah. Comme c'est drôle : j'y serai aussi.

— Vraiment ? s'étonna Mollie. Et pourquoi ?

— Une intuition. Et puis, j'ai prévu une petite interview de ce monsieur. Je veux connaître son opinion sur notre voleur.

— C'est vrai, ce mensonge ?

Jeremiah éclata de rire.

— Ce que tu peux être soupçonneuse !

— A force de te fréquenter, c'est inévitable.

— Bon, alors on se voit là-bas ?

— Sans doute. Attends une seconde ! enchaîna Mollie alors que Jeremiah s'apprêtait à raccrocher. J'ai parlé avec Leonardo, ce matin. Je lui ai demandé s'il avait des ennemis susceptibles de s'en prendre à moi pour l'atteindre, lui. C'est une idée qui m'est venue comme ça.

— Et qu'a-t-il répondu ? demanda Jeremiah, de nouveau sérieux.

— Eh bien, il a des ennemis, en effet, les jalousies habituelles, des anciennes amours, et que sais-je d'autre, mais *a priori* il ne voit pas qui pourrait se décharger sur moi de son animosité envers lui, et en tout cas pas en adoptant une approche aussi tortueuse. D'après lui, ses ennemis s'attaqueraient plutôt directement à lui, ou bien ils essaieraient de lui faire des procès. Voilà, conclut Mollie, comme Jeremiah demeurait silencieux. Je voulais juste t'en toucher un mot. Il faut bien considérer toutes les possibilités, n'est-ce pas ?

— Absolument, répondit-il. Tu as bien fait de m'en parler. Je vais y réfléchir. A tout à l'heure.

Mollie raccrocha, envahie par une drôle de sensation. Elle se demandait si elle avait fait peur à Jeremiah, ou si elle l'avait envoyé dans une tout autre direction que celle qu'il avait suivie jusqu'alors. Elle pouvait presque l'imaginer dans son pick-up, le front plissé par la réflexion.

Quand finalement elle se rendit sur Worth Avenue, elle se surprit à le chercher un peu partout. Tous les emplacements de stationnement situés devant la boutique de vêtements d'enfants étaient pris, mais aucun ne l'était par un vieux pick-up marron. Mollie se gara un peu plus loin, et tandis qu'elle glissait des pièces dans le parcmètre, elle se demanda si Jeremiah la surveillait depuis une vitrine.

Lorsqu'elle se trouva à l'intérieur du petit magasin de musique qu'elle était venue visiter, elle s'efforça de ne pas regarder sans cesse autour d'elle, sans pour autant s'empêcher d'ouvrir l'œil — pour le cas où elle apercevrait Jeremiah, ou son copain Croc. Mais elle ne vit ni l'un ni l'autre.

Un peu plus tard, elle se rendit au Manoir Paulette, où avait lieu le déjeuner-conférence. La bâtisse des années 1920, superbe, avait été achetée et restaurée par un groupe de femmes d'affaires du sud de la Floride. Elles en avaient fait une retraite huppée, avec des salles élégantes qu'elles louaient, notamment, pour des réceptions. Le déjeuner devait avoir lieu sous la véranda, et Mollie reconnut aussitôt la signature de Griffen, dans les nappes couleur de mangue mûre, avec leurs serviettes assorties. Chaque table arborait en son centre une magnifique orchidée. Quant à Griffen, elle était en train de veiller aux derniers préparatifs. Un peu plus loin, Mollie découvrit Jeremiah, vêtu dans un style décontracté qui contrastait avec celui de la plupart des femmes présentes. Elle-même avait choisi un tailleur bleu marine, qui s'il n'était pas d'une grande originalité, lui donnait l'impression d'être maîtresse de la situation, quelle qu'elle soit.

Le visage grave, Jeremiah s'approcha d'elle.

— Qu'est-ce qui ne va pas ? lui demanda Mollie. Ne me dis pas que le voleur a encore... ?

Jeremiah secoua la tête.

— Non. Mais ta conversation avec Leonardo m'a fait réfléchir. Une telle pensée ne m'avait jamais effleuré, mais...

Inspirant profondément, il regarda autour de lui, comme s'il craignait les oreilles indiscrètes.

— Je me suis dit aussi qu'il n'est pas impossible

que je sois responsable de tout ce qui t'arrive, ces temps-ci. Tu ne savais même pas qu'un voleur de bijoux avait commencé d'opérer dans la région, jusqu'à ce que tu me voies devant le Greenaway Club, jusqu'au lendemain, même.

— Mais j'étais déjà le dénominateur commun...

— On peut aborder les faits de deux manières. La première est de se dire qu'il s'agit d'une coïncidence dont le voleur tire avantage, après coup. Mais on peut aussi penser qu'il a délibérément choisi des réceptions auxquelles tu te rendais. Dans un cas comme dans l'autre, il peut très bien se servir de toi pour m'atteindre, moi. Ce n'est pas plus tiré par les cheveux que de penser aux ennemis de Leonardo.

— Mais alors, le voleur aurait dû être au courant de ce qui s'est passé entre nous, intervint Mollie.

— Pas forcément. Encore une fois, il pourrait très bien improviser au fur et à mesure. D'abord, il se débrouille pour attirer mon attention sur l'affaire...

— Par l'intermédiaire de Croc ?

— Oui. Et puis, tu entres en scène, et il place la barre plus haut.

Mollie fronça les sourcils.

— Cela signifierait que tu as un ennemi.

— J'en ai des douzaines, ma chérie, déclara Jeremiah. Mon boulot consiste à rendre compte de la corruption et du crime qui sévissent dans une des grandes villes des Etats-Unis.

En proie à un soudain malaise, Mollie hocha la tête. Elle était vaguement consciente de ce qui se passait autour d'eux ; on trinquait, on riait, des flamants roses déambulaient sur les pelouses parfaitement entretenues. C'était une journée magnifique. Chaude, ensoleillée, avec juste une petite brise.

— Ce ne sont que des spéculations, reprit Jeremiah. Mais je commence à me dire que nous devrions peut-être rester à l'écart l'un de l'autre pendant un moment. Je ne veux pas te mettre en danger.

— Tout ça ne me plaît pas, murmura Mollie, la gorge nouée.

Au même moment, Diantha Atwood et Bobbi Tiernay s'approchèrent d'eux, en compagnie de George Marcotte. Agé d'environ trente-cinq ans, celui-ci était bâti comme une armoire à glace, avec une tignasse rousse hirsute et une attitude amicale. Il portait un complet superbement coupé, mais Mollie eut l'impression qu'il aurait préféré être en T-shirt et en jean. Une fois que ces dames eurent fait les présentations, Bobbi Tiernay enchaîna :

— Nous étions en train de parler du voleur de bijoux. M. Marcotte a accepté de nous donner des conseils simples et raisonnables pour que nous sachions mieux nous protéger, et surtout que nous ne réagissions pas de manière excessive.

Marcotte se tourna vers Mollie.

— Ainsi que je le disais à ces dames, ce voleur ne s'est pas montré violent dans la majorité des cas. Vous avez fait preuve d'intelligence en n'essayant pas de vous défendre ou de le suivre, mademoiselle Lavender.

— Je n'ai pas vraiment eu le temps de réfléchir, avoua-t-elle en haussant les épaules.

— Il faut donc prendre garde à ce que le contrecoup

ne s'en trouve pas aggravé. On se dit qu'on aurait dû faire ceci ou cela, et surtout, on se met à penser à la fragilité des choses, à la façon dont la vie peut basculer en une fraction de seconde. Les effets secondaires sont parfois plus dangereux encore que l'attaque elle-même. En tout cas, vous avez suivi votre instinct. C'est bien.

Puis Marcotte s'adressa à Jeremiah.

— Et vous, monsieur Tabak, vous n'avez rien appris que vous puissiez partager avec nous ?

— Non. Ma présence à cette réception, vendredi, était une pure coïncidence.

— Mais vous couvrez l'affaire pour le *Miami Tribune* ! intervint Diantha Atwood.

— Absolument pas.

— Vraiment ? Voyons, vous n'allez pas essayer de nous faire croire une chose pareille.

Jeremiah considéra Diantha Atwood d'un air neutre, mais Mollie le sentit bouillir intérieurement. Finalement, il répondit sur un ton posé :

— Je me moque de ce que vous croyez, ou ne croyez pas.

La vieille dame rosit légèrement ; toutefois, elle n'était pas femme à se laisser intimider.

— Dans ce cas, que faites-vous ici aujourd'hui ? demanda-t-elle.

— Je suis là pour la même raison que j'étais présent vendredi soir. J'ai été invité.

— Puis-je vous demander par qui ?

Un sourire remplaça le masque glacial que Jeremiah

avait plaqué sur son visage, un moment plus tôt, et il adressa un clin d'œil à la grand-mère de Deegan.

— Désolé, madame Atwood. Je ne dévoile jamais mes sources.

C'était une esquive, et tout le monde le comprit ainsi, mais Diantha Atwood eut l'élégance de rire. Alors que plusieurs femmes les rejoignaient, elle s'éloigna, toujours en compagnie de sa fille et de Marcotte. Il n'y avait pas beaucoup d'hommes, dans l'assemblée ; et la plupart étaient beaucoup plus âgés que Jeremiah.

Mollie se pencha vers lui.

— Tu as vraiment été invité ? lui demanda-t-elle avec curiosité.

— Mais oui. Je trouve ça plutôt bizarre, d'ailleurs. Tiens, voilà ton amie Griffen.

Il sourit.

— Décidément, si elle avait des fusils à la place des yeux... ou plutôt des fléchettes, je serais mort depuis longtemps. C'est un vrai chien de garde. Aurait-elle peur que je t'enlève ?

— Mais non. Simplement, je suis arrivée depuis peu et je ne connais pas tous les rouages de la vie, par ici. Elle m'aide à négocier les embûches de la bonne société de Palm Beach. Mais dis-moi, si nous devons nous tenir à l'écart l'un de l'autre, autant commencer tout de suite. Je t'appellerai, s'il arrive quoi que ce soit.

— D'accord. Sauf que s'il arrive quoi que ce soit, comme tu dis, je ne me tiendrai pas à l'écart. Au contraire : je deviendrai un vrai crampon.

— Un crampon ? répliqua Mollie. Ça n'est pas très sexy, dis-moi.

Jeremiah se mit à rire et lui effleura la joue d'une rapide caresse.

— A la bonne heure. Tu as recouvré quelques couleurs. Je n'aime pas te voir si pâle.

Et il s'éloigna pour se mêler aux invités. Restée seule, Mollie trouva un verre de vin et sa table. Elle était placée à côté d'un responsable de budget de la société Tiernay & Jones, qui voulut tout savoir sur la manière dont elle s'en sortait avec sa petite agence. Puis, Marcotte prononça son discours. Il tenait des propos sensés et fit même preuve d'humour à plusieurs reprises. Bien sûr, Mollie sentit tous les regards converger vers elle quand il mentionna le voleur de bijoux de la Gold Coast. Apparemment, aucune autre des victimes n'était présente.

Jeremiah quitta les lieux avant même que les applaudissements ne se soient tus. Il était assis à la table de George Marcotte, et sans doute avait-il épuisé sa réserve de tolérance aux bavardages mondains. De plus, Mollie l'avait vu s'entretenir longuement avec l'expert en sécurité ; sans doute avait-il appris tout ce qui l'intéressait pour aujourd'hui.

A la fin du déjeuner, Mollie attendit que les invités se soient dispersés pour aller trouver Griffen et lui proposer un peu d'aide.

— Non, laisse, lui répondit son amie. Toi aussi, tu as du travail.

— En tout cas, ce déjeuner était superbe.

Griffen sourit.

— Merci. Je crois que tout le monde était content, non ?

— Absolument.

Au même instant, une dame d'une soixantaine d'années, encore belle et élégante, les interrompit, l'air préoccupé.

— Je vous demande pardon, mesdames, vous n'auriez pas trouvé une montre, par hasard ? Il semble que j'ai perdu la mienne. Je l'ai ôtée de mon poignet quand je me suis rendue aux toilettes, tout à l'heure, pour mettre de la crème... J'ai un petit problème de peau, voyez-vous. Et je crois bien que j'ai été distraite, car je l'ai oubliée. Quand j'y suis retournée, elle n'était plus là. J'espérais que quelqu'un l'avait trouvée.

— On ne m'a rien donné, madame Baldwin, répondit Griffen. Vous connaissez mon amie, Mollie Lavender ? Mollie, je te présente Lucy Baldwin.

Mollie avait reconnu le nom d'une des plus riches résidentes de Palm Beach.

— Permettez que j'aille jeter un autre coup d'œil dans les toilettes, proposa Griffen avec gentillesse. Au cas où.

— Merci, répondit Mme Baldwin en souriant. C'est très aimable de votre part.

Presque tous les invités étaient partis, y compris George Marcotte. Un des assistants de Griffen ramassait toutes les nappes couleur de mangue.

— Y a-t-il longtemps que vous avez ôté votre montre ? demanda Mollie.

— Quarante minutes, peut-être un peu moins. Je ne m'en suis pas rappelé jusqu'à ce que je monte dans ma voiture et jette un coup d'œil à mon poignet, pour voir l'heure qu'il était. Je serais vraiment très triste de l'avoir perdue. C'était le dernier cadeau de Noël de mon mari avant sa mort.

Elle secoua la tête et murmura avec anxiété :

— J'espère que je ne perds pas la tête.

— J'ai du mal à l'imaginer.

— Vous pensez que c'est peut-être ce... voleur? demanda encore Mme Baldwin.

— Je ne sais pas. Attendons de voir si Griffen trouve quelque chose.

Mais celle-ci revint, les mains vides.

— Je suis désolée, dit-elle. Je ne l'ai pas vue.

— Dans ce cas, je suppose qu'elle a disparu. Je l'ai peut-être jetée à la poubelle, sans m'en rendre compte.

— Non. J'ai vérifié aussi dans la poubelle.

— C'est très ennuyeux, n'est-ce pas? Je sais qu'il s'agit seulement d'une montre, mais elle avait une grande valeur sentimentale pour moi. Enfin, ce n'est pas très important.

— Mais si, c'est important, madame Baldwin! affirma Mollie en lui touchant doucement le bras.

Soudain, la vieille dame parut se rappeler un détail qui lui avait échappé.

— Mon Dieu, mais vous êtes la jeune femme qui a été attaquée et volée pendant le cocktail de Diantha Atwood, l'autre soir! Je suis vraiment désolée si j'ai réveillé de mauvais souvenirs...

— Ne vous inquiétez pas pour moi, madame Baldwin. Pour l'instant, j'aimerais vous aider à retrouver votre montre et m'assurer que ce n'est pas encore le voleur qui a frappé.

Lucy Baldwin pâlit, et Griffen envoya un de ses assistants chercher le directeur des lieux. Ce dernier, après de brèves recherches, jugea plus prudent de prévenir la police.

— Je comprends, murmura Mme Baldwin, qui semblait commencer à regretter d'avoir mentionné la disparition de sa montre.

Tandis que Griffen reprenait son travail, Mollie attendit l'arrivée de la police. Lorsque les policiers se trouvèrent sur place, elle essaya de ne pas avoir l'air d'écouter ce qui se disait, mais en entendit suffisamment pour comprendre qu'ils n'étaient pas du tout convaincus que la montre avait pu être volée ; et que si c'était le cas, cela ne les intéressait guère. Ils suggérèrent à Mme Baldwin de commencer par rentrer chez elle afin de s'assurer que l'objet n'y était pas. Peut-être ne l'avait-elle pas porté de la journée...

Ces propos offensèrent visiblement Mme Baldwin.

— Je porte cette montre chaque fois que je sors ! dit-elle.

— Allez quand même vérifier chez vous, madame, déclara l'officier de police. Et appelez-nous si vous ne la retrouvez toujours pas.

— Très bien.

Lucy Baldwin s'en fut, le plus dignement qu'elle put, suivie de peu par les policiers.

Griffen secoua la tête et regarda Mollie.

— Nous ne saurons probablement jamais si elle a trouvé sa montre ou pas.

— Elle est fière, n'est-ce pas ?

— Oui. Et ce policier vient de l'humilier. A mon

avis, il va le sentir passer. Ces vieilles dames aussi riches que puissantes sont redoutables. A moins d'être aussi puissant, il ne faut jamais se risquer à croiser le fer avec elles.

— Il est quand même possible qu'elle ait vraiment oublié l'endroit où elle a ôté sa montre...

Griffen haussa les épaules.

— Possible. Tout comme il est possible que notre voleur soit encore passé par là.

— Tu ne crois pas qu'il voudrait que cela se sache ?

— Pas forcément. Il — ou elle — tire peut-être une certaine satisfaction du fait de dérober un bijou au beau milieu d'un grand déjeuner bien pompeux dont l'invité principal est un expert en sécurité venu donner des conseils sur la meilleure façon d'éviter de se faire voler...

— Ça se tient, en effet. Décidément, nous ne savons rien sur rien. Plus ça va, plus le brouillard s'épaissit dans cette histoire.

Les deux amies se quittèrent, et Mollie retourna à sa voiture. Elle avait juste le temps de rentrer chez Leonardo, pour son rendez-vous avec Chet Farnsworth. Baissa la vitre de sa portière, elle respira l'air chaud et parfumé. Elle était impatiente de se replonger dans son travail. Dix ans plus tôt, elle avait pris la bonne décision en abandonnant la flûte. Et six mois plus tôt aussi, lorsqu'elle avait décidé de faire le grand bond et de créer sa propre agence. Les choses suivaient un cours plutôt satisfaisant, et cette histoire de vol de bijoux ne représentait en définitive qu'un léger désagrément.

Elle roulait sur Ocean Drive depuis deux kilomètres

environ lorsqu'elle aperçut une vieille Volkswagen rouge dans son rétroviseur, trois voitures derrière la sienne. Encore ce Croc ! songea-t-elle aussitôt. Elle ne voyait pas son visage, mais il ne pouvait s'agir que de lui. Le véhicule qui se trouvait juste derrière elle tourna dans un hôtel du bord de mer, et après quelques centaines de mètres, la deuxième bifurqua dans une marina. La Volkswagen rouge se rapprocha, mais le soleil qui frappait le pare-brise l'empêchait de distinguer les traits du conducteur. Pour autant, Mollie n'avait pas le moindre doute.

Que faisait-il ?

Elle tourna brusquement dans une rue, à gauche.

La voiture rouge ne la suivit pas.

— Allons, qu'est-ce que tu vas encore imaginer ! se dit-elle à voix haute. Tu es en train de devenir complètement paranoïaque.

Mais à deux pâtés de maisons de chez Leonardo, la Volkswagen rouge vint se placer de nouveau derrière elle. Mollie ralentit et regarda encore dans son rétroviseur, essayant de voir qui se trouvait au volant. Un homme. Avec des lunettes de soleil. Des cheveux un peu trop longs, châtains. Maigre. Aucun doute n'était plus permis : c'était bien l'informateur de Jeremiah.

Mollie appuya sur le bouton commandant l'ouverture du portail automatique, se demandant ce qu'elle ferait s'il la suivait à l'intérieur. Et s'il lui rentrait dedans ? S'il sortait un pistolet et lui tirait dessus ? Le fait qu'il soit l'ami de Jeremiah ne signifiait pas qu'il était le sien.

La voiture rouge passa devant les grilles, poursuivit son chemin, et disparut au premier virage.

Mollie réussit tant bien que mal à rentrer la voiture et fermer le portail derrière elle, avant de s'affaisser sur le volant, le souffle court, tremblante de colère. Elle avait bien envie de reprendre la route et d'aller voir Jeremiah pour lui demander de garder ses amis pour lui. Mais au même moment, la jeep de Chet s'arrêta devant l'entrée. Elle lui ouvrit et descendit de voiture pour aller à sa rencontre.

Dès qu'il la vit, il fronça les sourcils.

— Que vous arrive-t-il ? Vous avez été poursuivie par des fantômes, ou quoi ? Vous êtes pâle comme un linge...

— Ça va aller, murmura Mollie, un peu embarrassée.

— Que s'est-il passé ?

— Rien. C'est ça le pire. Je crois qu'une voiture m'a suivie pratiquement depuis l'endroit où j'étais allée déjeuner.

— Quelle marque ? Quelle couleur ? Vous avez relevé le numéro de la plaque d'immatriculation ?

— C'était une vieille Volkswagen rouge. Une Rabbit. Enfin, je crois. Je ne m'y connais pas tant que ça, en voitures. Pour le numéro, je n'ai pas pensé à le relever. J'étais trop soulagée de le voir s'en aller.

Hochant la tête, Chet marcha vers les grilles, qui s'étaient refermées. Il regarda dans la rue, à droite et à gauche, puis revint.

— Il est parti. Vous voulez que j'appelle la police ?

— Non ! Non ! Peut-être cette voiture ne me suivait-elle pas, en réalité. Je suis un vrai paquet de nerfs, depuis ce week-end.

— Forcément ! Cette histoire de vols a de quoi rendre fou.

— Il y en a eu un autre, aujourd'hui. Enfin, peut-être...

Chet interrompit Mollie et la força à monter chez elle et à avaler un grand verre de jus de fruits, avant d'accepter de l'écouter.

— Vous savez, conclut-elle après lui avoir raconté les événements du déjeuner, j'étais présente chaque fois que le voleur s'est manifesté. Chaque fois. Je ne sais pas si c'est le cas de quelqu'un d'autre...

— Le voleur, remarqua Chet.

— Oui, bien sûr. J'en viens à me demander si les gens, la police, et qui sais-je d'autre, ne vont pas commencer à me... à me suspecter, avoua Mollie. Je figure peut-être sur la liste noire de quelqu'un.

— Celle de Jeremiah Tabak. Des types comme lui n'agissent jamais sans raison. Vous êtes la sienne. Cette histoire de dénominateur commun, il y croit dur comme fer.

— Je crois que j'ai juste besoin de reprendre un peu mon sang-froid, murmura Mollie. Cela ira mieux dans une minute.

S'asseyant sur un des tabourets du comptoir de la cuisine, Chet dit à sa manière un peu brusque :

— Voici ce que vous allez faire. D'abord, vous vous concentrez sur le problème. Il ne faut pas vous écarter du sujet. Et surtout, ne commencez pas à vous apitoyer sur votre sort. Vous décidez ce que vous devez faire, et vous vous y tenez. La peur et les spéculations ne sont que des distractions.

Mollie but encore une gorgée de jus de fruits. Elle se sentait déjà mieux.

— Bon, si vous voulez mon avis, poursuivit Chet, ce voleur ne vous a pas suivie jusque chez vous dans une vieille Volkswagen Rabbit. Si on ne veut pas se faire remarquer, par ici ça n'est vraiment pas la voiture idéale...

— Vous avez raison, admit Mollie. Qui qu'il en soit, il est sûrement loin, maintenant. Et d'ailleurs, enchaîna-t-elle sur un ton plus assuré, vous ne vous êtes pas déplacé jusqu'ici pour discuter de mes problèmes. Alors, on se met au boulot ?

Chet lui offrit un grand sourire.

— A la bonne heure ! Voilà comment il faut aborder la vie : en conquérante ! Au boulot, mademoiselle Mollie !

11.

En quittant le Manoir Paulette, Jeremiah se rendit au journal pour voir s'il avait reçu des messages. Il y en avait un de Frank, son ami de la police de Palm Beach, qui lui demandait ce qu'il était allé faire au déjeuner-conférence. A croire que les flics avaient des espions partout ! Jeremiah effaça ses messages et décida de rentrer chez lui.

Il trouva ses vieux amis sous la véranda, mais leur parla à peine ; voyant qu'il était encore de mauvaise humeur, eux-mêmes l'ignorèrent. Une fois dans son appartement, il se changea et enfila un short pour aller faire un jogging sur la plage. L'exercice lui permettrait peut-être d'y voir un peu plus clair dans le fouillis de ses pensées et de ses sentiments.

Il gagna le bord de l'eau et se mit à courir sur le sable mouillé, poussant son corps jusqu'à ses limites.

Il continuait de se débattre avec l'idée qu'il était peut-être responsable des ennuis de Mollie. Le raisonnement était tordu, mais ainsi que l'avait remarqué Croc, à Palm Beach, tout ce qui était compliqué ou tiré par les cheveux constituait précisément la norme.

Quand, finalement, il fut incapable d'allonger une autre foulée, Jeremiah plongea dans l'océan et nagea encore un moment afin de se laver de sa sueur et de sa fatigue. Il sortit de l'eau et se laissa tomber sur le sable. Alors qu'il se séchait au soleil, il commença à se demander s'il ne ferait pas mieux de tout laisser tomber et de s'en aller pêcher avec son père, dans les Everglades. Cette histoire de vols de bijoux ne pouvait rien lui apporter de bon — et encore moins si Mollie et Croc étaient impliqués. Helen Samuel avait parfaitement raison : il risquait sa réputation.

Il en était là de ses réflexions lorsque Croc parut brusquement, comme surgi de nulle part. Il portait un pantalon et une chemise en jean, ainsi que des baskets, comme s'il faisait quinze degrés, et non près de trente.

— C'est un après-midi idéal pour courir, hein? remarqua-t-il en s'asseyant sur le sable à côté de Jeremiah.

— En effet. Comment as-tu su où j'étais?

— Je suis arrivé devant chez toi au moment où tu sortais pour aller vers la plage. Comme je t'ai vu en short, j'ai décidé de te laisser le temps de te dépenser et de t'éclaircir les idées. Ça a marché?

— Non! marmonna Jeremiah, les yeux fixés sur l'eau turquoise et scintillante, devant lui.

— Toujours cette Mollie?

Croc secoua la tête.

— Evidemment, elle est jolie. Et finaude. Mais moi, il n'y a rien à faire, elle ne m'inspire pas confiance.

Il marqua une pause avant de reprendre :

— Notre voleur a encore eu un accès de cleptomanie, aujourd'hui. Lucy Baldwin a perdu une Rolex en diamants dans les toilettes pour dames, pendant le déjeuner-conférence, au Manoir Paulette.

Jeremiah tourna la tête vers lui, sourcils froncés.

— Tu plaisantes ? J'y étais.

— Je sais. Mais tu es parti tôt. C'est seulement à la fin du déjeuner, au moment de s'en aller, que Mme Baldwin s'est aperçue qu'elle n'avait plus sa montre. La police est venue, mais ils s'interrogent pour savoir si elle portait vraiment sa Rolex, en sortant de chez elle, auquel cas il pourrait s'agir encore d'un coup de notre bonhomme, ou bien si elle est en train de perdre la boule. Pour ce qui me concerne, Lucy Baldwin ne paraît pas être une vieille femme distraite ou à moitié sénile.

— Mais qu'est-ce que tu racontes ? s'exclama Jeremiah. Tu la connais personnellement, peut-être ? Et d'abord, comment sais-tu tout cela ? Tu étais sur place ?

— Ouais, répondit Croc avec un grand sourire. Puisque je te dis que je t'ai vu. Au fait, on peut savoir pourquoi tu t'es éclipsé aussi vite ?

— Je n'avais aucune raison de rester plus longtemps.

— Evidemment... Lucy Baldwin qui perd une montre, c'est beaucoup moins intéressant que Mollie Lavender qui se fait arracher son collier à même le cou.

Il marqua une pause une nouvelle fois :

— Je l'ai suivie.

— Qui ça ? Mme Baldwin ?

— Non, ta Mollie.

— Quoi ?

Jeremiah se redressa brusquement.

— Nom de Dieu, Croc, je croyais pourtant avoir été clair à ce sujet ! Je veux que tu laisses Mollie tranquille. Où voulais-tu en venir, au juste ?

— Je ne sais pas trop, avoua Croc en haussant les épaules. Sur le coup, ça m'a paru être une bonne idée. J'ai l'impression que tu n'es pas très objectif, en ce qui concerne cette affaire. Quoi qu'il en soit, elle est rentrée chez elle directement. Je suis surpris qu'elle ne soit pas venue te trouver pour se plaindre ou te faire quelques reproches.

— Tu as surtout de la chance qu'elle n'ait pas appelé la police. A sa place, c'est ce que j'aurais fait. Il ne t'est jamais venu à l'esprit que tu pouvais lui flanquer une sacrée frousse ?

— Pft ! Crois-moi, répliqua Croc avec assurance, elle n'a rien d'une damoiselle en détresse.

Jeremiah ne répondit rien, et le jeune homme reprit après quelques instants :

— Tu admettras quand même que c'est bizarre : elle était sur les lieux chaque fois qu'il y a eu un vol. Et elle est la seule à avoir été attaquée physiquement. Je trouve ça plutôt bienvenu. Si je voulais éloigner les soupçons de moi, je n'agirais pas autrement.

— Mais c'est que tu es encore plus cynique que moi, ma parole ! s'exclama Jeremiah.

— Personne n'est plus cynique que toi, Tabak. Simplement, tu ne réfléchis pas avec ta tête, ces temps-ci. Si ta Mollie n'est pas le voleur, il s'agit peut-être d'un de ses clients ou de quelqu'un qui travaille pour elle et se sert d'elle pour entrer partout. Il est possible qu'elle soit victime d'un coup monté. Peut-être a-t-elle des ennemis dont nous n'imaginons même pas l'existence. Il y a des dizaines de scénarios possibles. Mais le fait est qu'elle trempe dans cette histoire jusqu'au cou.

— Tu oublies une hypothèse : il y a des chances pour qu'on se trompe complètement d'adresse ! s'exclama Jeremiah, avant de se lever d'un bond.

Il se débarrassa du sable collé sur son short mouillé, l'estomac noué par une angoisse qu'il ne comprenait pas totalement, même s'il la savait liée à Mollie et au rôle qu'elle jouait, volontairement ou pas, dans cette affaire. Car des affaires, il en avait couvert d'autres bien plus complexes et dangereuses que celle-ci ! Mais cette fois, il était incapable de prendre du recul, incapable d'observer les événements avec clarté, de manière neutre. Croc n'avait pas tout à fait tort : il était trop impliqué.

— Laisse tomber tout ça, Croc. Si tu ne fais pas attention, tu vas finir derrière des barreaux.

Toujours allongé sur le sable, Croc se contenta de lever la tête pour le regarder.

— Tu es en train de tomber amoureux d'elle, n'est-ce pas ?

Jeremiah ignora sa question.

— Tu devrais te baigner, dit-il. Elle est délicieuse.

Et il s'éloigna à grandes enjambées.

Quand il arriva devant chez lui, il trouva Mollie installée sous la véranda, en compagnie de deux des trois inséparables retraités. Elle avait troqué son tailleur marine contre un pantalon cigarette en toile kaki et une chemise blanche. Elle avait le teint très pâle.

— Je suis passée à ton journal, expliqua-t-elle, mais tu n'y étais pas. J'ai trouvé ta rue sur un plan.

— Bennie et moi, on était en train de lui montrer nos œuvres, indiqua Albert, l'ancien gangster.

En effet, ils avaient disposé un échantillonnage d'animaux sculptés sur la table : des flamants roses, des perroquets, des alligators...

— Sal est allé chercher de la limonade, poursuivit Bennie.

Salvatore Ramie, dit Sal, était un ancien prêtre défroqué.

— Tu veux rester pour l'attendre, Jeremiah, ou tu préfères qu'on envoie Sal vous livrer dans ton appartement ? demanda Albert.

— On ne va pas demander à...

— Ça ne le dérangera pas ! coupa Bennie.

Mollie sourit aux deux hommes, qui étaient manifestement ravis d'accueillir une jolie jeune femme dans leur repaire.

— J'aimerais beaucoup boire une limonade, mais j'ai vraiment besoin de m'entretenir avec M. Tabak. Si vous êtes sûrs que votre ami ne verra pas d'inconvénient à nous l'apporter...

— Allez-y ! s'exclama Albert avec un sourire.

Alors que son regard plein de malice allait de Mollie à Jeremiah, celui-ci fit signe à la jeune femme de le suivre, et ils s'engagèrent dans l'escalier.

— Je sais que nous sommes supposés nous tenir à l'écart l'un de l'autre, remarqua Mollie, comme ils arrivaient au deuxième étage, mais...

— ... le voleur a peut-être bien frappé, tout à l'heure, et tu étais encore sur les lieux, compléta Jeremiah.

L'air grave, Mollie hocha la tête.

Puis, comme il déverrouillait la porte, elle changea de sujet et dit :

— Ces hommes t'admirent.

— Je mets un peu de piment dans leur vie. Un journaliste d'investigation qui vit dans l'immeuble, c'est intéressant, parfois même excitant. Ça leur donne des sujets de conversation.

— Ce n'est pas seulement ça. Ils te trouvent honnête et droit. Sal pense que tu es un écorché vif.

— Sal ? C'est un ancien prêtre. Il a été viré pour avoir flanqué son poing dans la figure d'un cardinal, ou une histoire de ce genre. Il peut bien parler d'écorchés vifs...

Jeremiah ouvrit la porte et s'effaça pour permettre à Mollie d'entrer. S'il ne lui demanda pas si elle détectait une odeur particulière, il ne put s'empêcher d'inspirer profondément, lorsque à son tour il franchit le seuil. Mais les cages des reptiles ne sentaient pas. En tout cas, Mollie ne plissa pas le nez d'un air dégoûté ; elle se contenta d'embrasser les lieux. Le mobilier sommaire mais fonctionnel, la superbe chaîne stéréo et la télévision grand écran, le pan de mur couvert d'étagères pleines de livres, l'ordinateur, le bon fauteuil dans lequel il lisait et la lampe sur pied. Des murs blancs. Pas de vue.

Mollie se dirigea vers la cuisine et se figea brusquement, poussant une exclamation étouffée. Jeremiah la rejoignit aussitôt.

— Je ne m'attendais pas à des serpents et des lézards, dit-elle avec un sourire mal assuré.

— *Un* serpent et *un* lézard.

— Ils ont des noms ?

— Non.

Elle s'aventura du côté de la table et jeta un coup d'œil dans les cages, sans trop s'approcher.

— Comment peux-tu avoir des animaux domestiques qui n'ont pas de noms ? s'étonna-t-elle.

— Je ne les considère pas vraiment comme des animaux domestiques. Un chien, par exemple, c'est différent : il répond quand on l'appelle. Eux, ce sont juste des reptiles.

Mollie hocha la tête.

— La tortue est plutôt mignonne.

Un coup de sonnette retentit dans l'appartement.

— C'est sûrement Sal et la limonade, indiqua Jeremiah.

Ils retournèrent dans le salon, et Jeremiah ouvrit la porte. Sal entra avec un plateau sur lequel étaient posés une cruche pleine de limonade, deux verres avec des glaçons, et un petit vase contenant un brin de bougainvillée.

— La fleur, c'est une idée de Bennie, commenta-t-il en posant le plateau sur le coffre qui servait à Jeremiah de table basse.

— Merci, Sal. Je ne sais pas comment te remercier...

— Ça me fait plaisir de rendre service.

Se tournant vers Mollie, Sal ajouta d'un air plus solennel :

— Je suis ravi d'avoir fait votre connaissance, mademoiselle.

Il sortit et Jeremiah ferma la porte sur lui, avant de se tourner vers Mollie.

— Ils sont mignons, tous les trois, dit-elle avec un sourire.

— Mignons ? Ce n'est pas le terme que j'utiliserais... Ne te laisse pas berner. Ils ont tous mené des vies longues et riches en péripéties. Bon, si tu le permets, je vais te laisser avec la limonade et aller prendre une douche. J'ai pris un petit bain de mer, après mon jogging, et je me sens tout collant.

Quand il revint, dix minutes plus tard, vêtu d'un pantalon de toile et d'un T-shirt, Mollie s'était installée dans le fauteuil et sirotait sa limonade.

Jeremiah se versa un verre.

— Alors, comment as-tu su, au sujet de Lucy Baldwin ? lui demanda Mollie.

— J'ai mes sources, répondit-il avec un clin d'œil.

— Croc, évidemment, déclara Mollie. En tout cas, la police n'a pas l'air décidée à considérer cette histoire comme un vol. Evidemment, n'importe qui a pu se glisser dans les toilettes, voir la montre et la fourrer dans sa poche. C'est l'occasion qui fait le larron, comme on dit.

— Croc m'a dit qu'il t'avait suivie chez toi.

— En effet.

Mollie regarda Jeremiah droit dans les yeux.

— Ce n'est pas toi qui le lui avais suggéré ?

— Non.

— Est-ce qu'il suit toujours d'aussi près les histoires que tu couvres ?

— Bien sûr que non ! Je ne le permettrais pas. D'ailleurs, il sait que je ne suis pas officiellement sur l'affaire, et il a l'impression qu'elle lui appartient, puisqu'il me l'a apportée.

— Je vois, murmura Mollie avant de poursuivre : Mais comment sait-il que j'étais présente à chaque incident ? Sois franc avec moi, Jeremiah...

— Je n'en sais rien. Quand je lui pose la question, il refuse de me répondre.

— Il est du genre imprévisible, dis-moi ?

— Assez, oui. Mais en fait, je crois surtout qu'il aime jouer les James Bond. Parlons plutôt de Leonardo, maintenant, enchaîna Jeremiah sans transition. Qu'est-ce que tu vas faire quand il va rentrer et que ton année chez lui prendra fin ?

— Quel rapport avec...

— Fais-moi plaisir, Mollie.

Elle haussa les épaules.

— Je ne sais pas encore, admit-elle. J'espère que j'aurai assez d'économies pour m'acheter un appartement, peut-être même une petite maison. Mais je ne pense pas que je resterai à Palm Beach. J'aimerais bien m'installer un peu plus au sud, vers Boca Raton, ou même Fort Lauderdale.

— Tu descendrais jusqu'à Miami ?

— Il faudrait que j'aie une bonne raison.

Jeremiah regarda son ameublement spartiate, les

cages des reptiles dans la pièce voisine, et aussitôt, il dévia le cours, dangereux, de ses pensées.

— Ce ne sera pas trop dur de quitter la maison de Leonardo ? Tout cet espace, la piscine, le personnel ?

— J'avoue que tout ce luxe est bien agréable. Mais enfin, je pourrai toujours revenir le voir quand l'envie m'en prendra. Leonardo est la personne la plus généreuse que je connaisse.

S'interrompant soudain, Mollie plissa le front.

— C'est la deuxième fois que tu me fais une remarque de ce genre. Tu ne crois quand même pas sérieusement que je me serais mise à voler des bijoux par crainte du moment où je devrai renoncer au style de vie de Leonardo ?

— Mollie, je ne te soupçonne pas.

Elle inspira profondément et eut un geste d'irritation.

— Mais tu restes neutre. Tu n'iras pas affirmer de façon catégorique que je ne suis pas le voleur. Tu ne te rangeras pas de mon côté. Tu es incapable de prendre le parti de qui que ce soit, et c'est pour ça que tu es journaliste. Tu peux rester à distance, ne jamais t'impliquer.

— J'aspire à l'équilibre et l'objectivité, c'est vrai, admit Jeremiah d'un ton posé en même temps qu'il se levait pour s'approcher de Mollie. C'est un idéal, pas forcément une chose qui me vient facilement. Dans le cas présent, c'est même carrément impossible.

Il prit le verre de limonade d'entre les mains de Mollie et le posa sur le plateau, avant d'aider la jeune femme à se lever et de l'attirer vers lui.

— Mollie, Mollie, murmura-t-il en se penchant sur ses lèvres, crois-tu vraiment que je peux être neutre en ce qui te concerne ? Que je peux être objectif ?

— Je... je n'en sais rien.

— Vraiment ? Tu n'en sais rien ?

Il s'empara de ses lèvres et l'embrassa longuement, profondément. Si elle avait fait mine de se dégager, si elle avait hésité ne fût-ce qu'une fraction de seconde, il se serait aussitôt dégagé. Mais elle n'en fit rien, et il laissa ses mains glisser le long de sa taille.

Comme il la voyait fermer les yeux, il chuchota :

— Ouvre les yeux, Mollie. Ça n'est pas un rêve, ni même juste un souvenir.

— Ce le sera bien assez vite, non ?

— En cet instant, c'est la réalité.

— Je dois rester lucide, Jeremiah. J'ai beau avoir envie de toi, je sais très bien que cela ne durera pas.

— Pourquoi ? Parce que cela n'a pas duré la première fois ?

— La première fois, tu t'es jeté dans notre histoire parce que tu avais envie d'une diversion de quelques jours. Moi... je ne savais pas trop ce que je voulais. Mais je ne suis plus aussi naïve, ou inexpérimentée. Je me connais mieux. Surtout, je te connais, toi.

Jeremiah glissa une main dans les cheveux de Mollie et caressa sa nuque, les yeux rivés aux siens.

— Peut-être sommes-nous ici aujourd'hui, parce que ce qui s'est passé entre nous, il y a dix ans, a duré, murmura-t-il.

Et il l'embrassa de nouveau, incapable de résister au désir qui le taraudait. C'était comme un feu qui brûlait dans ses veines. Jeremiah savait qu'à un moment donné, très bientôt, ce désir allait se déchaîner et achever de briser les barrages qu'il avait érigés. Mais ensuite, que se passerait-il ? Il ne pouvait pas se permettre de commettre la même erreur qu'autrefois. Et alors même que ses mains caressaient le corps de Mollie, qu'il puisait sur ses lèvres d'affolantes sensations, il savait qu'il allait devoir fournir un terrible effort s'il ne voulait pas la perdre pour toujours. Car si elle était sans doute prête à se donner physiquement, elle ne l'était pas sur le plan émotionnel. Elle n'avait pas confiance en lui.

Alors, lentement, avec une maîtrise de soi dont il ne se serait jamais cru capable, il rompit leur étreinte et recula d'un pas.

— Je connais un petit restaurant cubain très sympathique, à quelques rues d'ici, déclara-t-il d'une voix étonnamment calme, compte tenu du tumulte qui l'agitait. C'est bon marché et ils ont un excellent menu. Le décor n'est pas extraordinaire, mais si on reste ici...

Il eut un sourire et haussa les épaules.

— ... j'ai peur que ma photo ne retrouve sa place sur ta cible de fléchettes.

Mollie s'humecta les lèvres, ajusta son chemisier et s'éclaircit la gorge.

— D'accord, répondit-elle.

Puis elle parut réfléchir un instant, et reprit :

— Comment comptes-tu faire, pour ce qui concerne Bennie, Albert et Sal ? Il ne faudrait pas leur donner l'impression que nous sortons ensemble, ce qui n'est pas le cas.

— Bien sûr que non ! s'exclama Jeremiah d'un ton railleur. Allons, chacun sait que je n'embrasse que les femmes avec qui je n'ai absolument aucune envie de sortir.

— Jeremiah, ce qui vient de se passer était...

Mollie hésita, comme si elle cherchait quel mot utiliser.

— C'était inévitable, dit-elle finalement.

— Inévitable ?

— Il fallait vérifier, nous assurer qu'il n'y a plus aucune étincelle.

— Aucune étincelle...

— Jeremiah, si tu continues à répéter tout ce que je dis comme si cela n'avait aucun sens...

— Je suis désolée, ma chérie, mais tout ça n'a en effet pas le moindre sens. Tu sais aussi bien que moi que si nous ne sortons pas très vite de cet appartement, nous allons nous retrouver au lit, tous les deux. Après, si tu veux, on pourra parler d'étincelles et de ce qui est inévitable.

Tant de franchise laissa Mollie sans voix. Tandis qu'elle avalait péniblement sa salive, Jeremiah se vit conforté dans son opinion.

— J'aime avoir raison, murmura-t-il.

Cette fois, elle ouvrit la bouche, prête à protester, mais il l'arrêta d'un geste.

— Ecoute, je sais que je t'ai entraînée dans une histoire dont tu ne voulais pas, il y a dix ans...

— Dont je ne voulais pas ? C'est faux ! J'ai voulu m'en persuader, peut-être, mais tu ne m'as jamais entraînée où que ce soit. Je savais dans quoi je m'embarquais, quand j'ai accepté de déjeuner, et surtout, de dîner avec toi, le premier jour ; et je suis tout aussi responsable que toi pour ce qui s'est passé entre nous à l'époque. D'accord, j'étais jeune et un peu confuse, mais je n'étais pas idiote. J'avais très bien compris le genre d'homme que tu es.

En entendant ces propos, Jeremiah ne put s'empêcher de sourire.

— Et quel genre d'homme suis-je donc, Mollie ? Un brave type sorti tout droit des Everglades, qui fait le journaliste pour gagner sa vie ?

— Tu sais aussi bien que moi que c'est bien plus qu'un simple moyen de gagner ta vie... Enfin, quoi qu'il en soit, je ne suis pas venue pour discuter de notre relation. Je voulais juste que tu avertisses ton copain Croc de ma part : la prochaine fois qu'il me suit, j'appelle la police.

— Il a déjà reçu le message. Et maintenant, on va manger, d'accord ? On continuera à parler là-bas.

Mollie parut hésiter un instant. Puis elle hocha la tête.

— D'accord.

Le restaurant était petit, simple, et à quelques minutes à pied de l'immeuble de Jeremiah. La bonne cuisine cubaine qu'on y servait rappela à Mollie les déjeuners et les dîners qu'ils avaient partagés, dix ans plus tôt.

Jeremiah commanda d'abord une margarita et Mollie une soupe de haricots noirs. Lorsque le serveur lui apporta le bol, elle plongea aussitôt sa cuillère dedans.

— Tu bluffais, tout à l'heure, n'est-ce pas ? demanda-t-elle soudain. Tu ne m'aurais pas vraiment entraînée jusque dans ton lit.

Jeremiah eut un de ses sourires en coin.

— Je ne crois pas que j'aurais eu besoin de t'entraîner...

— Et après ? Nous n'avons rien à faire ensemble. Nos métiers n'ont rien de commun. Et je ne parle même pas de ton mode de vie : ces trois bonhommes avec qui tu habites.

— Pardon, mais je n'habite pas avec eux. Nous partageons le même immeuble. Cela n'a rien à voir.

— C'est bien là que je veux en venir : tu te contrefiches de l'endroit où tu habites. Et je sais de quoi je parle. J'ai grandi avec des gens comme toi.

— Est-ce que tu serais en train de me comparer à tes parents ? s'exclama Jeremiah. Je crois que je vais commander une autre margarita.

— Cela n'est pas la peine de prendre cet air affolé. Tu ne les as jamais vus.

— Mais d'après ce que tu m'en as dit, j'ai pu comprendre qu'ils sont complètement farfelus.

— Le fait est, poursuivit Mollie sans se laisser distraire, que toi et moi n'avons aucun point commun. Tu veux encore un exemple : j'ai regardé ta collection de disques compacts, pendant que tu prenais ta douche. Du rock, du blues, du jazz... Autant de genres que j'apprécie vraiment beaucoup, mais tu n'as pas du tout de musique classique. Or, je ne peux pas vivre sans musique classique. Cela m'est presque aussi indispensable que la respiration.

— Mais enfin, Mollie, qu'est-ce que tu racontes ?

— J'essaie simplement de te démontrer que l'unique raison pour laquelle nous aurions pu nous retrouver dans un lit, toi et moi, est le résultat d'une sorte de mémoire hormonale. Cela nous ramène à cette semaine où tout a été si vite, si intense et si fort, que...

Elle s'interrompit brusquement, obéissant à la petite voix qui lui avait suggéré de ne pas s'engager sur cette voie. Elle prit la salière et la renversa au-dessus de son bol de soupe.

— Je suis sûre que c'est chimique, murmura-t-elle encore, plus pour elle-même que pour Jeremiah.

— Bien sûr, fit celui-ci d'un ton narquois.

— D'ailleurs, renchérit Mollie sur sa lancée, je ne sais même pas pourquoi je perds mon temps à te dire tout ça. Tu n'es pas assez bête pour commettre la même erreur qu'il y a dix ans. Coucher avec moi ne serait pas bon pour ta réputation. Encore moins pour ta crédibilité en tant que journaliste si jamais cette histoire ridicule de dénominateur commun parvient jusqu'à la police et que je me trouve mêlée à cette histoire — plus que je ne le suis déjà. Or, tu tiens beaucoup trop à ta précieuse carrière.

Jeremiah se pencha par-dessus la table et lui prit la main, cherchant son regard.

— Mollie, je me fiche de ma réputation comme d'une guigne. Je fais ce que je fais parce que cela me paraît juste et bien. Il y a dix ans, j'ai couché avec toi parce que cela me paraissait bien. Il y a vingt minutes, ce n'était pas le cas. Dans vingt heures...

Il haussa les épaules, avant d'ajouter :

— Va savoir.

Mollie avala sa salive avec difficulté. Elle avait la gorge affreusement sèche, tout d'un coup.

— Et moi, dans tout ça ? parvint-elle à demander.

— Tu auras ton mot à dire, bien sûr.

Comme dix ans plus tôt. Elle s'était enfoncée si profondément dans sa colère, durant tout ce temps, qu'elle avait presque réussi à oublier à quel point Jeremiah avait fait preuve de précautions et de sollicitude, insistant pour s'assurer qu'elle savait bien ce qu'elle faisait et que, surtout, elle le voulait vraiment. C'était ce même sens de l'honneur qui l'avait poussé, une semaine plus tard, à lui avouer qu'il s'était servi d'elle pour son travail, alors que ce n'était pas vrai. Il avait essayé de lui épargner des regrets, sans s'apercevoir qu'il n'était pas investi d'un tel pouvoir.

Le serveur leur apporta le plat principal et Mollie huma le parfum délicieux des plantains frits, du riz jaune et du poulet grillé au citron. C'était chaud, épicé, et cela convenait parfaitement à son humeur. Jeremiah commanda une autre margarita tandis que Mollie demandait de l'eau.

Par la suite, la conversation roula sur toutes sortes de sujets : le temps, les restaurants de Miami, les films qu'ils avaient vus récemment, les livres qu'ils avaient lus. Mollie trouva les commentaires de Jeremiah intéressants et pénétrants ; il était beaucoup moins rigide et manichéen qu'elle ne l'avait imaginé. Et plus la soirée avançait, plus elle se disait que décidément, Jeremiah Tabak était un homme à multiples facettes.

Au moment de payer, il insista pour se charger de

l'addition, arguant que s'ils n'avaient pas dû sortir aussi vite, il aurait cuisiné pour elle. Mollie ne jugea pas nécessaire de mentionner qu'il n'avait jamais été question qu'elle reste dîner chez lui.

Ils sortirent dans la nuit chaude et marchèrent lentement jusqu'à l'immeuble de Jeremiah, où ils trouvèrent les trois acolytes installés sous la véranda. Bennie fumait un énorme cigare qui empestait.

— Une vieille habitude, expliqua-t-il. Ma femme ne permettait pas que je fume à l'intérieur.

Jeremiah se tourna vers Mollie. Son regard était lointain et il paraissait avoir repris ses distances.

— Je vais t'accompagner jusqu'à ta voiture, dit-il.

— Inutile. Je suis garée juste en face. Merci pour le dîner, ajouta-t-elle avec un sourire.

Il hocha la tête et lui adressa un petit clin d'œil.

— Tu peux rester bavarder avec les gars, si tu veux. Bonne nuit, Mollie.

— Bonne nuit, répondit-elle, sentant trois paires d'yeux fixées sur elle.

Jeremiah se dirigea vers l'escalier et gravit les marches trois par trois, jusqu'au deuxième étage. Une seconde plus tard, on entendit claquer la porte de son appartement. Il n'aurait pas agi autrement s'il avait eu le diable à ses trousses.

Les trois hommes, qui l'avaient suivi du regard, échangèrent des hochements de tête entendus.

— Il a peur de vouloir ce qu'il n'a pas parce qu'il pourrait le perdre, remarqua Sal, l'ancien prêtre, d'un air pensif.

— Mais non ! fit Albert. Il a juste besoin d'un coup

sur la tête pour enfin comprendre ce qui est important. Les journalistes, quand même !

Puis, ce fut au tour de Bennie d'apporter son grain de sel.

— Jeremiah est un homme d'honneur. Il veut faire les choses comme il faut. Il ne forcera jamais une femme, s'il a l'impression que ce n'est pas le moment ou que ce n'est pas bien.

— Enfin, fais un peu attention à ce que tu racontes ! intervint Sal. Tu fais rougir la petite dame.

Albert sourit à Mollie.

— N'allez surtout pas croire que nous avons ce genre de conversation toutes les semaines avec une femme différente.

— Il n'est pas lui-même, ces temps-ci, souligna encore Bennie. Ça se voit à la manière dont il taille le bois. Regardez-moi ça.

Il prit une sculpture qui ressemblait très vaguement à un palmier.

— Il peut faire beaucoup mieux. Il est clair qu'il pensait à autre chose.

Autrement dit à elle, songea Mollie ; ou plutôt à son rôle éventuel dans cette histoire de vol de bijoux.

— Allez le trouver, reprit Albert avec un petit hochement de tête encourageant.

— Albert, tu vas encore la faire rougir ! marmonna Bennie. Elle est bien assez grande pour prendre ses décisions toute seule.

— Jeremiah a besoin d'autre chose, dans sa vie, que de ses reptiles et de trois vieux bonshommes comme nous, intervint Sal. Le problème, c'est qu'il n'a pas l'air d'en prendre conscience... A moins, ajouta-t-il, qu'il ne soit pas prêt à prendre le risque de souffrir en l'admettant.

Un long moment, Mollie regarda le vieil homme puis, sans un mot, elle se dirigea vers l'escalier, dont elle gravit les marches sans faire de bruit. Arrivée devant la porte de Jeremiah, elle frappa deux coups. Elle se sentait étrangement calme.

Ce qui devait arriver arriverait.

12.

Jeremiah ouvrit la porte de sa chambre et pencha la tête de côté, les paupières mi-closes.

— Tu as oublié quelque chose ?

Mollie secoua la tête.

— Non. Mais je viens d'avoir une petite conversation avec tes amis, en bas... enfin, je les ai surtout écoutés parler.

— Ah ! la sagesse des vieux...

Tout en souriant, Mollie remarqua que Jeremiah n'avait pas esquissé le moindre mouvement pour la laisser entrer.

— Ils ont observé ton départ précipité avec intérêt.

— Ils observent tout ce que je fais avec intérêt. Et je suppose qu'ils avaient chacun son opinion sur la question.

— En effet. Ils pensent que c'est ton sens de l'honneur qui t'a poussé à agir ainsi, à moins que ce soit la peur, ou encore un mélange des deux. L'un d'eux estime aussi que tu as juste besoin d'un bon coup sur la tête.

— Là, je reconnais Albert ! commenta Jeremiah. Il

est convaincu que je ne pense à rien d'autre qu'à mon travail et qu'il faut me secouer de temps en temps, pour attirer mon attention. Ce en quoi il n'a peut-être pas entièrement tort...

— Et qu'en est-il du sens de l'honneur et de la peur ?

— Commme je te l'ai dit tout à l'heure, j'essaie toujours d'agir en accord avec ce que je ressens. Pour ce qui est du reste...

Jeremiah sourit et se pencha vers Mollie.

— Je n'ai pas peur de toi, Mollie.

Elle croisa les bras, et au prix d'un violent effort, s'efforça de ne pas trahir son trouble.

— Alors, je peux entrer ?

Il recula d'un pas.

— Evidemment.

Mollie franchit le seuil. L'appartement était silencieux. Pas de bruit de télévision ou de musique. Pas de reptiles qui bougeaient dans leur cage. Les goûts de Jeremiah en matière de décoration intérieure étaient peut-être minimalistes et spartiates, mais elle se sentait bien, chez lui.

— Tu es sûre de ce que tu fais ? lui demanda-t-il d'un ton grave.

Mollie se tourna vers lui.

— Oui. Et je n'ai pas envie de penser à hier, ni même à demain. Je n'ai aucune envie de m'interroger pour savoir si cela peut durer entre nous, ou pas. Ce soir, j'ai envie de vivre dans le présent, et rien que dans le présent.

Lentement, Jeremiah hocha la tête.

— Je ne veux pas que tu souffres encore par ma faute, dit-il.

— Ça, c'est le risque que nous prenons, répondit Mollie sans la moindre hésitation. Personnellement, je suis prête à l'accepter.

Elle fit un pas vers lui et Jeremiah l'enlaça avec douceur, l'attirant contre lui. Il plongea les yeux dans les siens, et un petit sourire apparut au coin de ses lèvres.

— Que fais-tu du plan que j'avais mis en œuvre pour nous tenir à l'écart l'un de l'autre ? demanda-t-il.

— Tu pensais vraiment que ça allait marcher ? répliqua-t-elle en lui passant les bras autour du cou.

— Ça m'avait paru être une bonne idée.

Il se rembrunit.

— Si jamais je suis responsable de tout ce qui t'arrive, ces derniers temps...

— C'est bon, Jeremiah, l'interrompit Mollie avec douceur. Je n'ai plus vingt ans, tu sais.

— Non, admit-il.

Un nouveau sourire s'épanouit sur les lèvres de Jeremiah, comme si un souvenir venait de surgir dans son esprit.

— Mais je ne serais pas étonné que tu sois toujours capable d'emporter ta radio sur la plage pour y écouter de l'opéra, assise sur une immense serviette pleine de notes de musique.

Il secoua la tête.

— Je n'ai jamais connu quelqu'un comme toi.

— Je n'ai pas eu beaucoup de Jeremiah Tabak

dans ma vie, moi non plus, avoua Mollie avec un rire léger.

Ils échangèrent un long regard, empli de tendresse et de complicité, et alors seulement, leurs lèvres se joignirent.

Jeremiah souleva Mollie dans ses bras et l'emporta dans sa chambre. Soudain, c'était comme si dix années de désir refoulé explosaient brusquement. Leurs bouches se cherchaient, encore et encore ; ils semblaient se boire l'un l'autre, à travers leurs baisers.

— Ne ferme pas les yeux, ordonna Jeremiah. Reste avec moi. Tu n'es pas en train de revivre un souvenir. Regarde-moi, vois-moi tel que je suis maintenant, Mollie. Aime-moi tel que je suis aujourd'hui.

— Et toi pareil ? demanda-t-elle.

— Oui. C'est ce que je fais.

Et il l'embrassa de nouveau. Puis, lentement, il défit chaque bouton du chemisier de Mollie et l'en débarrassa, avant de le jeter sur le sol. Les yeux dans les yeux, ils se déshabillèrent ainsi mutuellement, prenant tout leur temps pour redécouvrir leurs corps, caressant chaque parcelle de peau qu'ils dénudaient, y portant les lèvres et jouant à provoquer des sensations chez l'autre. Ils léchaient, mordillaient, se taquinaient, trop heureux de recouvrer leur complicité intacte, comme si ces dix années n'avaient eu aucun impact, sinon celui de décupler leur plaisir d'être dans les bras l'un de l'autre, comme s'ils se reconnaissaient charnellement et reprenaient tout simplement les choses là où ils les avaient laissées, autrefois.

Et lorsque la jouissance les faucha, tous les deux, au même instant, ce qu'ils éprouvèrent ne pouvait se comparer à rien de ce qu'ils avaient connu ou même imaginé jusqu'alors. L'univers bascula, et accrochés l'un à l'autre, ils perdirent toute conscience du monde extérieur, de ce qui n'était pas l'être engendré par la fusion parfaite de leur corps et de leur âme.

Jeremiah éprouva un mal fou à trouver le sommeil ; et il ne put se rendormir quand il se réveilla, peu avant l'aube. Agité, il se mit à tourner dans son appartement comme un lion dans une cage. De temps en temps, il allait jeter un coup d'œil dans la chambre, où Mollie dormait, ses cheveux blond pâle étalés sur l'oreiller vert foncé. Leurs vêtements étaient éparpillés un peu partout autour du lit, et il ramassa les affaires de la jeune femme, afin qu'elles ne soient pas trop froissées.

Tandis qu'il s'affairait, mille pensées tournaient dans son esprit. Une nouvelle fois, Mollie Lavender était là, dans son lit, dans sa vie.

Et elle avait des ennuis. C'était certain. Malheureusement, il ne parvenait pas à rassembler les pièces du puzzle, il n'arrivait pas à y voir clair dans la situation.

Le souvenir de leur nuit d'amour le submergea brusquement ; un mélange de sensations et d'émotions qui le secouèrent jusque dans les profondeurs de son âme. Il était fou d'angoisse et d'incertitude — et pourtant, il ne regrettait pas une seule seconde ce qui s'était passé.

Résistant à la tentation d'aller se glisser près de Mollie et de la réveiller pour lui faire l'amour, de nouveau, il se rendit plutôt dans la salle de bains, où il prit une douche glacée. Puis, il enfila un short et un T-shirt, saisit son couteau à tailler le bois et descendit sous la véranda, où il savait trouver Sal, toujours levé à l'aube.

L'ancien prêtre avait sa bouteille Thermos remplie de café et une grande tasse avec des flamants roses dessus. Il murmura un vague bonjour et remplit le gobelet de la Thermos, avant de le tendre à Jeremiah.

Celui-ci s'installa près du vieil homme et avala une gorgée de café qui, à sa grande surprise, se révéla délicieux.

— J'ai un problème, déclara-t-il au bout de quelques secondes.

— Seuls les morts n'ont pas de problèmes, répondit Sal. Prends un bout de bois et taille-le. L'aube est un bon moment pour réfléchir, pas pour prendre des décisions.

Jeremiah obéit, avec l'impression d'être un gamin de neuf ans qui écoutait les conseils de son père. « Il ne faut pas brusquer le bois, disait toujours ce dernier. Il faut le sentir et le suivre. »

L'air était immobile, et la lumière avait des reflets lavande. Jeremiah et son compagnon se concentrèrent sur leur sculpture, sans plus parler. Mais Jeremiah n'avait pas la tête à ce qu'il faisait ; ce qui devait arriver arriva. La lame de son couteau glissa et le coupa entre les jointures de son pouce. Il vit le sang avant même d'avoir mal.

— Merde !

— Tu t'es coupé ? demanda Sal avec calme.

— Oui.

— Tu veux que j'aille réveiller Bennie ? Il a une trousse de premiers soins comme tu n'en as jamais vu. Avec ça, il est capable d'affronter les pires situation, je t'assure. Il...

— Sal ! s'exclama Jeremiah, je saigne !

— Je vois bien. Tiens, prends mon mouchoir.

Le carré de coton était immaculé, parfaitement plié et repassé. Jeremiah l'ouvrit avec sa main valide et l'enroula autour de son pouce blessé, serrant avec force avant de faire un nœud.

— Je te dois un mouchoir, remarqua-t-il.

— Bah, ne t'inquiète pas pour ça. Tu crois que tu auras besoin de points de suture ?

— Non.

La blessure lui faisait mal et elle saignait beaucoup, mais elle n'était pas très profonde. Tout en essayant de serrer un peu plus son pansement de fortune, Jeremiah se maudit, et il maudit Mollie aussi. Si elle était rentrée chez elle, la veille au soir, il ne serait pas descendu tailler du bois à l'orée du jour. Il dormirait bien tranquillement, au lieu d'avoir l'esprit torturé par une foule de sentiments contradictoires.

Cela dit, s'il n'avait pas fait l'amour avec elle la nuit précédente, il aurait très bien pu se retrouver là, à cette heure, le cœur et le corps agités, et se couper le doigt de la même façon. Qu'elle soit au deuxième étage, ici, ou chez Leonardo Pascarelli, Mollie était bel et bien revenue dans sa vie. A lui de gérer les complications qui en découlaient, et d'envisager les multiples possibilités qui s'offraient à lui.

Sal lui remplit de nouveau sa tasse de café et Jeremiah avala plusieurs gorgées.

— Tu as déjà pensé à te marier, Sal ? demanda-t-il brusquement.

— Quand j'étais prêtre ?

— N'importe quand.

Sal posa son couteau et s'adossa à sa chaise, croisant les mains sur son ventre. Jeremiah le soupçonnait d'avoir assez de diplômes pour couvrir tout un pan de mur. Bennie et Albert lui avaient rapporté que son appartement était rempli de livres, si nombreux qu'ils leur faisaient craindre les incendies. Mais maintenant qu'il était un simple citoyen, Sal aimait faire croire qu'il était comme tout le monde, un type banal, et non un homme qui avait étudié des disciplines telles que l'ésotérisme, la théologie et la philosophie. Il prit tout son temps pour répondre à la question de Jeremiah :

— Je pensais au mariage sans cesse, dit-il. J'y pensais en termes d'institution. Mais est-ce que j'ai pensé, moi, à me marier ?

Il marqua une nouvelle pause, avant de reprendre :

— Je n'ai jamais eu une femme dans ma vie, que ce soit avant de devenir prêtre ou après avoir été fichu dehors. Mais il m'arrivait d'imaginer qu'il y avait quelqu'un, et que je l'épousais. Bien sûr, cela restait purement hypothétique, puisqu'il n'y avait personne et que de toute façon, je ne l'aurais pas fait. Alors, me diras-tu ? Alors, cela signifie que je pouvais fantasmer sur la perfection. Je rêvais à tout ce qu'il était possible de désirer chez une femme, d'attendre d'un mariage. Je pouvais fixer des standards inaccessibles.

— Parce que ce n'était pas réel.

— Exactement. Et parce que je faisais tout pour que cela ne le devienne jamais.

— Forcément. Tu étais prêtre.

— Oh ! ce n'est pas la seule raison. Vois-tu, j'ai marié des centaines de couples, en quarante ans. Et je crois avoir appris au moins une chose.

Il se tourna vers Jeremiah.

— La personne avec qui ça marche est celle qui te fait oublier, justement, que tu avais fixé de tels standards ; celle qui te fait oublier que tu as un jour aspiré à quelque chose d'aussi ridicule et d'aussi ennuyeux que la perfection.

Jeremiah fronça les sourcils.

— Tu vois, murmura Sal en reprenant son couteau, comme je te le disais, ce moment de la journée est idéal pour réfléchir.

— Ouais. Eh bien moi, je vais chercher un pansement.

— Va.

Jeremiah regagna son appartement et se rendit dans la salle de bains pour nettoyer sa coupure et y appliquer un pansement adhésif. Il avait moins mal et la blessure ne saignait presque plus. Quand il en eut terminé, il prépara du café et s'installa à la table de la cuisine, avec ses reptiles, qui avaient le bon sens de dormir à 6 heures du matin.

Soudain, la sonnerie du téléphone le fit sursauter. Il se leva d'un bond et décrocha d'un geste brusque le combiné mural.

— Tabak.

— Tabak, c'est Frank Sunderland. Je te réveille ?

Jeremiah passa sa main valide dans ses cheveux. Si Frank Sunderland, son ami de la police de Palm Beach, appelait à une heure aussi matinale, c'était qu'il avait une bonne raison de le faire.

— Non, répondit-il. Que se passe-t-il ?

— Ecoute, je suis au Good Samaritan Hospital, à West Palm Beach. Ils ont ramassé un petit jeune qui dit s'appeler Blake Wilder. Il a reçu une vilaine raclée, hier soir.

— Je le connais. C'est un ami. Que s'est-il passé ? Comment va-t-il ?

— Il s'en sortira, mais il est dans un sale état : plusieurs côtes enfoncées, le nez cassé, la mâchoire brisée, des coupures, des hématomes. Les médecins s'occupent de lui. Pour les détails, il faudra que tu voies avec eux. Deux mecs qui faisaient leur jogging l'ont repéré, sur la plage. Heureusement, parce qu'une heure plus tard, la marée l'aurait sûrement noyé, ou emporté. On pense que ses agresseurs ont été surpris avant de pouvoir finir leur boulot.

— Comment ça, finir leur boulot ? Tu crois qu'ils voulaient le tuer ?

— C'est bien possible.

Jeremiah sentit son estomac se retourner. Mollie venait d'entrer dans la cuisine, vêtue d'une de ses chemises, les cheveux emmêlés, le visage livide.

— J'arrive, dit-il.

— Attends une seconde, Tabak ! Il a donné ton nom, le sien, et c'est tout. Tu ne sais pas qui d'autre on peut contacter ? De la famille ?

— Non.

— Merde ! fit Sunderland. Parce que ce n'est pas tout, figure-toi.

— Qu'est-ce qu'il y a, encore ?

— On a trouvé dans une de ses poches un collier en diamants et rubis qui correspond à la description de celui qui a été arraché sur le cou de Mollie Lavender, l'autre soir. Alors, d'après moi, il y a trois possibilités. Un, les types qui l'ont tabassé ne savaient pas que le collier était là. Deux, ils le savaient, mais ils n'ont pas eu le temps de le voler. La troisième, c'est qu'ils l'ont mis là eux-mêmes. Dans tous les cas, cette histoire ne me dit rien qui vaille.

Jeremiah entendit son interlocuteur pousser un soupir d'irritation, avant de reprendre :

— Si j'apprends que tu n'as pas été franc avec moi, Tabak, on va avoir une petite discussion. Bon, je te vois tout à l'heure.

Sur ces mots, Sunderland raccrocha.

Jeremiah reposa le combiné et se tourna vers Mollie.

— Que s'est-il passé ? lui demanda-t-elle.

Il lui expliqua, le plus succinctement et le plus précisément qu'il put — sans omettre de parler du collier qu'on avait retrouvé dans une des poches de Croc.

— On va prendre la Jaguar, déclara Mollie quand il eut terminé. Ça ira plus vite.

Et elle retourna dans la chambre, où elle commença de s'habiller.

— Non, fit Jeremiah en la rejoignant. Je peux prendre mon pick-up. Tu n'as qu'à rester là.

— Pas question ! Je vais à l'hôpital, moi aussi. Si je pars seule, je te dépasserai sur la route et cela te rendra fou de rage. Dépêchons-nous, maintenant.

Quelques minutes plus tard, ils dévalaient les marches de l'escalier, sortaient de l'immeuble, traversaient la rue en trombe, avant de s'engouffrer dans la Jaguar. Sal n'était plus sous la véranda.

Jeremiah pouvait à peine respirer tant il avait l'estomac noué ; et il ne sentait plus du tout la douleur provoquée par sa blessure. Heureusement, il n'y avait pratiquement pas de circulation, sur l'Interstate. Mollie emprunta la voie de gauche et roula vite, le front plissé. Ils gardèrent tous deux le silence pendant tout le trajet. Lorsqu'ils arrivèrent à l'hôpital, Croc avait quitté le service des urgences et on l'avait transporté dans une chambre. Ils s'engouffrèrent dans un ascenseur et se rendirent à l'étage qu'on leur avait indiqué. Dans le couloir, ils tombèrent sur Frank Sunderland, qui n'avait pas l'air content du tout.

— Ah, Tabak ! fit-il en voyant ce dernier. Te voilà enfin ! Ecoute, je veux que tu me dises absolument tout ce que tu sais sur ce gosse.

La porte de la chambre de Croc était fermée, et Jeremiah se raidit, s'efforçant de ne pas laisser exploser son impatience et sa frustration.

— Je connais Croc depuis environ deux ans, commença-t-il. Il me livre des informations, occasionnellement. La moitié du temps, cela ne mène à rien ; et l'autre moitié, c'est selon. Il vit de petits boulots, ici et là. Rien de régulier. Je ne sais même pas où il travaille, en ce moment. Je n'ai jamais su où il habitait. Et je n'ai rien sur son passé.

Il déclinait ces éléments sur un ton monocorde, parlant presque mécaniquement.

— Il dit que son nom est Blake Wilder, conclut-il.

— Ouais, c'est ce qu'il dit, commenta Frank. Mais il semblerait que ça ne soit pas son vrai nom. On est en train de vérifier ses empreintes.

— J'ai toujours eu le sentiment que Blake Wilder était un nom qu'il avait pioché sur une pierre tombale, dans une bande dessinée ou un film. Ce gosse vit dans un monde imaginaire, la moitié du temps. Des espions, des fées, des elfes, des conspirations... Il écoute aux portes et regarde dans les trous de serrure. Ce n'est pas un homme d'action. Je ne le vois pas du tout en train de voler des bijoux.

Frank Sunderland lui décocha un regard noir.

— Ouais, en tout cas, si tu m'avais parlé de lui plus tôt...

— Il n'y avait rien à dire. Et c'est toujours valable.

— Bien sûr... Et cette affaire de vols de bijoux ? Ce n'est pas ton territoire habituel, Tabak. Qu'est-ce que tu fabriques à renifler tout autour ?

Jeremiah hésita une fraction de seconde, tout son instinct en alerte, comme chaque fois que c'était un flic qui posait les questions et lui qui devait répondre — et non le contraire.

— Croc m'a refilé le tuyau.

— Comment ça ?

— Il m'a demandé de jeter un coup d'œil à ce qui se passait. Il a toujours été convaincu qu'il n'y avait qu'une seule personne derrière tous ces vols.

Sunderland fronça les sourcils.

— Ah oui ? Et pourquoi ça ?

— Il n'a jamais voulu me le dire. Je n'ai pas arrêté de le cuisiner, parce que j'avais l'impression qu'il ne me racontait pas tout — et ça, depuis le début. Merde, Frank, je n'ai rien du tout ! Dans le cas contraire, il ne serait peut-être pas là-dedans, le pauvre gosse, conclut-il en désignant la porte de la chambre d'un mouvement de tête.

— Bon, bon. Va le voir.

— Merci, répondit Jeremiah, avant d'ajouter : Au fait, je te présente Mollie Lavender.

— Ouais, je m'en doutais, fit Sunderland. Bon, vous pouvez le suivre, mademoiselle Lavender. On parlera après.

Jeremiah poussa la porte de la chambre. Il y avait deux lits, mais un seul était occupé. Croc gisait sous un drap immaculé, la tête disparaissant presque entièrement sous un bandage, ainsi que son cou, son bras droit et ses deux mains. Sa mâchoire était immobilisée, sa bouche recousue, et il était sous intraveineuse. Une infirmière finissait de l'installer.

— Comment va-t-il ? lui demanda Jeremiah.

— Il dort, pour le moment, répondit-elle. Il était très agité et il souffre beaucoup. On lui a donné des sédatifs, pour la douleur, et ils commencent à faire effet.

Jeremiah s'approcha du lit, et il demeura un moment immobile, à contempler le corps inerte du jeune homme. Mollie, le visage très pâle, le souffle un peu court, ne disait rien.

Enfin, Jeremiah se tourna vers l'infirmière.

— S'il y a le moindre changement dans son état, voudriez-vous avoir la gentillesse de me prévenir ? Je vais laisser tous les numéros de téléphone où on peut me joindre. Je reviendrai plus tard.

Il toucha doucement la main de Croc et ajouta, dans un murmure :

— Tiens bon, mon gars.

De retour dans le couloir, il se rendit au bureau des infirmières pour leur donner ses diverses coordonnées. Puis, il retourna auprès de Sunderland, toujours suivi de Mollie.

— Pourriez-vous m'accompagner au poste de police ? demanda le policier à cette dernière. J'ai besoin que vous identifiiez le collier.

— J'aimerais beaucoup, répondit Mollie, mais je suis venue en voiture avec Jeremiah et...

— Vous pouvez monter avec moi et je vous reconduirai jusque chez vous, l'interrompit Sunderland.

S'il s'était exprimé avec politesse, son ton n'admettait pas vraiment de réplique.

— D'accord, fit Mollie en hochant la tête.

Elle prit les clés de la Jaguar, dans son sac, et les tendit à Jeremiah.

— Leonardo a aussi une jeep, dans le garage. Je l'utiliserai si jamais j'ai besoin de sortir avant que tu aies pu ramener la voiture.

— Ça va aller ? lui demanda Jeremiah.

— Ça ira, répondit-elle avec un sourire un peu forcé. Dès que j'en aurai terminé avec la police, je rentrerai chez Leonardo et j'essaierai de travailler un peu.

Jeremiah hocha la tête.

— Très bien. Je t'appellerai.

Frank Sunderland avait écouté cet échange sans faire le moindre commentaire. Mais au moment de s'éloigner en compagnie de Mollie, il se tourna vers Jeremiah et lança :

— Moi aussi, je t'appellerai, Tabak. On a encore des choses à se dire, tous les deux.

13.

Frank Sunderland venait juste de déposer Mollie, lorsque Griffen Welles et Deegan Tiernay arrivèrent chez Leonardo, chacun au volant de sa voiture. Mollie, qui n'avait pas encore refermé les grilles, vit ses amis suivre des yeux, visiblement interloqués, la voiture de police qui s'éloignait.

— C'étaient les flics, Mollie ? s'exclama Deegan en bondissant hors de son véhicule. Qu'est-ce qu'ils te voulaient ?

Elle poussa un soupir de lassitude. Elle aurait bien aimé passer un moment seule, peut-être plonger dans la piscine et nager jusqu'à l'épuisement, avant de s'allonger au soleil ; mais le sort en avait décidé autrement.

— Montez, dit-elle. J'ai quelque chose à vous raconter.

Elle prépara du café, mit un œuf à bouillir et leur parla de Jeremiah, de Croc et de son propre rôle, elle, le dénominateur commun à tous les vols de bijoux. Elle leur raconta comment elle avait revu Jeremiah à la sortie du Greenaway Club, pour la première fois depuis dix ans, et la liaison qu'ils avaient eue à l'époque. Si elle s'exprimait sur un ton détaché, elle était en proie à la plus complète confusion. Heureusement, le café bien fort lui fit un peu de bien.

— Mince, alors ! murmura Griffen. J'étais loin de me douter de tout ça.

Deegan, qui s'était levé d'un bond, se mit à faire les cent pas.

— La police soupçonne Croc d'être le voleur ? s'exclama-t-il.

— Ils ne sont sûrs de rien. Je reviens juste du commissariat, où je suis allée identifier le collier qu'ils ont trouvé sur lui. C'était bien le collier de malheur de Leonardo. Maintenant, il y a plusieurs hypothèses. Il se peut qu'il ait été agressé par hasard et que les voleurs soient passés à côté du collier ; il se peut aussi qu'il s'agisse d'un coup monté...

Elle haussa les épaules, avant de conclure :

— Je n'en sais rien.

— Ça craint vraiment ! marmonna Deegan, le visage livide. Bon, il faut que je m'en aille. Je vous parlerai plus tard, à toutes les deux.

Et il se rua dehors.

Griffen le suivit des yeux, les sourcils arqués. Puis, comme la porte se fermait en claquant, elle murmura :

— Qu'est-ce qui lui prend ?

— Je ne sais pas, répondit Mollie. J'ai peut-être dit quelque chose qui ne lui a pas plu.

— Non, je ne pense pas. Il est bizarre, ces derniers temps. Surtout depuis quelques jours. Je crois bien que je suis en train de le perdre, ajouta Griffen en baissant la voix d'un ton.

— Comment ça ? Il... il s'est passé quelque chose ? Vous vous êtes disputés ?

— Même pas, répondit Griffen avec un sourire désabusé. Il est devenu distant, alors que d'habitude, il est drôle, sarcastique et agréable à vivre. Un mec super, quoi ! Que veux-tu, c'est la vie... Je n'avais jamais pensé que notre relation durerait, mais je dois avouer que je suis plus triste que je ne l'aurais cru de la voir se désintégrer si vite.

— Je suis désolée, Griffen.

— Oui... Enfin, comme je viens de le dire, c'est la vie. Mais parlons plutôt de toi et de Jeremiah Tabak. Il y a de l'espoir ?

Les yeux plissés, elle fixa Mollie et pouffa de rire.

— Ma parole, elle rougit ! C'est vraiment sérieux, alors ?

Mollie mordit dans l'œuf dur qu'elle venait d'éplucher.

— Sait-on jamais ce qui l'est, et ce qui ne l'est pas ? répondit-elle. Ecoute, je reviens de l'hôpital et je me sens un peu gênée de parler de ma vie amoureuse, compte tenu des circonstances.

— Pourquoi ? C'est la nature humaine, Mollie. Nous avons tous un petit fonds d'égoïsme en nous. C'est inévitable — et même assez sain, je trouve. Dis-moi, enchaîna Griffen sans transition, la mine dégoûtée, tu es en train de manger ça sans rien ?

Mollie regarda son œuf dur.

— J'ai mis du sel et du poivre.

— Elle a mis du sel et du poivre ! répéta Griffen en secouant la tête et en levant les yeux aux plafond. Décidément, tu es un drôle d'oiseau.

Mollie sourit et termina son œuf, avant de se tourner vers l'évier pour se rincer les mains. Une idée totalement incongrue venait de germer dans son esprit ; si elle l'exprimait à haute voix, songea-t-elle, son amie aurait une vraie bonne raison de la prendre pour un drôle d'oiseau.

— Je sais que je passe du coq à l'âne, déclara-t-elle soudain, mais... si j'organisais une réception ?

— Une... Mollie, qu'est-ce que tu racontes ?

— Demain soir, poursuivit Mollie sur sa lancée. Tu es libre ? Tu pourrais t'occuper du buffet. Ce serait quelque chose de spontané, de très simple. Ils ont annoncé du beau temps pour les jours à venir. On pourrait faire ça au bord de la piscine.

Griffen la fixait d'un air soupçonneux.

— Où veux-tu en venir, exactement ? Tu veux tendre un piège au voleur de bijoux, c'est ça ?

— Je n'hésiterais pas, si j'en avais le pouvoir — et si notre coupable n'est pas déjà sur un lit d'hôpital, avec entre autres, la mâchoire défoncée. Non, j'aimerais juste reprendre le contrôle de ma vie. Un cocktail, organisé comme ça, à la dernière minute, pourrait représenter une sorte de manifeste de ma part — je suis capable, indépendante, et je prends mes propres décisions.

— Autrement dit, ce n'est pas un vilain coup de téléphone ou un sale voleur qui vont t'intimider et te forcer à plier bagage, renchérit Griffen.

— Exactement !

Griffen réfléchit un moment.

— Ça pourrait être sympa. Et plutôt culotté. Oui,

ajouta-t-elle en souriant, décidément, cette idée me plaît de plus en plus.

— Demain te paraît trop tôt ?

— C'est le moins qu'on puisse dire... mais c'est ça qui est bien, justement. Cela ne fera pas concurrence aux autres grandes réceptions de la semaine ; et comme Leonardo n'a jamais rien organisé chez lui, on peut compter sur la curiosité des gens : ils se déplaceront. Sans compter que tu es au centre de nombreuses conversations, ces jours-ci. Et maintenant, en prime, on a un possible voleur de bijoux à l'hôpital et un journaliste d'investigation sexy en diable qui pourrait bien avoir une histoire avec l'hôtesse... Oui, c'est parfait.

— Donc, tu penses que les gens viendront ?

— Bien sûr que oui ! Ils ne manqueraient ça pour rien au monde.

Se levant, Griffen coinça une mèche de ses longs cheveux noirs derrière une oreille.

— Je vais composer un menu et m'occuper de la liste des invités. Je repasserai cet après-midi. Si nous voulons que tout soit prêt demain soir, il ne faut pas perdre de temps. Deegan nous donnera sûrement un coup de main ; je vais essayer de le joindre. C'est une chance que nous soyons venus dans des voitures séparées.

Après le départ de Griffen, Mollie erra un moment dans son appartement, avant de parvenir à décider ce qu'elle devait faire : elle prendrait une douche, s'habillerait, réglerait les quelques affaires professionnelles qui ne pouvaient pas attendre et retournerait à l'hôpital. Peut-être la police ou Jeremiah auraient-ils de nouvelles informations...

⁂

Jeremiah se rendit sur le bout de plage relativement isolé où on avait retrouvé Croc, puis au commissariat afin de voir le collier et de parler aux policiers qui étaient arrivés les premiers sur les lieux de l'agression. Malheureusement, ils ne lui apprirent rien qu'il ne savait déjà. Croc, pour sa part, n'était toujours pas en état de faire une déposition, mais il avait réussi, apparemment, à indiquer qu'il n'avait pas reconnu son assaillant et ne pouvait en donner une description précise. Il semblait de plus en plus certain qu'il n'avait eu affaire qu'à une seule personne.

Finalement, Jeremiah alla trouver Frank Sunderland, qui était toujours furieux contre lui.

— Je continue à penser que tu ne m'as pas tout dit, grommela-t-il sans préambule.

Au terme d'une ultime hésitation, Jeremiah finit par admettre que Mollie était la raison pour laquelle il s'était trouvé mêlé à toute cette histoire.

— Croc avait découvert qu'elle était présente à chacune des réceptions au cours desquelles le voleur s'était manifesté.

— Comment le savait-il ?

— Comme le reste, j'imagine. Il a dû fureter ici et là, ou avoir accès à des listes d'invités. Je n'en sais rien, moi. Il a toujours refusé de me le dire.

Sunderland considéra Jeremiah d'un air sceptique.

— Et entre Mollie Lavender et toi ?

— Quoi donc ?

— Vous êtes arrivés de Miami dans la même voiture, ce matin.

— En effet.

Hochant la tête, Sunderland eut la bonne grâce de ne pas insister. Il savait tout ce qu'il avait besoin de savoir et n'avait pas à connaître les détails de la relation que Jeremiah entretenait avec la jeune femme — d'autant que Jeremiah lui-même aurait été bien en peine de s'expliquer. Lui-même y perdait son latin. Dix ans plus tôt, il était tombé amoureux de Mollie, et il était en train de recommencer. Voilà.

— Vous avez pu trouver le vrai nom de Croc? demanda encore Jeremiah.

— Non. Mais dès qu'on le saura, tu peux compter sur nous pour te le communiquer — étant donné la manière dont tu t'es décarcassé pour nous aider...

— Hé, j'ai convaincu Mollie de vous signaler l'appel de menace qu'elle avait reçu !

Le regard peu amène de Sunderland conforta Jeremiah dans son intention de battre en retraite. Sachant qu'il n'obtiendrait plus rien du côté de la police, il décida de retourner à l'hôpital.

Il pénétrait dans le hall d'entrée quand il entendit une voix rauque et familière :

— Tabak, Dieu merci !

C'était Helen Samuel, vêtue d'un tailleur rose bonbon.

— Rends-toi compte qu'ici aussi c'est interdit de fumer ! déclara-t-elle, très agitée. Encore deux minutes à t'attendre, et j'avais une attaque...

— Que feras-tu le jour où tu tomberas malade, Helen ? demanda Jeremiah.

— Je ne tomberai jamais malade. Je m'écroulerai

raide morte sur le clavier de mon ordinateur, tu verras. Et si ce n'est pas le cas, je t'ordonne de me sortir de l'hôpital où on m'aura emmenée, de m'asseoir à mon bureau et de me tirer une balle dans la tête. D'accord ? Tu feras ça pour moi ?

— Pauvre Helen ! Dès que tu es en manque de nicotine, tu racontes vraiment n'importe quoi.

— Tais-toi donc, et écoute-moi ! s'exclama la journaliste avec un geste de la main. J'ai appris qu'on avait passé Troc à tabac.

— Croc.

— Quoi ?

— Son surnom est Croc, pas Troc.

— Oui bon, je savais bien qu'il s'agissait d'un nom ridicule dans ce genre. En tout cas, je crois que j'ai eu une idée de génie. Je me trompe peut-être, mais tu pourrais vérifier et...

Elle s'interrompit et plissa le front.

— Merde, tu as raison : je ne sais plus ce que je raconte. Franchement, qu'est-ce que c'est qu'une pauvre cigarette ? Tu crois que le bâtiment va exploser si j'en allume une ?

— Que veux-tu que je vérifie ? demanda Jeremiah, qui commençait à s'impatienter.

La journaliste fit un effort pour se concentrer.

— Michael et Bobbi Tiernay ont deux fils. Tout le monde le sait, mais personne n'en parle. Deegan, le plus jeune, est encore en faculté, ici, et il fait son stage de fin d'études chez Mollie Lavender, comme tu le sais — c'est sans doute une manière de faire un pied de nez à son père, ou à sa mère, sa grand-mère, ou même à toute la famille. C'est difficile à dire parce qu'ils sont du genre impassible, en apparence, et qu'ils savent mieux que personne renverser les situations à leur avantage. Le fils aîné s'appelle Kermit. Il a vingt-deux ans, maintenant. Il a quitté Harvard au terme de sa première année. Il était entré comme petit premier de la classe, mais il a perdu les pédales quand il a reçu sa première mauvaise note et il n'a jamais pu se reprendre. Boum ! Du jour au lendemain, le voilà qui revient à Palm Beach et...

— Bon sang ! s'exclama Jeremiah. Tu penses que...

D'un regard, Helen lui intima le silence, avant d'enchaîner :

— En guise de formule d'accueil, sa famille dit en substance : « C'est marche ou crève, maintenant. » Quand je te disais que ça n'étaient pas des rigolos... En tout cas, le gamin disparaît. Des rumeurs courent comme quoi il abuserait de certaines substances et aurait un comportement pour le moins rebelle. Ses parents le croient au Colorado, ou quelque part dans le coin, et ils continuent à mener leur vie en faisant comprendre aux uns et aux autres que leur rejeton numéro un est devenu persona non grata et qu'ils ne veulent plus entendre parler de lui.

Silencieux, Jeremiah regardait Helen fixement, conscient qu'elle n'aurait pas fait tout le trajet, depuis Miami jusqu'à un hôpital de West Palm Beach, pour lui servir un tuyau percé. Son histoire devait reposer sur des bases solides, car dans le cas contraire elle l'aurait gardée pour elle.

Croc serait donc le fils de Michael et de Bobbi Tiernay ?

— J'ai pu trouver une photo d'une remise de diplôme, reprit Helen en fourrageant dans son sac.

Elle en sortit un cliché en noir et blanc qui avait dû être découpé dans un journal.

— Il a fait toute sa scolarité dans des écoles privées. Apparemment, c'était une grosse tête.

Et il s'agissait bien de Croc. Plus jeune, plus propre, plus rondouillard et surtout l'air plus optimiste, moins désabusé. Il ne noyait sûrement pas ses frites sous le ketchup, à l'époque.

— Je crois qu'il a dû avoir accès à son fonds en fidéicommis le jour de ses vingt et un ans, reprit Helen. Je ne vois pas comment sa famille aurait pu s'y opposer.

— Cela doit représenter beaucoup d'argent, non ? remarqua Jeremiah.

— Ça oui, alors ! Tu n'imagines même pas combien. Enfin, voilà ! Je t'ai donné tout ce que j'avais. J'aurais aimé faire les recoupements plus tôt, mais au moins, c'est là.

— J'aurais dû les faire moi aussi, ces recoupements...

— C'est vrai que le gosse est un peu ton ami, hein ?

Jeremiah se contenta de regarder Helen, sans répondre, et elle hocha la tête avec compassion.

— Ça arrive aux meilleurs, Tabak. Bon, pendant que je suis là, je vais aller fureter un peu dans le coin. Une chroniqueuse mondaine ne se repose jamais. Et puis, il faut que je sorte d'ici pour en griller une, où je vais avoir des vapeurs.

— Merci pour le tuyau, Helen, murmura Jeremiah, encore sous le choc de ce qu'il venait d'apprendre.

— Pas de problème. Et réfléchis bien à ce que tu vas faire, surtout. Ce gosse te raconte des histoires depuis le début. Or, tout ça ne va pas rester secret. Kermit Tiernay, perdu depuis des mois, héritier de la fortune Atwood, fils de Michael et de Bobbi, qui réapparaît brusquement au beau milieu d'une affaire de vol de bijoux... Tu as intérêt à trouver un endroit où t'abriter, parce que ça ne va pas tarder à exploser.

Sur ce, elle s'éloigna prestement en direction de la sortie tandis que Jeremiah se dirigeait vers la rangée d'ascenseurs. La porte métallique s'ouvrait, lorsque Frank Sunderland le rattrapa.

— On a trouvé l'identité de ton copain Croc, déclara-t-il, à bout de souffle, en entrant dans la cabine avec Jeremiah.

— Je sais. Kermit Tiernay.

Le policier fronça les sourcils.

— Je finirai bien par te battre au poteau, un jour, marmonna-t-il, avant d'enchaîner : Son frère est là-haut, avec lui. Avec Mlle Lavender aussi. Elle m'a appelé d'ici. Je l'aime bien, ajouta-t-il avec un sourire pincé. Elle me dit des trucs, elle.

— C'est son boulot : elle travaille dans les relations publiques.

— Mouais.

Quelques secondes plus tard, ils entraient dans la chambre de Croc.

Deegan Tiernay était assis au chevet de son frère aîné, et en voyant entrer Jeremiah et le policier, il se raidit. Croc, alias Kermit Tiernay, avait repris conscience. Quant à Mollie, elle fusilla Jeremiah du regard.

— J'imagine que tu vas encore prétendre que tu ne le savais pas ! dit-elle avec colère.

— Je ne le savais pas.

— Mais enfin, tu le connais depuis deux ans !

— Ou plutôt, je connais Croc, un gamin des rues un rien siphonné qui m'apporte des tuyaux et qui déverse des torrents de ketchup sur ses frites.

Il se tourna vers Croc, le cœur serré par une multitude d'émotions contradictoires.

— Je t'aurais bien jeté par la fenêtre, déclara-t-il sur un ton brusque. Et c'est une chance que tu ne puisses pas parler, parce que tu trouverais encore le moyen de m'embobiner, avec tes histoires à dormir debout.

Avec sa mâchoire bloquée et ses lèvres enflées, Croc n'était pas en état de parler. Jeremiah poussa un soupir et demanda :

— Comment te sens-tu ?

Croc se contenta d'un léger hochement de tête, qui semblait vouloir dire qu'il était en vie, mais ne valait guère mieux.

Alors, Jeremiah s'adressa à Deegan :

— Quand avez-vous vu votre frère pour la dernière fois ? demanda-t-il.

— Mardi dernier, lui répondit le jeune homme sur un ton relativement posé. Je l'ai aidé à obtenir la liste d'invités de diverses réceptions. Entre Griffen et quelques autres personnes que je connais, ça n'a pas été difficile.

— Vous saviez pourquoi il les voulait ?

— Pas au début.

— Et quand avez-vous compris ?

— Après le vol de la broche de diamants au Greenaway Club. Je me suis dit qu'il jouait au détective privé.

Jeremiah l'avait cru, lui aussi. Plus jamais il ne commettrait l'erreur de se livrer à des suppositions sans attendre d'avoir réuni tous les faits. Il avait compris la leçon.

— Depuis combien de temps êtes-vous de nouveau en contact ? demanda-t-il encore.

— Depuis ces deux dernières semaines, répondit Deegan.

— Pas avant ?

Le jeune homme secoua la tête et jeta un coup d'œil furtif vers Frank Sunderland, qui était resté en retrait, mais notait tout ce qui se disait.

— C'est lui qui vous a contacté ?

— Oui. En me demandant de ne rien dire à personne. Ce que j'ai fait.

— Alors, vos parents ne sont pas au courant ? Ni votre grand-mère, Griffen, Mollie...

— Evidemment que je ne suis pas au courant ! s'exclama celle-ci.

Jeremiah la regarda une seconde, avant de s'obliger à reporter son attention vers Deegan, qui secouait la tête.

— Personne ne savait, dit-il.

Hochant la tête, Jeremiah s'adressa de nouveau à Croc :

— Lève un doigt pour dire oui, deux pour dire non. Tu t'en sens capable ?

Un doigt se dressa.

— Bon. Tu veux que je te trouve un avocat ?

Deux doigts.

— Tu sais que la police est là, à cet instant, et qu'elle prend des notes ?

Un doigt.

— Croc, reprit Jeremiah en se penchant sur le lit d'hôpital, est-ce que quelqu'un essaye de te faire porter le chapeau ?

Croc leva un doigt, et Jeremiah demanda :

— Tu sais qui ?

Cette fois, Croc réussit à secouer la tête, avant de fermer les yeux et de sombrer dans le sommeil.

— Il faut que je prévienne mon père et ma mère, déclara Deegan d'une voix peu assurée.

— Ils n'ont aucune nouvelle ? demanda Jeremiah.

— Pas depuis qu'ils l'ont flanqué dehors. Cela remonte à plus de deux ans.

Il passa une main dans les cheveux.

— Ils vont être furieux quand ils apprendront qu'on s'est revus. Mais il faudra bien qu'ils comprennent... Je n'avais pas le choix...

— J'espère bien qu'ils comprendront ! s'exclama Mollie. C'est ton frère, quand même.

Deegan sourit faiblement.

— Si seulement c'était aussi simple.

— Votre frère est dans une mauvaise passe, c'est certain, intervint Jeremiah, mais nous ne connaissons pas toute l'histoire. Attendons d'en savoir davantage avant de le juger et de décider quel est son rôle dans tout ça.

— Présomption d'innocence, hein ? commenta Deegan avec un petit rire amer. Malheureusement, ça ne se passe pas comme ça, dans ma famille.

Il se leva soudain, comme s'il craignait d'en dire trop, et se tourna vers Mollie.

— Je rentre chez moi les prévenir, et ensuite je me rendrai directement chez Leonardo pour prendre mes affaires...

— Prendre tes affaires ? s'exclama la jeune femme. Pourquoi ? J'ai besoin de toi.

— Mais, je...

— Tu quoi ? Tu ne m'as pas dit que tu avais renoué avec ton propre frère, c'est ça ?

— Mollie, il est soupçonné de t'avoir arraché ton collier, vendredi soir. C'est peut-être lui qui t'a menacée au téléphone, l'autre jour...

— Commençons par le commencement, Deegan. Pour l'instant, ainsi que Jeremiah l'a fait remarquer, nous ne sommes sûrs de rien. Alors, on continue à travailler comme d'habitude et quand on en saura davantage, on avisera. D'accord ?

— D'accord, murmura le jeune homme.

Puis il sortit de la chambre, et Frank Sunderland lui emboîta le pas.

Dès que la porte fut refermée, Mollie s'approcha de Jeremiah et lui prit la main.

— Désolée de m'être énervée contre toi, quand tu es entré, dit-elle avec douceur.

— J'aurais sûrement réagi de la même façon, à ta place.

— Tu vas rester avec lui un moment ?

Les yeux fixés sur Croc, qui dormait, Jeremiah hocha la tête.

— Je n'arrive pas à croire que ce petit salaud est millionnaire. D'après Helen Samuel, son fonds en fidéicommis vaut une fortune.

— Il y a accès ?

— Je ne sais pas. Helen n'en est pas sûre.

Jeremiah secoua la tête d'un air incrédule.

— Dire que j'ai collaboré sur une histoire avec Helen Samuel. Ça aussi je n'arrive pas à y croire !

Mollie lui sourit.

— Je ne l'ai vue qu'une fois, mais j'ai trouvé que vous vous ressembliez, tous les deux.

— Ah, non ! Tu ne vas pas t'y mettre, toi aussi. C'est son refrain préféré.

Le temps de se calmer, Jeremiah marqua une pause, avant de reprendre :

— Tu as dû tomber sur une drôle de scène, en arrivant.

— En effet. Deegan sanglotait comme un bébé.

Elle considéra le corps blessé et vulnérable de Croc, sous les draps blancs.

— Qu'est-ce qui l'a poussé dans la rue, à ton avis ?

— Je ne sais pas exactement. Il est entré à Harvard, et après ça, la situation s'est détériorée. Les parents pourront peut-être nous en dire davantage.

— Tu crois vraiment qu'ils parleront ?

Jeremiah inspira profondément.

— De toute façon, je découvrirai le fin mot de l'histoire, d'une manière ou d'une autre.

Mollie lui passa la main sur la nuque et se hissa sur la pointe des pieds pour l'embrasser doucement.

— Je sais que tu y arriveras, dit-elle. Et pas parce que tu es un bon journaliste. Tu es son ami.

Le visage de Jeremiah se décomposa.

— Mollie... si l'agression de Croc n'est pas une coïncidence, si vraiment il est tombé dans un piège, cela signifie que quelqu'un essaie de couvrir ses propres traces.

Elle hocha la tête.

— Je suis le dénominateur commun, enchaîna-t-elle, et j'ai été attaquée, moi aussi, et menacée.

S'interrompant, elle avala péniblement sa salive.

— Si Croc n'est pas le voleur, ou si la police ne porte pas ses soupçons sur lui, il se pourrait que je cours un danger.

— Il n'y a pas de si, Mollie. Tu cours un danger.

— Je vais ouvrir l'œil, Jeremiah. N'oublie pas que j'habite chez Leonardo. Sa maison est dotée d'un système de sécurité extrêmement perfectionné.

— Tu rentres tout de suite là-bas ?

— Oui. Je t'attendrai.

Et Mollie sortit à son tour, laissant Jeremiah avec Croc, alias Blake Wilder, alias Kermit Tiernay.

Resté seul avec lui, Jeremiah se pencha et murmura près de son oreille :

— Où diable tes parents sont-ils allés chercher un prénom aussi ridicule que Kermit ? Pas étonnant que tu aies décidé de sauter du train en marche.

Il tira une chaise et s'installa au chevet du jeune homme, se demandant si M. et Mme Tiernay viendraient à l'hôpital.

14.

— Ton frère t'a rappelé, tu l'as vu, c'est peut-être lui le voleur de bijoux, et tu ne m'as rien dit ? s'écria Griffen.

Avec Deegan et Mollie, elle se trouvait au bord de la piscine de Leonardo, assis à l'ombre, et son ami venait de lui exposer la situation.

— Il m'avait fait promettre de n'en parler à personne, expliqua-t-il. Pour ce qui est des vols, je n'étais sûr de rien.

— Nous ne le sommes toujours pas, remarqua Mollie.

Mais ni Deegan ni Griffen ne parurent l'entendre.

— Je comprends mieux pourquoi tu étais si bizarre, ces derniers temps, reprit celle-ci. Tu aurais dû prévenir la police. Ils auraient pu lui tomber dessus avant qu'il ne commette plus de dommage.

— Et j'aurais dit quoi ? répliqua Deegan en se levant brusquement pour faire les cent pas. Je ne savais même pas où le trouver. J'ai fait ce que j'ai pu avec ce que j'avais.

— En tout cas, on lui a peut-être rendu service en le

battant comme plâtre. Cette affaire prenait un sale tour. Je suis contente qu'elle soit terminée.

Deegan cessa de marcher et la considéra un instant.

— Ainsi que Mollie vient de le remarquer, nous ne sommes pas sûrs que Kermit soit le coupable...

— C'est l'explication la plus évidente, la plus simple, et donc probablement la bonne, répliqua Griffen. C'est comme ça que ça se passe dans le monde réel, même à Palm Beach. Les conspirations, c'est bon pour le cinéma. La plupart des criminels sont des abrutis. Ton frère est un abruti et il s'est fait agresser par un autre abruti. Point final.

Deegan secoua la tête et sourit brusquement, se tournant vers Mollie.

— Tu ne trouves pas qu'elle est superbe, quand elle est partie sur sa lancée, comme ça ?

— Va te faire voir ! riposta Griffen.

— Je refuse d'intervenir, déclara Mollie.

— Alors, comment papa et maman Tiernay ont-ils pris la nouvelle du retour en ville de leur fils numéro un ? reprit Griffen.

Le sourire de Deegan disparut aussi soudainement qu'il était apparu.

— Tu peux l'imaginer...

— Ouais. Des frémissements de narines et aucun commentaire.

— C'est un peu ça. Quand je suis parti, ils étaient en train de débattre pour savoir s'ils allaient lui rendre visite à l'hôpital ou pas.

En entendant ces mots, Mollie réprima une réaction négative instinctive. Elle ignorait ce qui s'était passé entre Croc et ses parents. Peut-être avaient-ils fait de leur mieux et simplement essayé de sauver un fils difficile qui se trouvait coincé dans une spirale d'autodestruction. Malgré tout, elle ne pouvait imaginer ses parents la jetant hors de chez eux et refusant de la voir pendant plus de deux ans. Ils n'avaient peut-être pas été très présents, pratiquant ce que bon nombre de leurs amis appelaient « une saine négligence », mais ni elle ni sa sœur n'avaient jamais douté de leur amour ou de leur soutien inconditionnel, quelles que soient les circonstances. Mollie en avait notamment fait l'expérience quand elle avait annoncé sa décision d'abandonner ses études de musique. Elle savait que ses parents avaient été déçus, et pourtant ils l'avaient encouragée à suivre la voie qu'elle désirait, sans jamais remettre son choix en question. De toute évidence, les Tiernay avaient un tout autre mode de fonctionnement.

— Qu'est-ce que Kermit a fait pour qu'on le flanque dehors ? demanda Griffen.

— Il a humilié la famille, répondit Deegan sur un ton neutre, dénué de toute trace de sarcasme. Il a abandonné ses études à Harvard sans donner la moindre explication. Comme ça, du jour au lendemain, il a décidé que ça n'était pas pour lui. Après, il a eu le culot de demander une année sabbatique ; il voulait faire des petits boulots en attendant d'y voir plus clair. Mes parents lui ont répondu qu'il avait deux choix : soit reprendre ses études, soit fiche le camp.

— Fiche le camp ? C'est-à-dire : « Tu te débrouilles, mais on t'aime et on veut rester en contact avec toi » ou bien...

— Non. C'était : « Fiche le camp, et on ne veut plus jamais entendre parler de toi. »

— Ouïe ! commenta Griffen avec une grimace.

— Est-ce qu'il se droguait ? demanda Mollie. Il buvait ?

— Autant que je me souvienne, j'ai dû le voir soûl deux fois, et il n'a jamais fumé. Non, le problème n'était pas là. Il avait dix-neuf ans, il ne savait pas ce qu'il voulait et les parents ont décidé que le seul moyen de lui faire entendre raison était de couper tous les liens avec lui. Ils ont vraiment cru bien faire.

Griffen eut une moue dégoûtée.

— Il doit y avoir autre chose. Est-ce qu'il mettait le feu aux chats du voisinage ? Est-ce qu'il couchait avec toutes les domestiques de la maison ? On ne renie pas son enfant simplement parce qu'il a décidé de laver des voitures pendant un an. Enfin, pourquoi ne pas lui avoir donné ce qu'il demandait ?

— Kermit a toujours eu une imagination fertile. Il est très sensible, peut-être trop. Il n'entrait pas dans le moule. Et ça, pour mes parents, c'est inacceptable.

— Ouais, eh bien maintenant, il pique des broches en diamants dans les poches des dames ! commenta Griffen.

Elle secoua la tête, comme si toute cette histoire la dépassait, et se tourna vers Mollie.

— Et nous, qu'est-ce qu'on fait ? Tu veux toujours donner cette réception, ou tu préfères annuler ?

Mollie réfléchit un moment, avant de déclarer :

— Non, je suis toujours partante. Il ne s'agit pas d'inviter le monde entier. Et ce sera très simple. Si la police a bien appréhendé son voleur, nous n'avons pas à nous inquiéter ; je prouverai à ceux qui m'en veulent que je n'ai pas l'intention de me laisser intimider. Et si le voleur court toujours...

Elle se laissa aller contre le dossier de son fauteuil et respira l'air parfumé.

— Qui sait ? Peut-être viendra-t-il nous rendre une petite visite.

— Et on le prendra la main dans le sac ! renchérit Griffen.

— Deegan, si tu préfères ne pas t'impliquer..., reprit Mollie en s'adressant à son stagiaire.

Mais celui-ci secoua la tête.

— Non, au contraire. Mes parents approuveraient. Il faut toujours garder la tête haute, même au cœur de l'adversité, etc. Quant à Kermit...

Il hésita, une fraction de seconde, avant de conclure :

— ... je crois qu'il comprendrait, lui aussi.

— Alors, au boulot ! s'exclama Griffen en se redressant et en saisissant sa grosse sacoche de cuir.

Jeremiah trouva Mollie dans la piscine, sur le dos, les orteils pointés vers le ciel et ses cheveux blonds flottant autour de son visage. Ne sachant pas comment débloquer les grilles du portail d'entrée, il lui avait téléphoné, depuis la voiture, et elle lui avait ouvert — avant de replonger aussitôt dans l'eau. En la rejoignant, il remarqua le téléphone portable, posé sur une chaise, et une serviette de plage couverte de bustes de musiciens. Il reconnut, notamment, le visage renfrogné de Beethoven.

— Quelles sont les nouvelles ? lui demanda la jeune femme, sans cesser de faire la planche sur l'eau claire et bleue.

— Je viens de faire un saut chez moi. J'ai vérifié que les reptiles allaient bien et demandé aux gars de s'en occuper. Ils ont de la chance. Ces bêtes-là ne demandent pas grand-chose. Albert a commencé à me raconter comment il avait mangé des serpents, dans la jungle, en Asie du Sud-Est.

— Tu crois qu'il a des visées sur le tien ?

— Il m'a assuré que non.

— Et Croc ?

— Son état s'améliore. Il devrait être capable de faire une brève déposition à la police, demain. Ce n'est pas facile de parler avec la mâchoire bloquée et la bouche pleine de points de suture.

— La police n'a rien trouvé d'autre ?

— Rien du tout.

Jeremiah alla s'asseoir dans un fauteuil, au soleil, et regarda Mollie flotter sur le dos et faire de petits mouvements de jambes. Elle jouait avec l'eau, bien plus qu'elle nageait, peut-être pour se débarrasser de la tension de cette étrange journée. Jeremiah, lui-même, avait les nerfs en pelote.

Mais il y avait quelque chose d'infiniment sensuel à contempler ainsi une femme se détendre dans une piscine de la même couleur turquoise que son maillot de bain. Parfois, il avait presque l'impression qu'elle était nue.

Soudain, elle se retourna sur le ventre et nagea jusqu'au bord, avant de se hisser sur ses avant-bras. L'eau dégoulinait de son visage, et ses cheveux plaqués vers l'arrière rendaient le bleu de ses yeux plus profond encore qu'il ne l'était déjà.

— Alors, demanda-t-elle, tu es parvenu à des conclusions, en ce qui concerne l'agression de Croc ?

— Je n'ai pas encore assez d'éléments.

— Mais tu dois bien avoir une théorie.

— Ça, c'est toujours facile.

Jeremiah haussa les épaules.

— Il pourrait s'agir d'un hasard. Une agression par un braqueur occasionnel, ou par un professionnel. On peut avoir eu l'intention de le tuer, ou bien celle de lui faire très peur, ou encore de faire très peur à quelqu'un d'autre. On cherchait peut-être à le jeter — lui, ou bien quelqu'un d'autre — sur une fausse piste.

— Quand tu dis « quelqu'un d'autre », tu penses à qui ?

— Toi, moi, la police, le vrai voleur de bijoux — si ce n'est pas Croc.

Jeremiah, qui ne tenait plus en place, se leva d'un bond.

— Je ne sais pas, Mollie ! Le fait est que nous pouvons continuer à spéculer ainsi jour et nuit, pendant des semaines, et nous retrouver exactement au même point, c'est-à-dire nulle part. Seulement, entre-temps, nous aurons perdu la tête. Il faut s'en tenir aux faits.

Il alla s'accroupir au bord de la piscine.

— Or, d'après les faits, tu continues de te trouver au beau milieu des événements, même si je n'arrive toujours pas à déterminer comment ni pourquoi.

— Parce que Croc n'est autre que Kermit Tiernay, le frère aîné de mon stagiaire, suggéra Mollie.

— C'est une raison, en effet. Mais tu demeures aussi le seul dénominateur commun que nous ayons pour l'instant, et aussi la seule à avoir été victime de violence et à avoir reçu un coup de téléphone de menace.

Enfonçant son menton dans l'eau, Mollie regarda fixement Jeremiah.

— Je me suis juste trouvée au mauvais endroit, au mauvais moment.

— Je l'espère, murmura Jeremiah.

Aussitôt, Mollie fronça les sourcils, l'air en colère.

— Tu continues à vouloir rester objectif en ce qui me concerne, c'est ça ? Tu me crois capable de mentir ?

Secouant la tête, Jeremiah plongea la main dans l'eau et lui éclaboussa le visage.

— Sors de là et va t'habiller, dit-il. Si je monte avec toi, nous risquons de ne plus ressortir avant demain matin. Or, j'ai promis à Croc que je retournerais le voir ce soir.

Il se redressa.

— Je n'arrive toujours pas à accepter le fait qu'il soit riche comme Crésus.

— Tu l'as pris tel qu'il se montrait, souligna Mollie. C'est peut-être tout ce qu'il attendait de toi.

— Peut-être.

La jeune femme sortit de la piscine et s'enroula dans sa serviette, si perdue dans ses pensées qu'elle ne remarqua même pas le regard dont l'enveloppait Jeremiah.

— J'en ai pour dix minutes, dit-elle avant de s'éloigner d'un pas léger.

Elle fut moins longue que prévu, puisqu'elle revint au bout de sept minutes, vêtue d'une petite robe bleu nuit, les pieds chaussés de sandales et ses cheveux encore mouillés attachés en queue-de-cheval. Elle avait mis un peu de rose à ses lèvres, une touche de mascara sur ses cils, et Jeremiah se demanda comment il avait pu être assez fou pour la remettre dans l'avion pour Boston, dix ans plus tôt.

Aussitôt, toutefois, il s'avisa que le destin faisait bien les choses, car si elle était restée, ils ne seraient sans doute plus ensemble à l'heure qu'il était. Mollie avait besoin de vivre ces dix années de son côté, tout comme lui. Quant aux dix prochaines, le mystère demeurait entier.

Alors qu'ils rejoignaient la Jaguar pour se rendre à l'hôpital, Mollie déclara qu'elle était trop fatiguée pour conduire.

— Tu veux juste t'assurer que je suis capable de conduire un engin pareil, remarqua Jeremiah en souriant.

— Pas du tout. Si ton pick-up ne te fait pas peur, je ne vois vraiment pas quelle voiture y parviendrait.

Sur le trajet, elle parla du cocktail « spontané » qu'elle avait décidé d'organiser, le lendemain soir, avec l'aide de Griffen et de Deegan.

— Tu essaies de lui tendre un piège, n'est-ce pas ? demanda Jeremiah.

— A qui ?

— Au voleur, bien sûr ! S'il est encore en liberté, cette réception soudaine est un bon moyen de l'appâter.

— Et tu désapprouves ?

— Pas du tout, affirma Jeremiah en haussant les épaules. Mais ne nous leurrons pas.

— Autrement dit : « Ne me raconte pas d'histoire. »

— Et ne t'en raconte pas non plus.

— Ce que j'aime, avec toi, c'est que tu ne mâches pas tes mots.

— Je suis comme ça avec tout le monde, Mollie. Pas seulement avec toi.

— Mmm, je suppose que c'est dû à l'endroit où tu as grandi. Quand on est entouré de serpents venimeux, d'alligators et autres bestioles charmantes du même genre, on a sûrement intérêt à apprendre très vite à appeler un chat, un chat.

Elle lui jeta un coup d'œil ironique.

— Pas vrai ?

— C'est une manière de voir les choses, répondit Jeremiah avec un sourire.

A leur arrivée à l'hôpital, ils furent soulagés de ne pas trouver l'endroit pris d'assaut par les journalistes. La rumeur circulait déjà que le collier de Leonardo Pascarelli avait été retrouvé sur un certain Blake Wilder, mais la nouvelle que ce Blake Wilder était le fils aîné disparu de Michael et de Bobbi Tiernay n'avait pas encore filtré. Soit Helen Samuel faisait preuve d'une discrétion remarquable, soit elle tenait à avoir une absolue certitude sur la véracité de ses informations. La connaissant, Jeremiah penchait plutôt pour la deuxième hypothèse.

Croc avait meilleure mine, et surtout, il avait l'air un peu plus éveillé. Son père, vêtu d'un costume strict, se trouvait à son chevet ; quand il leva la tête vers Jeremiah et Mollie, ils virent des larmes briller dans ses yeux.

— Excusez-nous, dit aussitôt Jeremiah, qui s'apprêtait à franchir le seuil. Nous allons attendre dehors.

— Non, non, ne partez pas, je vous en prie, dit M. Tiernay. Vous avez été bien plus proche de Kermit que moi, au cours des deux dernières années. Restez, s'il vous plaît.

Mollie et Jeremiah entrèrent dans la chambre et fermèrent la porte derrière eux.

Un silence gêné tomba sur la pièce, que Michael Tiernay finit par rompre.

— Je n'ai pas beaucoup d'excuses, murmura-t-il, comme s'il pensait tout haut. En fait, je n'en ai aucune. Si j'avais voulu retrouver mon fils, j'y serais arrivé.

Croc bougea le bras auquel était attachée l'intraveineuse.

— Arrête, coassa-t-il d'une voix à peine audible.

— Kermit, il faut que tu me dises de quoi tu as besoin — un endroit où habiter, un avocat, n'importe quoi. Cette fois, je ne te laisserai pas tomber, je te le promets. Tu ne te débarrasseras pas de moi si facilement.

— Et Mme Tiernay ? ne put s'empêcher de demander Mollie.

— Elle a été incapable d'aller plus loin que l'ascenseur, répondit Michael Tiernay sans la regarder. Elle est repartie. C'est difficile, voyez-vous... Je ne sais pas si vous pouvez comprendre, ou si je peux expliquer... Nous avions peur qu'il soit mort. Un jour, nous en étions convaincus, et le lendemain nous nous disions que c'était impossible.

— Il ne vous a jamais appelés ?

— Non. Nous avions été très clairs. Il ne servait à rien qu'il revienne s'il n'était pas prêt à accepter nos conditions.

Sa voix se brisa, et il prit sur lui pour ne pas perdre son sang-froid.

— Nous pensions bien faire, reprit-il au bout de quelques instants. Nous voulions l'aider à devenir indépendant.

— Monsieur Tiernay, je ne vous juge pas, dit Mollie avec douceur.

— Vous devriez, pourtant ! Nous avons chassé notre propre fils de notre vie. Nous avons exigé que nos amis et le reste de la famille en fassent autant. C'était un gosse de dix-neuf ans, un peu difficile, extrêmement sensible, récalcitrant, et surtout qui refusait de vivre en conformité avec nos règles. Alors, nous l'avons rejeté. Par orgueil mal placé. Par frustration. Je crois que nous nous sentions coincés, comme si nous n'avions pas le choix.

— Et maintenant, vous pensez que vous l'avez ?

— Evidemment, répondit Michael Tiernay. On a toujours le choix. Nous aurions dû l'aimer ! L'aimer, tout simplement, répéta-t-il avec un rire amer.

— Vous n'avez jamais cessé de l'aimer, j'imagine...

— Je ne parle pas du sentiment, mais des actes qui l'accompagnent. Si Kermit s'était drogué, s'il avait été un délinquant, on pourrait encore comprendre notre réaction. Mais non. C'était juste un empêcheur de tourner en rond, un gosse brillant qui avait sa propre personnalité et envie de vivre sa vie comme il l'entendait, plutôt que de se glisser dans le moule qu'on avait prévu pour lui.

Il ponctua sa phrase d'un pauvre sourire qu'il offrit à son fils.

— Et Deegan ? demanda Mollie.

Tiernay secoua la tête.

— Deegan a toujours été différent. On dit qu'on a des enfants, mais c'est faux. On ne les a pas. Ils viennent à nous, avec leur propre personnalité. Kermit a toujours été extrêmement sensible, créatif, intuitif. Deegan est plus orienté sur l'action, il est plus direct, moins porté sur l'introspection. Pour des parents comme nous, il était plus facile de l'élever.

— Croc se serait bien senti chez nous, observa Mollie en souriant au blessé. C'était la vie de bohème, à la maison ; nous ne savions jamais s'il y aurait assez d'argent pour boucler les fins de mois. Mes parents sont des artistes : s'ils avaient eu un enfant comme Deegan, ils se seraient arraché les cheveux.

Michael Tiernay parut se détendre un peu, visiblement ému par la chaleur et la simplicité de la jeune femme. Même les yeux de Croc reflétaient un grand sourire.

— Il faut jouer avec les cartes que la vie nous distribue, murmura Tiernay. Il y en a qui sont plus doués que d'autres, voilà tout. Nous, nous avons été pitoyables.

Il secoua encore la tête et toucha la main de son fils.

— Je vais sortir prendre un peu l'air et te laisser avec tes amis, Kermit. Mais je reviens très vite.

— Croc, dit ce dernier.

— Pardon ?

— Tu peux m'appeler Croc.

Son père laissa échapper un rire léger, dans lequel se sentait toutefois une profonde douleur.

— Va pour Croc.

Puis il se leva et quitta la pièce. Dès que la porte se fut fermée sur lui, Jeremiah se tourna vers Croc.

— Je te comprends, tu sais. Si on m'avait baptisé Kermit, je crois que j'aurais tout fait pour me parachuter sur une île imaginaire, moi aussi.

— On m'a donné le prénom de mon grand-père, pas celui de la grenouille, expliqua Croc avec difficulté.

— Kermit Atwood, compléta Mollie. Feu l'époux de Diantha.

— En tout cas, tu es vivant et ton père est à ton chevet, en train de s'excuser platement. Tu penses que tu pourras lui pardonner ?

— Déjà fait, répondit Croc.

Il battit des paupières et, peu à peu, les sédatifs firent de nouveau effet. Il s'endormit.

— Tout de même, quelle histoire incroyable ! murmura Mollie au bout de quelques instants.

Après être restés un moment au chevet du jeune homme, toujours assoupi, ils décidèrent de rentrer. En sortant, ils croisèrent Michael Tiernay, qui faisait les cent pas dans le couloir.

— Il s'est endormi, lui dit Jeremiah.

— Je vais retourner auprès de lui. En tout cas, merci pour ce que vous avez fait pour mon fils, monsieur Tabak.

— Qu'est-ce que j'ai fait? répondit Jeremiah en secouant la tête. Au contraire, je me dis que j'aurais dû le prendre plus au sérieux...

Il ravala un soupir, avant d'enchaîner :

— En tout cas, j'ai bien l'intention de retrouver celui qui lui a fait ça...

— Et je sais que vous y arriverez, dit Michael Tiernay. Je suis fier et heureux qu'il ait un ami comme vous.

— Lui aussi, s'est montré un ami pour moi, monsieur Tiernay. Il ne s'en doute probablement pas, et quant à moi, j'étais bien incapable de l'admettre. Et pourtant...

La gorge serrée, Jeremiah s'interrompit et conclut :

— Je repasserai demain à la première heure.

15.

De l'hôpital, Mollie et Jeremiah rentrèrent directement chez Leonardo, où Mollie leur prépara des sandwichs. Elle déboucha une bouteille de vin rouge et ils allèrent s'installer sur le balcon qui dominait le jardin.

Jeremiah mangea rapidement, puis repoussa son assiette et s'adossa à sa chaise. Il ne parlait pas. Tendu, il tenait son verre entre des doigts si rigides que Mollie craignait presque qu'il le brise. Il n'était pas de mauvaise humeur. Non : Jeremiah Tabak était en plein travail ; il réfléchissait. Il triait les faits et bouts d'informations dont il disposait, et s'efforçait de tout analyser, de composer un tableau cohérent — ce qui était encore impossible, puisque certaines pièces maîtresses du puzzle demeuraient introuvables. En tout cas, il n'était pas vraiment avec elle, sur le balcon, se dit Mollie, sans pour autant s'en offusquer. Il était peut-être capable de sentir les parfums des plantes qui flottaient dans l'air de la nuit ou d'entendre le cri des mouettes ; de temps à autre, il portait son verre à ses lèvres et buvait une gorgée de vin. A part cela, il était totalement immergé dans son histoire — et l'article qu'il n'écrirait jamais.

Mollie l'observait avec un mélange de tendresse et d'amusement. Après tout, elle avait grandi avec des gens capables, eux aussi, de regarder fixement dans le vide pendant des heures ; leur sujet de préoccupation n'était pas la corruption ni le crime, mais la musique : un phrasé difficile, une cadence élusive, l'interprétation nouvelle et différente d'une sonate déjà jouée des centaines de fois... Voilà ce qui passionnait ses parents, sa sœur, son parrain, et avait le pouvoir de les transporter mentalement hors de l'endroit où ils se trouvaient. Elle-même avait connu de telles expériences, surtout quand elle jouait de la flûte. Malgré tout, son esprit n'avait pas la même tendance à vadrouiller ainsi, à tout moment.

Jamais, bien sûr, Jeremiah n'admettrait que son esprit vadrouillait. Il dirait qu'il se concentrait, que c'était un acte délibéré. Et il aurait peut-être raison. Pourtant, Mollie était prête à penser qu'il ne s'agissait pas de sa part d'une simple question de contrôle, ni même d'un choix. Elle comprenait, soudain, qu'il était devenu journaliste à cause, justement, de la manière dont fonctionnait son esprit, dont il abordait le monde qui l'entourait — et non le contraire.

Elle songea de nouveau aux événements de la journée et revit le malheureux Croc, et son père, bouleversé, à son chevet.

Qui pouvait être assez ignoble pour s'en prendre ainsi à un jeune homme sans défense et l'abandonner sur une plage, pratiquement mort — assez ignoble et assez bête, aussi, pour passer à côté d'un collier de diamants et de rubis caché dans la poche de sa victime ? Mollie ne croyait pas une seule seconde que l'agresseur avait été interrompu alors qu'il n'avait pas encore trouvé le bijou. Au contraire. C'était un acte délibéré. Il voulait qu'on découvre le corps de Croc, que celui-ci soit mort ou vif, avec le collier sur lui.

Mais elle s'éloignait des faits, songea-t-elle en réprimant un sourire.

Soudain, Jeremiah avala une ultime gorgée de vin et parut se détendre. Il se leva, prit son assiette et ses couverts, ceux de Mollie, et retourna dans la cuisine, où elle l'entendit ranger le tout dans le lave-vaisselle.

Il était revenu parmi eux.

Elle le rejoignit à l'intérieur et se percha sur un des tabourets du comptoir. Elle savait qu'il resterait là, ce soir. Il avait demandé à ses vieux amis de veiller sur ses animaux et il voulait ne pas être trop loin de Croc. Mais il n'avait pas dit explicitement qu'il passerait la nuit avec elle, et Mollie n'avait pas abordé le sujet.

Enfin, il se tourna vers elle.

— Ton secret inavoué n'en est plus un, chère Mollie, remarqua-t-il.

— C'est le moins qu'on puisse dire. Nous sommes dans le collimateur.

— Tu le regrettes ?

— Non. Tu sais, j'ai beaucoup à gagner en ayant eu une folle liaison d'une semaine avec un beau reporter. Cela devrait me donner une aura de mystère.

Mollie sourit et jouta :

— Je n'ai pas envie d'être seulement la filleule bien gentille de Leonardo Pascarelli.

— Tu penses que nous sommes repartis pour une liaison d'une semaine ? interrogea Jeremiah avec le plus grand sérieux.

— J'ai laissé ma boule de cristal à Boston, répliqua Mollie en haussant les épaules.

— Mollie...

— Non, je t'en prie. Que tu sois honnête avec moi, c'est bien. Cela me permet de faire mes choix en connaissance de cause. Mais tu n'es pas capable, dans l'état d'esprit où tu te trouves en ce moment, de me faire des promesses — pas plus que je ne suis prête à les recevoir. Tu as eu un gros choc, aujourd'hui. Commence par l'absorber. Après, on verra ce que la semaine prochaine nous réserve.

— Quand tu avais vingt ans, tu étais incapable d'attendre la semaine suivante...

Mollie ne put s'empêcher de rire.

— Le passage de la trentaine a changé ça. Je ne presse plus le temps, maintenant.

Elle se leva.

— Ecoute, je vais prendre une douche. J'ai l'impression de sentir encore le chlore. Si tu veux, tu n'as qu'à jouer aux fléchettes en m'attendant. Moi, ça me détend.

Comme elle s'éloignait dans le couloir, elle lui jeta un sourire par-dessus son épaule.

— Enfin, ça marche moins depuis que j'ai ôté ta photo de la cible, remarque. Je l'ai glissée dans l'annuaire des pages jaunes. Si tu veux te jeter quelques fléchettes entre les yeux...

Elle disparut dans sa chambre, son corps lui rappelant de mille façons qu'elle avait fait l'amour avec Jeremiah Tabak la nuit précédente. Son cauchemar. Son dangereux beau ténébreux. Pourtant, au chevet de Croc, aujourd'hui, Jeremiah avait semblé moins dangereux, moins distant; surtout, il avait paru moins déterminé à ne jamais s'impliquer dans une relation avec un autre être humain.

« Tu t'éloignes des faits! » pensa-t-elle avec une pointe de sarcasme.

Elle se glissa sous la douche, heureuse de laisser l'eau chaude glisser sur sa peau. Les yeux fermés, elle oublia le passé, remit le futur à plus tard, et se concentra sur le présent immédiat.

La douche. Son corps.

Puis elle se sécha et enfila un peignoir de coton, avant de retourner dans la cuisine. Elle reprit son verre de vin, qu'elle avait abandonné à moitié plein, sur le comptoir, et but une gorgée en écoutant le bruit des fléchettes qui se fichaient dans la cible, dans la pièce voisine.

Le jeu pouvait offrir une réelle détente à quelqu'un qui, comme Jeremiah, venait de connaître vingt-quatre heures pour le moins agitées — une journée qu'il avait commencé en faisant l'amour avec une femme qui, autrefois, lui avait souhaité d'aller rôtir en enfer, et qui s'était poursuivie avec la nouvelle qu'un de ses amis avait été retrouvé presque mort et transporté à l'hôpital. Si l'on y ajoutait des complications multiples, telles qu'un voleur de bijoux, un héritier disparu, des policiers mécontents et une réputation de journaliste en jeu, Mollie n'était plus très sûre du pouvoir calmant des fléchettes.

Quand elle se rendit dans le petit salon, elle découvrit sans surprise que Jeremiah avait déplié le canapé.

— Je vais te chercher des draps, dit-elle simplement.

Une fléchette atterrit au beau milieu de la cible. C'était apparemment la première à effectuer une trajectoire aussi parfaite.

— Je veux que tu saches que je ne regrette pas ce qui s'est passé hier soir, Mollie, déclara Jeremiah en se tournant vers elle. Ça n'était pas juste une passade.

— Je comprends.

— Pourtant, je ne suis pas sûr d'être ce dont tu as besoin.

— Je ne te demande pas de répondre à un besoin, répliqua Mollie en allant se planter devant lui. Contente-toi d'être honnête avec moi, Jeremiah, et d'être toi-même. C'est tout ce qu'on a le droit d'attendre de l'autre.

— Vraiment ?

— Mais oui ! Or toi, tu es sexy en diable et, que je sache, tu n'as pas fait vœu de célibat. Faut-il vraiment que j'aille chercher ces draps ?

— Je suis capable d'une très grande retenue, tu sais...

— Pour certaines choses, je n'en doute pas un seul instant.

— Mais pas en ce qui te concerne, murmura Jeremiah en la prenant dans ses bras. Je n'en avais aucune il y a dix ans, et je n'en ai pas davantage aujourd'hui.

Il se pencha sur le visage de Mollie et s'empara de ses lèvres. L'instant d'après, ils roulaient sur le canapé ouvert — lui bataillant avec le nœud de la ceinture d'un peignoir de coton, elle avec la fermeture Eclair d'un pantalon.

Finalement, ils parvinrent à écarter ces barrières de tissu qui les séparaient. Dès qu'ils furent libres, peau contre peau, Jeremiah se dressa devant Mollie, qui s'ouvrit et l'accueillit avec un soupir d'impatience et de joie, enroulant ses jambes autour de lui et se laissant porter par la houle de leur désir.

Longtemps après, ils se laissèrent retomber sur le matelas du canapé, épuisés, apaisés, prenant brusquement conscience de la petit brise qui pénétrait dans la pièce.

Dix ans plus tôt, ils avaient fait l'amour de la même façon, avec la même violence, la même passion. Comment s'étonner, alors, qu'ils n'aient jamais pu oublier, ni l'un ni l'autre.

— Tu es toute froide, murmura Jeremiah au bout d'un moment.

— C'est parce que tu as encore ta chemise sur toi, alors que je n'ai plus rien.

Il eut un sourire.

— J'avais remarqué.

— Alors, reprit-elle, tu veux encore que j'aille chercher des draps, ou tu penses que nous pouvons oser dormir ensemble ? Je sais que nous n'avons plus vingt ans, mais personnellement, je recommencerais bien au moins une fois, ajouta-t-elle avec un sourire mutin.

Jeremiah se leva en riant.

— Quand on dit qu'il ne faut pas se fier aux apparences ! Tu trompes bien ton monde, avec ton visage d'ange et tes airs innocents. La vérité, c'est que tu étais une dévergondée il y a dix ans, et que tu l'es encore aujourd'hui.

Il se dirigea vers le couloir.

— Je vais prendre une douche et changer le pansement sur mon pouce. Après ça, ma chérie, conclut-il avec un clin d'œil, nous verrons si nous n'avons vraiment plus vingt ans.

La nuit, les parfums et les odeurs de la Floride paraissaient flotter dans l'air, plus corsés que durant la journée, et Jeremiah inspira profondément, comme pour mieux s'en imprégner.

Il était sorti sur le balcon et, installé sur une chaise, les pieds posés sur la balustrade, il réfléchissait.

Ils avaient refait l'amour, avec Mollie, lentement cette fois, tendrement, dans le grand lit de la jeune femme, et Jeremiah avait eu le sentiment qu'elle se concentrait pour mieux éprouver, mieux absorber chaque sensation, comme si elle craignait qu'il se passe encore dix ans avant qu'ils ne recommencent.

Qui savait ?

Fermant les yeux, Jeremiah se transporta dans les Everglades, au temps de son enfance. Il revit sa mère en train de vaquer à ses occupations, dans le jardin ou à l'intérieur de la maison, tandis que son père était sorti sur le lac. Il éprouvait comme alors le réconfort de savoir qu'ils seraient toujours ensemble, quoi qu'il arrive. Même petit garçon, Jeremiah avait toujours su que la relation de ses parents était unique.

Sur son lit de mort, Jenny Tabak avait dit à son mari et à son fils :

— Nous allons devoir apprendre à continuer de vivre les uns sans les autres, vous sans moi, et moi sans vous.

La souffrance du père de Jeremiah avait été aussi profonde que silencieuse. Pourtant, peu à peu, Jeremiah avait pu constater que Reuben Tabak apprenait en effet à vivre sans la présence et sans l'amour de sa femme. Il était satisfait, disait-il, et se sentait béni d'avoir eu une telle relation. Il ne nourrissait aucun regret, aucune amertume.

— Je ne me remettrai jamais vraiment de sa perte, expliquait-il. J'aurais trop peur, si cela arrivait. Mais cela ne signifie pas non plus que je suis un pitoyable vieux fou. Simplement, rien ne pourra me prendre ou remplacer ce que toi et ta mère avons connu ensemble, quoi que je fasse avec le reste de ma vie.

Il ne s'était jamais remarié — il ne le voulait pas. Il avait eu son grand amour, et voilà.

Jeremiah poussa un soupir, se leva et retourna dans la chambre de Mollie. Il demeura un moment sur le seuil, à regarder la jeune femme dormir et à écouter le bruit régulier de sa respiration. Il avait la gorge serrée, le cœur et l'esprit en proie à une confusion des sentiments douloureuse. Il ne savait plus ce qu'il ressentait ni ce qu'il pensait. Son père était-il conscient de ce qu'il avait, avant de l'avoir perdu ?

Finalement, il alla se glisser dans le lit, auprès de Mollie. Celle-ci roula naturellement sur elle-même et jeta un bras en travers du corps de Jeremiah, comme s'ils dormaient ensemble depuis des années.

Il lui déposa un baiser sur les cheveux et ferma les yeux, songeant qu'il se moquait bien de ne plus dormir, cette nuit.

Jeremiah fut réveillé par les sonorités mélodieuses d'un concerto pour flûte et une bonne odeur de café. Le côté du lit où Mollie avait dormi était vide et froid, ce qui signifiait qu'elle était levée depuis un moment.

Il se dressa, prit son caleçon et l'enfila, avant d'aller prendre une douche. Puis, il se rendit dans la cuisine, où il trouva la jeune femme habillée et coiffée, prête pour une journée de travail.

— Tu as dix minutes avant l'arrivée de Griffen et de Deegan ! lui lança-t-elle quand il entra.

— Faut-il que je me sauve par l'escalier de secours ?

— Pas du tout. Comme tu l'as fait remarquer très justement, hier, mon secret n'en est plus un.

— Toujours pas de regrets ?

— Moins que jamais.

Mollie l'observa en silence tandis qu'il se versait du café, sans se presser.

— Tu es sûre ? demanda-t-il encore. Deux nuits de suite, Mollie...

— Oui, je sais compter. Allons, Jeremiah, cesse de te torturer. Quoi qu'il arrive, et quelle que soit l'issue de toute cette affaire et de notre histoire à nous, je sais que je ne regretterai jamais ces deux dernières nuits.

Lorsque Griffen et Deegan arrivèrent pour finir d'organiser le cocktail qui aurait lieu dans la soirée,

Jeremiah était habillé et installé à la table de la cuisine, où il buvait sa deuxième tasse de café. Mollie ne jugea pas utile d'expliquer sa présence à ses amis qui, après les salutations d'usage, se rendirent dans le living-room transformé en bureau.

Mollie échangea un sourire complice avec Jeremiah et demanda :

— Que comptes-tu faire, ce matin ? Te rendre à l'hôpital ?

— Oui. Et puis je passerai au journal, rendre une petite visite à Helen Samuel.

— Bien sûr, je n'ai pas besoin de te dire que tu es invité, ce soir.

— Ah ? Je vérifierai mon agenda...

— Pft ! Tu n'as pas d'agenda, Jeremiah.

Il haussa les épaules, termina son café et se leva.

— Qu'est-ce que j'en ferais ? Ma vie n'est pas si compliquée.

— Pardon, objecta Mollie, elle n'est pas planifiée, ce n'est pas la même chose. Pour ce qui est des complications, tu n'as rien à envier à personne.

— Tu as décidément toujours réponse à tout ! s'exclama Jeremiah en riant.

Avant de partir, il se rendit dans le living-room. Deegan leva les yeux vers lui, et sans même attendre de question, il annonça :

— Je suis passé voir mon frère, ce matin. Il va mieux. Les médecins pensent le laisser sortir aujourd'hui.

— Déjà ? s'exclama Jeremiah.

— De nos jours, les hôpitaux n'aiment pas garder

les malades. Il n'a pas besoin d'être opéré et il n'est plus sous perfusion.

— Où va-t-il aller ?

— Quand je suis parti, tout à l'heure, mes parents se disputaient encore à ce sujet. Mon père veut le ramener à la maison. Ma mère ne veut pas en entendre parler. Elle a suggéré de l'installer dans un appartement meublé et d'engager une infirmière pour s'occuper de lui, jusqu'à ce qu'il soit sur pied.

— Et ensuite ?

— Cela dépendra de lui. Ma mère n'est pas un monstre. Elle essaie juste d'établir un modus vivendi acceptable pour tout le monde.

— Et votre père ?

Deegan jeta un regard du côté de Griffen, qui ne perdait pas un seul mot de la conversation, bien qu'elle fût au téléphone.

— Il ne pense pas que ce soit le moment de négocier, expliqua le jeune homme. Il veut que Croc se remette, et ensuite, il veut découvrir ce qui lui est arrivé. Après, si c'est nécessaire, il le renverra dans la rue.

— Et le fonds en fidéicommis de ses grands-parents Atwood ? demanda Jeremiah. Croc doit avoir son propre argent, non ?

Deegan le regarda sans ciller.

— Je n'en sais rien du tout. Et si jamais vous vous posez la question, sachez que moi aussi j'aimerais que mon frère rentre à la maison.

— Je me la posais en effet, admit Jeremiah avec un grand sourire.

— Mais mon père est soucieux des apparences et de la manière dont toute cette histoire risque d'affecter sa réputation. Moi pas.

Au même instant, Griffen raccrocha.

— C'était George Marcotte, annonça-t-elle, visiblement interloquée. Ta grand-mère et ta mère, Deegan, l'ont engagé pour nous, ce soir. Elles pensent que, compte tenu des circonstances, nous avons besoin de quelqu'un qui se charge de la sécurité. L'agence de Marcotte va nous fournir un garde, lui-même sera sans doute présent.

— Autrement dit, souligna Jeremiah, elles ne pensent pas que la police ait déjà attrapé le voleur.

— Je ne comprends rien, avoua Griffen en secouant la tête. Elles ont peut-être peur pour Deegan.

— De toute façon, trop de précautions valent mieux qu'aucune.

— En effet.

— Mais alors, mamie et maman vont venir ? intervint Deegan.

— Apparemment, oui. Enfin, je suppose que cela va dépendre de Croc. Il devrait pouvoir parler à la police, aujourd'hui. D'ici à la fin de la journée, il y aura peut-être du nouveau.

L'arrivée de Mollie dans la pièce mit fin à la conversation, et Griffen décrocha de nouveau son téléphone tandis que Deegan s'asseyait en face de l'ordinateur. Jeremiah adressa un clin d'œil à Mollie et lui envoya discrètement un baiser du bout des doigts, pour le plaisir de la voir fulminer et rougir en même temps. Puis il sortit.

Il se rendit d'abord à l'hôpital, mais Frank Sunderland, un avocat et le père de Croc étaient dans la chambre du blessé. Peu désireux d'attendre qu'ils en aient terminé, Jeremiah regagna le parking, se glissa derrière le volant de la Jaguar et prit la direction de Miami et du journal.

Il rejoignit directement le bureau de Helen Samuel, qu'il trouva devant son ordinateur, une cigarette entre les lèvres et une autre fumant dans le cendrier.

— Nom d'un petit bonhomme, Tabak, sais-tu seulement dans quels draps je suis, par ta faute ? Le rédacteur en chef m'a ordonné de donner l'alerte, à la seconde où je te verrais. Ils doivent recevoir des millions d'appels téléphoniques, à l'instant même. La moitié du bâtiment est sur le pied de guerre. Il y a des espions partout, qui te cherchent.

— Tu as du nouveau sur les Tiernay ? demanda Jeremiah sans s'affoler.

Elle secoua la tête.

— Ce n'est pas facile de délier les langues au sujet de ces braves gens, qu'il s'agisse des parents ou des enfants. La plupart de ceux à qui j'ai parlé pensent que Kermit avait peut-être besoin d'un coup de pied aux fesses, mais pas nécessairement de se voir jeté à la rue comme un malpropre. Alors, sachant qu'il vient de passer deux ans dans le caniveau, ou presque, ils n'ont pas trop de mal à imaginer qu'il ait pu se transformer en voleur de bijoux, histoire de s'amuser un peu et de faire la nique à sa famille. En ce qui concerne la grand-mère, Diantha Atwood, j'ai entendu dire qu'elle avait un faible pour Kermit, autrefois, mais maintenant, son petit préféré est Deegan. De toute façon, elle n'aborde jamais le sujet et refuse de s'en mêler. Maman Bobbi est une mondaine frigide. Quant à papa, c'est un homme d'affaires respecté, intransigeant, et qui a passé beaucoup de temps en voyage ou au bureau pendant que ses gosses grandissaient. Bref, personne n'est totalement innocent, dans l'histoire.

— Mais il n'y a pas de secret, de double vie, d'affaire trouble, rien qui puisse expliquer pourquoi ce pauvre gosse s'est fait tabasser l'autre soir ?

— Si tu veux une explication, il va sûrement falloir que tu te penches sur la vie de Kermit, pas sur celle de ses parents. En l'occurrence, leur univers a fourni les victimes — Marcie Amerson, Lucy Baldwin, et même Mollie Lavender. C'est son monde à lui qui a fourni les méchants.

Jeremiah fronça les sourcils.

— Voilà pourquoi tu es chroniqueuse mondaine, Helen : tu travailles avec des rumeurs et des suppositions. Si tu t'en tenais aux faits, tu te rendrais compte que je dois regarder partout où j'ai une chance de trouver des réponses à mes questions : l'univers de Croc, celui des parents, et même la lune, s'il le faut.

Il s'apprêtait déjà à franchir le seuil du bureau, quand elle riposta avec colère :

— J'espère qu'ils vont bloquer toutes les issues avant que tu aies pu sortir !

Jeremiah lui adressa un clin d'œil, ce qui irrita encore davantage la journaliste, et il fila vers le parking avant que le rédacteur en chef ne lui tombe dessus et lui demande d'expliquer le fait qu'il se trouvait mêlé à un retentissant fait divers et n'avait pas encore jugé bon d'en rapporter une seule ligne dans les colonnes du *Miami Tribune*.

Jeremiah se promit de remercier Helen pour son avertissement, quand il la reverrait, et Mollie aussi, qui lui avait prêté la Jaguar de Pascarelli. Il put ainsi passer devant le gardien du parking et même lui faire un signe, avant que celui-ci ne le reconnaisse et bondisse hors de sa petite cabine — trop tard.

16.

Vêtue d'une petite robe de cocktail, Mollie descendit sur la terrasse, près de la piscine, où elle retrouva Deegan, Griffen et le petit groupe d'extra que celle-ci employait occasionnellement.

La maison et les jardins de Leonardo, parfaitement entretenus, semblaient avoir été conçus pour organiser des réceptions. Griffen avait apporté des tables pliantes qu'elle avait couvertes de jolies nappes aux couleurs vives, créant des buffets de hors-d'œuvre et des petits bars à vin, ici et là.

Le garde envoyé par George Marcotte s'était posté à l'entrée, à côté des grilles. C'était un géant au corps massif et à l'air renfrogné. Mollie, qui le trouvait très impressionnant, ne put s'empêcher de penser que si elle était le voleur, elle se tiendrait à l'écart de la maison de Leonardo Pascarelli, ce soir.

Le temps était idéal — chaud, avec une très légère brise, et un ciel sans nuages.

Jeremiah avait appelé un peu plus tôt, depuis l'hôpital. Croc allait sortir, sans qu'aucun chef d'accusation n'ait été retenu contre lui. Ses parents étaient parvenus à un compromis, et il s'installerait chez eux, dans le pavillon réservé aux invités, jusqu'à ce qu'il soit de nouveau sur pied.

Le rôle de Bobbi Tiernay, dans toute cette histoire, continuait de choquer Mollie, profondément, et elle s'en ouvrit à Griffen alors que celle-ci débouchait des bouteilles de vin pour le cocktail.

— Cela nous paraît choquant et pourtant, c'est une réalité pour beaucoup de gens, lui répondit-elle. Des enfants comme Kermit Tiernay, j'en ai connu toute ma vie. Un pauvre petit gosse de riche — fille ou garçon, c'est la même chose — qui serait presque prêt à commettre un meurtre pour attirer l'attention de ses parents. Les gens ont pitié des enfants que leurs parents négligent, mais ils sont toujours beaucoup plus sévères quand ces enfants sont issus de familles riches. Evidemment, ceux-ci ont droit aux écoles privées, aux voyages à l'étranger, aux jouets luxueux, aux cours particuliers — et que sais-je d'autre. Mais les gosses, eux, ils ne demanderaient pas mieux que de regarder la télévision avec papa et maman, faire des jeux de société en famille, le dimanche...

— Evidemment, murmura Mollie, pensive, avant d'enchaîner : Tu ne trouves pas troublant, aussi, de voir à quel point deux frères peuvent grandir dans la même maison, avoir les mêmes parents, et réagir pourtant de manière totalement différente ? Prends l'exemple de Deegan : il n'a pas l'air d'avoir tant souffert de sa situation familiale — en tout cas pas de la même façon que Croc.

— Apparemment pas, en effet. Je suppose que certaines personnes sont plus solides, qu'elles ont plus de ressources que d'autres. Mais imagine, Mollie, que tu sois la fille de parents riches et égoïstes qui pensent qu'ils t'adorent et que tu ne peux rien faire de mal, que tu es parfaite.

— Quelle horreur ! Une telle pression serait insupportable. Personne n'est parfait. Tout le monde commet des erreurs.

— Exactement, poursuivit Griffen en posant d'une main légèrement tremblante la bouteille de vin qu'elle venait de déboucher sur la table. Donc, tu as des parents qui croient t'adorer et qui ne te demandent jamais de faire quoi que ce soit de difficile. En fait, ils s'arrangent même pour que rien de compliqué ne t'arrive, ce qui t'amène à te demander si vraiment ils croient en toi ou si cette adoration n'est pas en réalité une excuse pour pouvoir t'ignorer. Si tu es parfaite, tu n'as pas besoin qu'on s'occupe de toi ; si tu ne fais rien de mal, et qu'on n'exige jamais rien de toi, tu n'as pas besoin d'attention... Partant de là, ils ne peuvent que se féliciter de la vie merveilleuse qu'ils t'ont offerte.

— Et moi, poursuivit Mollie, je continue à entretenir l'illusion que je suis parfaite, parce que c'est ce qu'on attend de moi.

— Mais tu grandis en ayant le besoin maladif d'attirer l'attention de tes parents. Or, tu n'as jamais eu à supporter ou même à affronter les conséquences de tes actes.

— Drôle de préparation pour la vie ! murmura Mollie.

En même temps, elle se demanda ce que Griffen essayait précisément de lui faire comprendre. Elle marqua une pause, avant de reprendre, les sourcils froncés :

— Tôt ou tard, l'enfant finira forcément par commettre une erreur. Et ce jour-là, il détruira l'illusion que ses parents entretiennent depuis des années.

— Pour ça, il faut quand même que son erreur soit monumentale, souligna Griffen. N'oublie pas qu'il est pratiquement impossible de les atteindre. Ils sont trop lointains. Ils vivent sur une autre planète.

En dépit de la chaleur, Mollie ne put réprimer un frisson.

— Le gosse pourrait aussi grandir et prendre enfin conscience du fait que ses parents sont ce qu'ils sont, et que rien ne les fera changer.

— Oui, peut-être, admit Griffen en haussant les épaules. Mais y a-t-il beaucoup de personnes qui réussissent à accepter les défauts de leurs parents avant de s'être rebellés contre eux ?

Elle eut un brusque sourire, tempéré par son regard sombre.

— Mon Dieu ! voilà que je me mets à parler comme les psychothérapeutes. Je crois que j'ai vu trop de films de Woody Allen. Ne t'inquiète pas, va, enchaîna-t-elle vivement. Je suis juste une brave fille de Palm Beach qui sait faire la cuisine.

Mollie la considéra un instant avec gravité tandis que son amie continuait de déboucher des bouteilles. Elle était troublée par ce qu'elle venait d'entendre, et ne savait pas si elle devait essayer de chercher un sens caché aux propos de Griffen, ou les considérer simplement comme une sorte de discours théorique spontané.

— Où est passé Deegan ? demanda-t-elle en regardant autour d'elle.

— Il n'est sûrement pas très loin. En tout cas, si jamais les affaires tournent mal, pour moi, je pourrai toujours me reconvertir et devenir psy. Regarde ! voilà Chet Farnsworth. Les invités doivent commencer à arriver.

Elle parlait un peu trop vite, et Mollie ne reconnaissait plus le naturel et le franc-parler si caractéristiques de son amie.

— Ecoute, reprit Griffen, le rose aux joues et l'air un peu embarrassé, oublie tout ce que je viens de raconter, d'accord ? C'était un peu n'importe quoi. Je travaille trop, ces temps-ci. Et je réfléchis trop, aussi. Surtout, tu ne dis rien de cette conversation à Tabak, d'accord ? Tu connais les journalistes ! Lui qui est soupçonneux de nature, imagine ce qu'il pourrait déduire de tout ça...

— Griffen, sais-tu quelque chose que...

— Non ! Non, je ne sais rien du tout. Je délirais, voilà tout. Allez, je retourne dans la cuisine, ou bien nos deux réputations risquent de faire le grand plongeon, ce soir.

Elle s'éloigna prestement et Mollie dut accueillir Chet Farnsworth et son épouse, qui se dirigeaient vers elle.

— Ça va ? demanda Chet avec sollicitude tout en l'enveloppant de son regard perçant.

— Oui, oui, répondit Mollie, qui songea que rien n'échappait décidément à cet homme. Je suis juste un peu nerveuse. Je n'ai jamais organisé une réception de ce genre.

— Détendez-vous. Tout se passera très bien. Et si l'ambiance retombe, j'entraînerais tout le monde à l'intérieur et je jouerai du piano. Pascarelli doit en avoir un, n'est-ce pas ?

— Un piano à queue, dans le grand salon. Il adore jouer et chanter des chansons à boire, avec ses amis.

Chet se mit à rire.

— Je crois qu'on devrait bien s'entendre, le jour où je le rencontrerai enfin !

Puis, il entraîna sa femme vers les petites tables du buffet dispersées ici et là tandis que Mollie marchait au-devant des Tiernay et de Diantha Atwood, qui venaient d'arriver. Ils étaient vêtus avec élégance et simplicité, et seule une personne avertie pouvait remarquer, sur leur visage, la trace laissée par les événements de ces deux derniers jours.

Presque au même moment, Deegan se matérialisa derrière ses parents et sa grand-mère. Bizarrement, il était accompagné de Jeremiah, plus séduisant que jamais dans son costume sombre, dont la coupe légèrement destructurée mettait en valeur sa silhouette et sa carrure.

En le voyant, Mollie eut l'impression que son cœur faisait un saut périlleux dans sa poitrine.

— Bienvenue ! lança-t-elle en souriant à ses invités. C'est gentil à vous d'être venus.

— Mais c'est nous qui vous remercions, voyons,

répondit Bobbi Tiernay en lui serrant la main. Quel décor ravissant ! Deegan nous a dit que vous aviez envisagé d'annuler la réception, après ce qui s'était passé. Je me réjouis que vous n'en ayez rien fait. Savez-vous que nous avons ramené Kermit à la maison, tout à l'heure ?

Avant de l'envoyer dans la maison des invités, songea Mollie.

— Voilà une excellente nouvelle ! s'exclama-t-elle. Cela signifie que les médecins le jugeaient en état de sortir. La police a-t-elle de nouveaux éléments qui permettraient de découvrir qui l'a attaqué ?

Il y eut un silence gêné, au terme duquel Michael Tiernay répondit :

— Non, malheureusement, et j'ai peur que le témoignage de Kermit ne leur soit pas d'une grande utilité. L'agression s'est déroulée très vite, et il faisait nuit.

Un sourire plaqué sur les lèvres, Diantha Atwood intervint.

— Tout est encore si confus... Mais nous sommes ravis de l'opportunité que nous donne cette soirée de rencontrer les personnes avec lesquelles Deegan a travaillé, ces derniers mois. D'ailleurs, j'aperçois Chet Farnsworth. Si vous le permettez, je vais aller le saluer.

Et elle s'éloigna en direction de l'ancien cosmonaute, sa fille et son gendre sur les talons.

Deegan les regarda partir en secouant la tête.

— Mamie est experte dans l'art de gérer les petits moments de malaise, en société.

— Je devrais apprendre à me taire, murmura Mollie avec une grimace.

— Pas du tout. Tu es franche et directe — et tu devrais t'en réjouir. Bon, si tu permets, je vais voir si Griffen a besoin d'un coup de main.

— Oui, bien sûr.

Mollie se tourna vers Jeremiah, qui avait suivi toute la scène avec attention.

— Alors, rien de neuf? demanda-t-elle.

Il secoua la tête.

— Non. Croc ignore totalement comment le collier a atterri dans sa poche. En tout cas, c'est ce qu'il dit. A mon avis, il a son idée sur la question... Mais ça fait deux ans que je lui demande de s'en tenir aux faits, au lieu de passer sa vie à extrapoler. Je ne peux pas lui en vouloir s'il commence à m'écouter.

— Quelle est son humeur?

— Contemplative. Quand il aura quelque chose à dire, il le dira. Comme d'habitude. En cela, Croc et Kermit Tiernay ne diffèrent pas beaucoup.

— Tu as pu lui parler tout seul, ou ses parents étaient toujours là, à tourner autour?

Jeremiah eut un léger sourire.

— Crois-moi, Mollie, les Tiernay ne tournent pas autour de leur gosse. Le père essaie, et la mère aussi, peut-être, à sa façon... Enfin, tout de même, tu serais ici, toi, ce soir, si tu étais à leur place? S'il est possible qu'ils soient venus pour faire plaisir à Deegan, ils ont aussi déroulé leur bannière, histoire de prouver que même si leur fils est soupçonné de vol de bijoux, ils sont au-dessus de tout cela, et que rien ne les détruira jamais.

— Tu serais où, toi, si tu étais à leur place? demanda Mollie.

— Avec Croc, bien sûr. Nous serions tous avec lui : les parents, la grand-mère, et même le petit frère. Je lui aurais dit que sa patronne pouvait organiser son cocktail sans lui.

— C'est ce que j'ai fait.

— Je n'en doute pas un instant, murmura Jeremiah avec un sourire.

Mollie hocha la tête et poussa un soupir, avant de demander de façon abrupte :

— Tu crois que le vrai voleur va se manifester?

Comme il se contentait de hausser les sourcils sans répondre, elle enchaîna :

— Ça n'est pas Croc, et tu le sais aussi bien que moi. Et ça n'est pas moi non plus... J'ai une drôle de sensation, depuis tout à l'heure. J'ai eu une conversation étrange avec Griffen, et...

Elle s'interrompit, hésita encore, avant de reprendre enfin :

— Je me demande si elle et Deegan ne pourraient pas être un autre dénominateur commun — si tu vois ce que je veux dire.

Jeremiah écarquilla les yeux.

— Griffen et Deegan?

— Oui. Mais ce n'est qu'une supposition. Je ne serais pas étonnée de découvrir qu'ils ont fait une apparition, même très brève, à chacune des réceptions au cours desquelles le voleur a frappé. Ou alors, que Griffen en était le traiteur.

— Comme au déjeuner, avant-hier.

— Exactement, acquiesça Mollie, avant d'ajouter précipitamment : Je ne les accuse pas ! Simplement, maintenant que Croc a révélé sa véritable identité, il faut peut-être considérer cette histoire sous un angle totalement différent.

— Croc peut avoir su qu'ils étaient des dénominateurs communs, eux aussi, et ne m'en avoir rien dit, murmura Jeremiah d'un ton songeur. Il peut avoir soupçonné son frère, la petite amie de son frère, la patronne de son frère — ou une combinaison des trois. Il a commencé par me demander de faire mon enquête sur toi, en espérant que tu étais l'auteur des vols, que tu agissais seule et que, par conséquent, ses soupçons au sujet de son frère n'étaient pas fondés. Il ignorais que nous nous connaissions, toi et moi.

— Mais une fois que j'ai été éliminée de la liste des suspects, il a dû fouiller du côté de son frère.

— Ce qui lui a valu d'être tabassé et laissé pour mort sur une plage.

— Deegan n'aurait jamais...

— Nous sommes dans le domaine des hypothèses, Mollie. Et je n'aime pas ça, parce qu'on finit toujours pas omettre un détail important. Malgré tout, il faut envisager toutes les possibilités.

— Autrement dit, tu penses qu'il est possible, juste possible, que Deegan ait fait tabasser son frère, ou qu'il s'en soit chargé lui-même, afin de rejeter les soupçons sur Croc ?

— Le seul problème, c'est que la police ne marche pas, murmura Jeremiah. Frank Sunderland est convaincu que le collier a été fourré exprès dans la poche de Croc.

— Et Griffen, dans tout ça ? murmura Mollie.

— Elle pourrait être le voleur, et Deegan chercherait à la protéger. A moins qu'ils soient complices... Bon, je dois y aller. Je vais voir Croc.

— Tout de suite ?

— Oui. Tu as du monde, un garde pour la sécurité. C'est le moment idéal. Et si Croc se décide à coopérer, nous pourrons peut-être élucider cette affaire ce soir.

Sur ces mots, Jeremiah s'éloigna à grandes enjambées.

Mollie n'était pas seule depuis deux secondes que, déjà, Deegan s'approchait d'elle.

— Tabak est parti ?

— Pardon ? Oh ! oui, il avait promis à ton frère de passer le voir.

— Mollie ? Est-ce que ça va ? demanda Deegan. Tu as l'air bizarre.

— Non, non... euh, oui, oui, ça va très bien, bredouilla-t-elle.

Elle était furieuse contre elle ; furieuse de pouvoir penser que son stagiaire était capable de voler des bijoux et surtout de tabasser son propre frère ; furieuse de concevoir une seule seconde que sa meilleure amie était peut-être complice.

Elle esquissa un sourire factice.

— On dirait que notre petite soirée commence bien. Si on s'occupait un peu de nos invités ?

⁂

Jeremiah franchit en moins de quinze minutes la distance qui séparait la maison de Leonardo de l'immense propriété des Tiernay, au bord de l'océan. Il se gara devant la maison principale et gravit les marches en briques menant à la porte d'entrée, avant de sonner. Une domestique en uniforme lui ouvrit et lui expliqua comment se rendre dans le bungalow réservé aux invités.

Un moment plus tard, Jeremiah frappait à la porte de la maisonnette et entrait.

Il trouva Croc installé dans une grande pièce blanc et bleu qui donnait directement sur l'océan. Le visage du jeune homme avait encore désenflé. Assis sur un lit, il regardait un match de basket à la télévision.

— Salut, Tabak ! lança-t-il.

— Ça va ? demanda Jeremiah. Tu es bien installé ?

— Ouais. On va faire avec, pour l'instant.

— En tout cas, j'ai connu des vues plus moches, commenta Jeremiah d'un ton léger.

Il adressa un clin d'œil à Croc.

— Au train où vont les choses, va savoir si dans un an tu ne seras pas en train de travailler pour ton père, chez Tiernay & Jones, vêtu d'un costume trois-pièces.

Croc prit un coussin, à côté de lui, et le lança en direction de Jeremiah, qu'il manqua de deux bons mètres. Il poussa un gémissement de douleur et retomba sur ses oreillers.

— Une chose est sûre, déclara Jeremiah, on ne te prendra pas comme lanceur en première division. Enfin ! ajouta-t-il en haussant les épaules, tu es jeune.

Tu as le temps de foutre ta vie en l'air et de tout reprendre à zéro.

Il alla se planter devant la baie vitrée et contempla l'horizon, où le bleu sombre de la mer se fondait avec celui du ciel.

— Si toutefois tu ne te fais pas tuer avant, ajouta-t-il.

— Ah ! non, une fois suffit ! s'exclama Croc. J'ai déjà vu la mort de trop près. Qu'on me laisse tranquille, maintenant.

Jeremiah hocha la tête et vint s'asseoir sur le bord du lit.

— En effet, tu l'as frôlée de très près. C'est pour ça qu'il faut arrêter, une fois pour toutes, de tourner autour du pot. Cette affaire a déjà trop duré. Résumons-nous : nous savons, toi et moi, que tu n'as pas volé le collier de Mollie.

— Non, ce n'est pas moi, confirma Croc.

— Mais tu sais quelque chose, poursuivit Jeremiah.

Aussitôt, Croc reporta son attention vers l'écran de la télévision, mais Jeremiah ne se laissa pas démonter.

— J'ai eu tout le temps de réfléchir, aujourd'hui, poursuivit-il. En partie parce que mon meilleur informateur avait la mâchoire bloquée et qu'il ne pouvait donc pas venir caqueter à mes oreilles, comme il en a l'habitude, et me servir une autre de ses histoires de conspiration à dormir debout. En réfléchissant, donc, je suis parvenu à la conclusion que nous avons affaire à plus d'une personne. L'une est prête à recourir à la violence ; l'autre pas.

Croc, qui avait toujours les yeux rivés à l'écran de télé, croisa les bras sur son torse.

— D'un côté, le gentleman-cambrioleur, dit-il, et de l'autre, la personne qui a embauché la brute qui m'a fait ça, et qui a sans doute arraché le collier de Mollie.

— Exactement. A mon avis, quelqu'un essaie de brouiller les pistes. Quelqu'un qui voulait te faire porter le chapeau pour les vols de bijoux, afin d'éviter que le vrai voleur soit pris. Pour ce faire, il a dû dérober le collier de Mollie. Il l'a fait de la manière la plus expéditive possible, sans doute parce qu'il ne se fond pas dans la bonne société de Palm Beach, comme le vrai voleur.

Il marqua une pause et demanda :

— Tu me suis ?

Haussant un sourcil, Croc ne répondit rien.

— Qu'est-ce que je raconte ? reprit Jeremiah avec un sourire sans joie. Tu ne me suis pas : c'est toi qui m'as mené jusque-là, monsieur Harvard. Le voleur vole. Il aime l'excitation du danger. Mais il n'attaque pas. La deuxième personne, elle, veut égarer la police, l'envoyer sur une fausse piste. Et pas seulement la police, mais toi, moi, Mollie... Elle veut brouiller les cartes et faire peur.

— Protéger, croassa Croc, qui tressaillit de douleur en voulant bouger. Le voleur... il est culotté et stupide.

— Comme tu l'étais à dix-neuf ans ?

Croc se contenta de hocher la tête, mais Jeremiah savait que lui aussi pensait à son jeune frère. Soudain, le visage tordu par la souffrance, Croc repoussa les draps et fit basculer ses jambes hors du lit.

— Qu'est-ce que tu fabriques ? s'exclama Jeremiah.

— Le cocktail de Mollie. Il faut y aller.

Jeremiah sentit un drôle de frisson lui courir dans le dos.

— Pourquoi ? demanda-t-il. Que sais-tu ?

Croc se leva et tituba un instant, avant de se rétablir. Il portait un short et un polo que Jeremiah ne lui avait jamais vus.

— Allons-y, Tabak. Pas le temps de t'expliquer.

— Enfin, Croc, mais c'est de la folie ! Tu es blessé. Tu ne pourras jamais marcher jusqu'à la voiture. Et moi, le temps que je sorte d'ici, il y aura au moins un domestique qui aura appelé la police en m'accusant de kidnapping.

— Laisse-les faire.

— Croc...

Le visage grave, ce dernier regarda Jeremiah droit dans les yeux.

— Tabak, Mollie est la suivante.

Le premier cocktail de Mollie à Palm Beach se déroula sans la moindre anicroche, et les invités prirent congé vers 20 heures, comme il se devait, afin de se rendre à des dîners et autres soirées.

Griffen et elle se laissèrent tomber dans des chaises longues, en attendant de commencer à nettoyer et ranger.

— Je ne sais pas pourquoi j'étais aussi nerveuse ! s'exclama Griffen. A croire que c'était ma réputation qui était en jeu...

Deegan vint s'asseoir près d'elle.

— En tout cas, il n'y a pas eu d'incident.

— Dieu merci ! commenta Griffen.

— Oui, dans un sens. Mais du coup, on va peut-être se demander si mon frère...

Il s'interrompit et secoua la tête.

— C'est ridicule ! Kermit n'aurait jamais l'énergie ou l'ambition nécessaires pour commettre des vols de ce genre.

— Tu penses qu'il est innocent ? demanda Mollie.

— Oui, bien sûr.

Le front plissé, Griffen se leva d'un bond.

— Bon, j'ai intérêt à tout ramasser et à tout fourrer dans la camionnette, avant de m'écrouler de fatigue. Deegan, tu ne veux pas aller inspecter la maison pour moi et voir dans quel état elle est ? Que je sache à quoi m'attendre...

— Si, bien sûr, répondit-il en se levant aussitôt.

Il s'éloigna, et Mollie suivit Griffen vers le petit bar qu'elle avait installé, près de la piscine.

— Griffen, il n'y a pas d'urgence, tu sais.

— Je sais, mais nous sommes tous fatigués. En tout cas, moi je le suis. Et je voudrais en finir le plus vite possible.

Hésitante, Mollie finit par poser la question qui lui brûlait les lèvres :

— Au sujet de ce que tu m'as dit, tout à l'heure, reprit-elle au bout de quelques instants, je voulais te demander...

Griffen fit volte-face.

— Tu ne veux pas oublier ça, s'il te plaît? s'exclama-t-elle, visiblement plus agacée et fatiguée qu'inquiète. Je t'assure qu'il s'agissait de simples élucubrations de ma part. Cela ne reposait sur rien de concret.

— Mais, si tu sais des choses au sujet des Tiernay et de ce voleur...

— Je ne sais rien du tout, Mollie. Rien de rien. Et maintenant, s'il te plaît, laisse-moi faire mon travail. Je voudrais rentrer tôt.

Mollie n'insista pas. Elle s'éloigna en se demandant si les problèmes de Griffen avec Deegan n'avaient pas affecté son jugement. Peut-être, en effet, les propos qu'avait tenus son amie tout à l'heure ne reposaient-ils sur rien de solide.

Si seulement Jeremiah revenait !

Elle entra dans la maison et se mit à ramasser des petites serviettes en papier et des verres, sur les tables basses, les étagères et les comptoirs.

Soudain, elle crut entendre un bruit.

Elle s'immobilisa et tendit l'oreille, le cœur battant. Cela venait de la pièce dans laquelle Leonardo avait installé sa chaîne stéréo et sa télévision avec écran géant.

Comme un sanglot.

Quelqu'un qui pleurait.

Se déplaçant sans bruit, Mollie gagna l'entrée de la grande pièce et jeta un coup d'œil.

Deegan Tiernay était assis par terre, à même la moquette, les bras enroulés autour de ses genoux, tremblant de tous ses membres.

— Deegan ? s'exclama-t-elle en se précipitant vers lui. Que se passe-t-il ? Tu es blessé ?

Il secoua la tête et leva vers elle un visage baigné de larmes. Le beau gosse charmeur un rien insolent avait disparu, laissant place à un gosse aux yeux rouges et au nez qui coulait, un gosse qui venait de craquer — enfin.

— Deegan, murmura-t-elle.

— Tu... tu sais, n'est-ce pas ? balbutia-t-il d'une voix rauque. Griffen aussi... Elle se doute de quelque chose. Je le vois bien. Elle est différente... Bon Dieu, je n'arrive pas à croire...

Il enfouit son visage entre ses genoux et ses sanglots redoublèrent.

Avec douceur, Mollie lui toucha l'épaule.

— Deegan, tu es jeune, dit-elle avec un calme et une chaleur qui la surprirent elle-même. L'arbre te cache la forêt, à cet instant, mais si tu appelles la police...

Il leva la tête et poussa un cri épouvanté, un cri qui semblait jaillir des profondeurs de son âme. Puis, il s'effondra de nouveau, et il se passa plusieurs instants avant qu'il ne paraisse recouvrer un peu le contrôle de soi.

— Je n'ai jamais voulu que tu sois mêlée à tout ça, Mollie, murmura-t-il en reniflant. Jamais...

Sa lèvre inférieure et son menton tremblaient.

— J'ai tellement peur... Kermit... il ne doit pas tomber par ma faute...

— Je sais. Je comprends.

— Mais non, tu ne comprends pas ! Je n'ai pas...

je n'aurais jamais pu faire une chose pareille à mon frère. Ou à toi. Je...

Sa voix se brisa, et des larmes jaillirent encore de ses yeux.

— Au début, je faisais ça juste pour m'amuser. Et puis, tout a basculé.

— Que veux-tu dire ? demanda Mollie en fronçant les sourcils. Ce n'est pas toi qui m'as volé le collier ? Ce n'est pas toi qui m'as menacée, au téléphone ?

— Ne réponds surtout pas, mon gars ! fit une voix grave et calme depuis le seuil.

Deegan et Mollie levèrent brusquement la tête vers l'expert en sécurité, George Mascotte, qui se tenait dans l'encadrement de la porte. Sans doute le garde qu'il avait posté à l'entrée de la propriété l'avait-il laissé passer. Mollie le trouva encore plus grand et plus costaud que lorsqu'elle l'avait vu au déjeuner-conférence, deux jours plus tôt. A ce moment-là, elle avait jugé sa taille et sa carrure plutôt rassurantes ; à présent, elle le regardait fixement, l'esprit confus, s'efforçant de ne pas céder à un sentiment grandissant de panique.

L'homme commença par s'adresser à Deegan :

— Reste calme. Je ne suis pas là pour faire du mal à qui que ce soit.

Mollie se redressa.

— Monsieur Marcotte...

— S'il vous plaît, mademoiselle Lavender, restez en dehors de cela, l'interrompit-il d'un ton calme. J'ai quelque chose à faire, et j'aimerais bien qu'on ne me dérange pas. Vous devriez vous asseoir sur le canapé et vous taire. D'accord ?

Mollie blêmit, mais ne dit rien. Elle marcha vers le canapé de cuir blanc et fit ce qu'on lui disait. Deegan était devenu blanc comme un linge.

— A nous deux, maintenant, reprit Mascotte en pénétrant dans la pièce. Voici ce que je te propose. Les vols cessent totalement.

— Ils ont déjà cessé...

— Chut ! coupa l'homme en levant une main. Laisse-moi terminer ce que j'ai à dire. Donc, les vols cessent. Si c'est déjà le cas, tant mieux. Je n'aurai plus à tabasser des gamins trop maigres et à détrousser des jolies blondes pour brouiller les pistes. C'était amusant, au début, et un homme doit bien gagner sa vie, mais il y a des limites. Et ce que j'ai dû faire dernièrement ne m'a pas plu du tout.

Mollie se raidit.

— La police...

— La police pédale dans la semoule, l'interrompit de nouveau Marcotte. Et cette affaire va lentement mais sûrement tomber aux oubliettes, si toutefois ce petit gosse de riches décide de la fermer, et si votre copain le journaliste et vous en faites de même.

— Jeremiah et moi ? Nous n'avons pas...

— Oh ! si, vous avez. Ecoutez, moi ça m'est complètement égal. Je suis payé à l'heure, pour obtenir des résultats, et je les obtiens. Alors, c'est simple : si chacun accepte de comprendre ce qui est non seulement dans l'intérêt général, mais aussi dans son intérêt particulier, tout se passera bien. Dans le cas contraire, la situation va empirer, ce qui n'arrangera personne : pas plus vous que moi. Vous vous rappelez mon discours de l'autre jour ? Quand on est placé devant un danger, il ne faut pas s'amuser à jouer les héros, mais au contraire rechercher son intérêt personnel. Cela ne vaut la peine de se battre que si c'est pour s'échapper. Voilà pourquoi je suis ici, ce soir. Pour vous présenter une issue de secours.

Mollie frissonna.

— Vous ne comprenez pas, monsieur Marcotte. Jeremiah Tabak ne fermera jamais les yeux sur une affaire pareille, simplement parce que vous ne voulez pas que Deegan...

— Il ne s'agit pas de moi, mademoiselle Lavender. Je suis ici en qualité d'intermédiaire. Personnellement, je me moque éperdument de Deegan.

— Soit. Il n'empêche que Jeremiah ne laissera pas tomber l'affaire parce que la personne qui vous a engagé veut éviter que Deegan soit pris. Enfin ! pourquoi ne pas avoir cherché à lui faire peur plus tôt ?

Marcotte haussa les épaules.

— Nous pensions que l'apparition sur son territoire d'un voleur aux méthodes plus musclées que les siennes suffirait à l'effrayer.

— C'est pour ça que vous m'avez attaquée ?

— En effet. Mais cela n'a pas marché. Ce petit crétin a encore volé la montre de Lucy Baldwin. Alors, on a voulu vous faire peur à vous, en pensant que cela l'influencerait. Et ça ne s'est pas révélé plus efficace. Alors, on a dû passer au plan B.

— Croc.

— Exactement. Il va payer pour les vols. Deegan cesse ses conneries et il rentre dans le rang. Et surtout, il la ferme.

— Et moi ? interrogea Mollie avec calme.

— J'y réfléchis.

Deegan renifla encore, mais il avait cessé de pleurer. Posant les mains par terre, il se redressa. Une lueur brilla dans ses yeux, qui rappela à Mollie le jeune homme sûr de lui et insolent qu'elle connaissait.

— Vous pouvez aller vous faire foutre ! lança-t-il. Vous et ceux qui vous ont engagé. Je vais appeler la police et tout avouer. Il ne vous restera plus qu'à expliquer votre rôle dans tout ça.

— Parce que tu imagines qu'on va te croire ! s'exclama Marcotte. On te mettra tout sur le dos, mon gars. Les vols, les menaces téléphoniques, l'agression de Mlle Lavender, et le passage à tabac de ton propre frère. Pourquoi crois-tu qu'on soit allé le chercher, celui-là ? C'était un peu l'idée, tu sais. On voulait te coincer.

— Espèce de...

— Qui vous a engagé, monsieur Marcotte ? intervint Mollie pour éviter que Deegan se jette sur l'homme. Les Tiernay, n'est-ce pas ? Ils ont dû comprendre que Deegan était plongé jusqu'au cou dans une sale histoire et ils ont cherché à l'arrêter...

L'air méprisant, Marcotte secoua la tête.

— Vous voulez rire ? Ils ne se doutent pas un seul instant de ce que leur petit ange est capable.

A cet instant précis, Diantha Atwood entra dans la pièce. Le dos très droit, presque majestueuse, elle embrassa la scène du regard, avant de fixer son attention sur son petit-fils.

— J'ai vraiment fait tout mon possible, dit-elle avec un soupir.

Les yeux écarquillés, bouche bée, Deegan semblait changé en statue.

— Que... que veux-tu dire? demanda-t-il enfin.

— J'avais espéré que l'affaire demeurerait irrésolue, comme tant d'autres. Mais il est clair que même si tu acceptes d'entendre raison, Mlle Lavender et Jeremiah Tabak représenteront toujours un danger. Il va donc falloir élucider l'affaire pour eux — en tout cas pour Jeremiah.

— Mais, mamie, je viens de dire que j'allais tout avouer à la police.

— Non, non! répliqua celle-ci en évacuant cette possibilité d'un geste de la main. Ça, c'est impossible.

Elle souleva la main qu'elle avait gardée derrière son dos et fit apparaître un pistolet équipé d'un silencieux, qu'elle pointa sur George Marcotte.

— Nous avons surpris M. Marcotte en train de cambrioler la maison de M. Pascarelli, reprit-elle, sur le même ton posé, presque détaché. Il a essayé de nous tirer dessus, et je l'ai abattu. J'étais en état de légitime défense. En arrivant sur les lieux, la police découvrira mon bracelet en diamants dans sa poche et elle en déduira que c'était lui, le voleur.

— Mais qu'est-ce que vous racontez, espèce de vieille folle! s'exclama Marcotte. Que faites-vous de Tabak et de Lavender?

— Laissez-moi m'en préoccuper, répondit Mme Atwood, son arme toujours braquée sur lui. Ne t'inquiète pas, Deegan, ajouta-t-elle à l'adresse de son petit-fils. Ce n'est pas une grosse perte.

Mollie avait les lèvres sèches et la gorge si serrée qu'elle pouvait à peine respirer. Deegan, quant à lui, demeurait figé, en état de choc.

— Mais enfin, mamie, tu ne peux pas faire une chose pareille ! s'exclama-t-il soudain. Ce n'est pas bien. Jeremiah va revenir d'un instant à l'autre, et Mollie dira la vérité à la police. Elle ne mentira pas pour te couvrir.

— Mais toi, si, répondit Diantha Atwood.

« Autrement dit, je ne serai plus en état de mentir », se dit Mollie en s'efforçant de ne pas céder à la panique.

— Vous avez l'intention de me tuer, moi aussi ? intervint-elle. Vous pourriez dire que j'ai pris une balle perdue, ou bien que Marcotte m'a abattue d'abord et que c'est la raison pour laquelle vous n'avez plus hésité à tirer sur lui.

— Vous êtes devenue complètement folle ! s'exclama Marcotte en foudroyant la vieille femme du regard. Vous ne savez plus ce que vous faites !

Diantha Atwood le considéra froidement.

— Je ne crois pas, monsieur, que vous soyez en position de me donner des leçons. Deegan, enchaîna-t-elle, quitte cette pièce, je te prie.

— Mamie...

— Deegan, sors de cette pièce. Tout de suite. Je ne veux pas que tu sois témoin de ce qui va se passer.

Le jeune homme hésita, en proie à une panique et une confusion qui se devinaient sur son visage.

Mme Atwood agrippa son pistolet à deux mains, comme pour mieux viser, et aussitôt Marcotte prit son élan, prêt à se jeter sur elle. Voyant cela, Deegan poussa un cri et s'interposa entre eux, juste comme le coup partait.

L'instant d'après, il s'écroulait sous le regard horrifié de sa grand-mère. Le sang jaillit, au niveau de l'estomac, du côté droit.

— Deegan ! s'écria-t-elle d'une voix rauque. Deegan, mon Dieu, non !

Mollie se leva d'un bond. Prenant un coussin sur le canapé, elle se précipita vers Deegan et le pressa sur la blessure. Sa respiration était très faible, et il paraissait sur le point de perdre conscience.

— C'est bon, lui dit-elle en le voyant grimacer de douleur. On va appeler du secours et te transporter à l'hôpital. Ne t'inquiète pas. Tiens bon.

De son côté, Diantha Atwood, également sous le choc, succomba à une crise d'hystérie. Marcotte, vif comme l'éclair, lui avait déjà pris son revolver des mains.

— Espèce d'idiote ! lança-t-il froidement. Vous avez tiré sur votre petit-fils.

Au même instant, Jeremiah fit irruption dans la pièce, suivi de Croc, dont le visage était d'une pâleur impressionnante.

— Attention ! hurla Mollie. Il a une arme.

D'instinct, elle saisit un autre coussin et le jeta à la tête de Marcotte, donnant à Jeremiah la fraction de seconde dont il avait besoin pour appréhender la situation et se jeter tête la première vers l'expert en sécurité. Les deux hommes tombèrent lourdement au sol, et une lutte sans merci s'engagea, durant laquelle la force et l'expérience de Marcotte se heurtèrent à la fureur incontrôlée de Jeremiah. Finalement, ce dernier parvint à attraper le poignet armé de son adversaire et à le cogner par terre, encore et encore, avant de crier :

— Mollie, nom de Dieu, attrape ce flingue !

Elle se traîna jusqu'à eux et arracha l'arme de la main de Marcotte, avant de reculer prestement et de se lever.

— Arrêtez ! hurla-t-elle. Arrêtez, ou je tire !

Déconcentré, Marcotte regarda vers elle, et Jeremiah en profita pour lui décocher un coup de poing d'une telle force que l'autre tourna de l'œil.

Aussitôt, Jeremiah se redressa et prit le pistolet des mains de Mollie.

— Va appeler la police, dit-il. Vite.

Croc s'était précipité auprès de son frère et avait pris sa tête sur les genoux. S'il souffrait de ses propres blessures, il ne le montrait pas. Il gardait le coussin pressé contre le côté de Deegan, qui avait perdu connaissance. Diantha Atwood, quant à elle, avait sombré dans une sorte d'hébétude. De temps à autre, un sanglot la secouait tout entière, et elle murmurait des paroles sans suite.

Obéissant à Jeremiah, Mollie se rua dans la cuisine, où elle décrocha le téléphone et appela police secours. Elle venait à peine de reposer le combiné qu'il se mit à sonner, la faisant sursauter.

— Allô ? répondit-elle.

— Mollie, ma chérie ! Je savais que tu serais encore là !

C'était Leonardo, toujours aussi chaleureux, aussi exubérant, et sans doute à mille lieues d'imaginer les événements qui venaient de se dérouler chez lui. Il était en Autriche dans un hôtel, après avoir chanté à l'opéra de Vienne, puis dîné très tard, avec des amis.

— Je ne voulais pas me coucher sans savoir comment s'est passée ta réception ! expliqua-t-il avec son enthousiasme habituel. Alors, raconte...

17.

Le voleur de bijoux de Palm Beach fit la une de pratiquement tous les journaux du pays, y compris le *Miami Tribune*.

Helen Samuel signa l'article.

En plus de cinquante ans de carrière, c'était la première fois que son nom apparaissait à la première page du journal. Dans sa joie, elle prit plusieurs exemplaires de l'édition et se rendit chez Jeremiah pour les lui montrer. Il ne put s'empêcher de la taquiner en affirmant qu'elle n'avait les honneurs de la une que parce qu'il n'y avait rien d'intéressant dans l'actualité.

— Bouh ! Il est jaloux ! répliqua-t-elle, sans se démonter.

Ils s'étaient installés sous la véranda, en compagnie des trois retraités, à qui Helen passait des cigarettes. Jeremiah la regardait en souriant, songeant qu'elle avait l'air aussi content d'elle que lui-même, dix ans plus tôt, lorsqu'il avait vu un de ses articles faire pour la première fois la une.

— Tu ne te rends pas compte, reprit-elle. Ça vaut de l'or, une histoire pareille. On a deux gosses de riches — pas un, mais deux ! — qui sont mêlés à une histoire de vols de bijoux au sein de la haute société de Palm Beach. Une vieille grand-mère encore plus riche qu'eux, armée d'un pistolet, prête à tout pour sauver son petit-fils préféré de la prison, quitte à faire tomber celui dont elle estime qu'il a trahi sa confiance et qu'il ne mérite donc plus son amour. Cette même grand-mère engage une crapule dont la profession est justement de veiller à la sécurité de la bonne société de Palm Beach. Et pour finir, on a notre journaliste vedette, le chouchou de ces dames, qui arrive sur les lieux du drame et assomme le méchant. Et où ça, je vous le demande ? Dans la maison de Leonardo Pascarelli, un des plus grands ténors de ce monde. Heureusement que tu as joué les héros, Jeremiah, enchaîna-t-elle en hochant la tête avec vigueur. Sinon, ta réputation serait fichue, à l'heure qu'il est. En tout cas, comme je le disais, cette histoire vaut de l'or. Je ne serais pas surprise que des producteurs en fassent un téléfilm dans les prochains mois.

— Tu oublies Mollie Lavender, remarqua Jeremiah.

— Je ne l'oublie pas du tout ! Elle est l'innocente, la jeune femme ordinaire prise dans des circonstances extraordinaires, et dont la liste des clients vaut à elle seule un petit paragraphe. Un cosmonaute à la retraite qui joue du jazz, un chien qui fait de la publicité pour la télé...

Helen secoua la tête, avant d'enchaîner :

— Enfin, il y a Griffen Welles, traiteur que tout le monde s'arrache, sur la côte.

Cette dernière, après avoir rangé et nettoyé les

abords de la piscine, le soir des faits, était entrée dans la maison, où elle avait surpris une scène à laquelle rien ne pouvait la préparer : son amant, inconscient et blessé par balle, qui gisait dans les bras de son frère; Mollie, qui tremblait comme une feuille et était aussi blanche que le canapé sur lequel elle était assise; et Jeremiah, qui tenait un pistolet pointé à la fois sur une des femmes les plus riches de Floride, effondrée sur la moquette, et sur un expert en sécurité — le même homme qui leur avait fourni un garde pour la réception qui venait d'avoir lieu. C'était quelques secondes à peine avant que la police et l'ambulance n'arrivent, toutes sirènes hurlantes.

— Quelle histoire fabuleuse ! dit encore Helen, avec un soupir de satisfaction.

Quarante-huit heures avaient passé, et elle n'en revenait visiblement toujours pas.

— Remarquez, je l'avais senti depuis le début. C'est pour ça que je te donnais les éléments dont je disposais, Jeremiah, et que je te laissais faire le reste. Je suis trop vieille pour courir dans tous les sens.

Sal, Bennie et Albert se passaient une boîte d'allumettes et la regardaient, comme fascinés. Sal, surtout, avait l'air sous le charme. Quant à Jeremiah, il se contentait de secouer la tête.

Helen lui sourit.

— Et en plus, tout est bien qui finit bien. Les gosses vont s'en tirer, tu sais. Les parents ont enfin compris à quel point ils s'étaient montrés indignes. La mère a été un peu plus longue à la détente, mais ça y est, elle passe tout son temps à l'hôpital, au chevet de Deegan, et elle a demandé à Kermit de s'installer chez elle, dans sa maison. Et ils ne vont pas laisser tomber Deegan, quand il devra affronter les conséquences de ses actes. S'ils tiennent à ce qu'il assume ses responsabilités, ils seront là, près de lui, pour le soutenir.

— Il a enfin réussi à attirer leur attention, commenta Jeremiah.

— En effet. Et pour ce qui concerne Diantha Atwood, elle ne parle plus qu'à ses avocats. Si tu veux mon avis, elle a été élevée par des parents distants, et quand elle a eu une fille, elle a suivi leur exemple. La cascade des générations. Le triomphe de la forme sur le fond.

Helen jeta sa cigarette à moitié fumée par terre et l'écrasa avec la semelle de sa chaussure. Les trois retraités faisaient exactement la même chose, releva Jeremiah au passage.

— Alors, reprit-elle, tu as décidé de ce que tu allais faire avec ta jolie blonde ?

Jeremiah se leva.

Il avait passé la nuit précédente dans son appartement. Un peu de recul et d'espace s'avéraient salutaires, et pour Mollie aussi. Et puis, ses reptiles avaient besoin de savoir qu'il était encore en vie. Et puis, Bennie, Albert et Sal avaient laissé un message sur son répondeur, menaçant de louer une voiture et de se rendre à Palm Beach s'il ne descendait pas les voir. Ils s'étaient tous retrouvés pour le petit déjeuner, ce matin, et Jeremiah leur avait raconté les détails de l'affaire. Après quoi, les trois acolytes s'étaient cru obligés de lui livrer quelques conseils à propos du mariage et de la nécessité de s'engager, d'avoir des enfants et une vraie vie. Et aussi un chien. Bennie pensait que Jeremiah devait se débarrasser des reptiles et acheter un chien. Un beagle, si possible.

Sur ces entrefaites, Helen était arrivée.

Jeremiah regarda sa consœur avec affection, ce qu'il n'aurait jamais cru possible seulement un mois plus tôt.

— Oui, répondit-il. Je sais ce que je vais faire avec ma jolie blonde.

Mollie ne savait pas comment ils s'étaient débrouillés, mais ses parents, sa sœur et Leonardo, tout musiciens occupés qu'ils étaient, avaient réussi l'exploit d'arriver à l'aéroport de West Palm Beach à une heure d'intervalle les uns des autres. Ils avaient débarqué de leurs avions avec leurs instruments et des valises pleines de vêtements qu'ils ne mettraient jamais, expliquant qu'ils n'avaient pas eu le temps de se demander ce dont ils auraient besoin et avaient préféré en prendre trop que pas assez. Evidemment, ils avaient voulu entendre toute l'histoire, encore et encore, du début jusqu'à la fin.

Ils se trouvaient tous dans le grand salon de Leonardo, à cet instant, en compagnie de Griffen Welles et de Chet Farnsworth. Mollie était sortie un moment, pour être un peu seule, et déambulait dans le jardin lorsqu'elle entendit un bruit de moteur, du côté du portail de l'entrée. Elle s'approcha des grilles et vit un vieux pick-up marron se garer devant la propriété. Jeremiah ouvrit la portière et descendit.

— Tu penses me laisser entrer? demanda-t-il en approchant de la porte.

— Bien sûr, répondit-elle, le cœur battant à se rompre.

Elle lui ouvrit, et l'instant d'après, elle était dans les bras de Jeremiah, qui l'embrassait.

Mais soudain, il se figea et leva la tête.

— Qu'est-ce que c'est que ça? demanda-t-il.

Mollie tendit l'oreille.

— *Les Bateliers de la Volga*, je crois bien.

— Tu écoutais de la musique?

— Ce n'est pas un disque, répondit Mollie avec un sourire. Nous avons une vraie chorale, à l'intérieur : Leonardo Pascarelli, Bart et Amy Lavender, mes parents, Cecily Lavender, ma sœur, et Chet Farnsworth. Je crois bien que Griffen est en train de chanter, elle aussi.

Jeremiah fronça les sourcils.

— Ta famille est là?

— Oui. Ils m'ont prévenue en route. C'est un progrès. D'habitude, ils débarquent sans crier gare.

— Quelle bande de cinglés!

Mollie ne put s'empêcher de rire.

— Ils ne changeront jamais, tu sais. Ils sont comme ça.

— Et c'est tant mieux, affirma Jeremiah en la serrant plus fort contre lui. Nous avons de la chance. Beaucoup de chance. Toi, tu as ta famille de rigolos, et moi, j'ai mon père. Des gosses comme Croc et Deegan ne peuvent pas en dire autant.

— Comment va Croc?

— La dernière fois que je l'ai vu, il mangeait une assiette de frites noyées dans le ketchup, au bord de la piscine de ses parents. Ça va aller, je crois. Il va devoir réfléchir à beaucoup de choses et prendre des décisions, mais j'ai confiance en lui.

— Et puis, tu seras là pour l'aider.

— Ouais, sans doute. Il n'a pas arrêté de me raconter des blagues, pendant deux ans, mais je me suis attaché à lui...

Jeremiah se tut et écouta le concert de voix qui jaillissait de la maison, de plus en plus fort.

— Tu sais, j'ai le pressentiment que ta bande de farfelus ne verra pas d'inconvénient à ce que nous gardions un lézard sur la table de la cuisine.

— Nous ?

— Tu veux ton propre lézard ? demanda Jeremiah avec un grand sourire. Parce que moi, je suis plutôt du genre : « Ce qui est à moi est à toi. » Si j'hérite de Leonardo Pascarelli et de ta drôle de famille, toi, tu hérites de mon lézard.

Mollie eut l'impression que son cœur chavirait dans sa poitrine. La tête lui tournait. C'était la chaleur, sans doute, et le choc de ces derniers jours, se dit-elle en essayant d'être rationnelle. Mais dans son cœur, elle savait bien que son trouble était causé par cet homme qu'elle aimait tant, et depuis si longtemps. Elle réussit néanmoins à garder un calme apparent.

— Et ta famille à toi ? demanda-t-elle.

— Ma mère est morte quand j'avais douze ans. Mon père ne s'est jamais remarié, et je sais maintenant qu'il ne le fera jamais. A une époque, je trouvais ça déprimant, comme s'il s'obstinait à végéter dans le passé et refusait de vivre pleinement dans le présent. Mais j'ai changé d'avis. Je sais qu'il est heureux. Il est reconnaissant à la vie de lui avoir donné toutes ces années de bonheur avec ma mère.

— Son expérience t'a fait peur, n'est-ce pas ? Tu ne voulais pas souffrir comme lui et donc, tu refusais de t'engager avec qui que ce soit.

— Je me trompais et je ne m'en rendais même pas compte, avoua Jeremiah. Il y a pourtant longtemps que je suis engagé...

Jeremiah posa les lèvres sur celles de Mollie, comme s'il scellait une promesse.

— Je t'aime, Mollie. Je t'aime depuis des années, depuis ce jour où je t'ai vue pour la première fois, sur la plage, avec ton grand chapeau et ta serviette couverte de notes. Mais j'étais trop bête pour l'admettre. Je suis comme mon père, tu sais : il n'y aura jamais qu'une seule femme pour moi. Quand on est conscient de cela, et qu'on a été témoin de l'injustice de la vie...

Il s'interrompit et secoua la tête.

— Tu as raison, j'avais peur. Mais j'ai enfin compris qu'on ne peut pas éviter son destin. Il faut le vivre. Et mon destin, c'est de t'aimer... Alors, demanda-t-il en souriant, qu'en penses-tu ? On va annoncer la nouvelle à ta famille ?

— Ils ne seront pas surpris, tu sais.

— Ah bon ? Ils l'ont senti venir ?

— Non. Mais ils ne sont jamais surpris. Ils vont simplement dire : « Oh ! c'est merveilleux ! Venez, asseyez-vous et chantez avec nous. »

— Je ne peux pas chanter.
— Vraiment ?
Mollie lui prit la main en souriant.
— Alors ça, dit-elle, ça va les surprendre.

Kaleidoscope

Taylor Smith

Laurel Madden : elle est la meilleure quand il s'agit d'établir le profil des criminels. Mais être la meilleure a un prix. Brillante autant que belle, l'agent Laurel Madden du FBI possède sa part d'ombre, de sombres secrets qui lui collent à la peau. Des secrets qui expliquent peut-être, justement, qu'elle comprenne si bien les criminels.

Claire Gillespie : envoyée pour couvrir une affaire de rapt d'enfants, la journaliste Claire Gillepsie arrive en Californie avec un objectif plus personnel : lever le voile sur le mystère qui enveloppe et protège Laurel Madden. Car elle soupçonne cette dernière d'avoir commis un meurtre. Et elle n'aura de cesse de rendre justice à la victime - un homme qui fut cher à son cœur.

Dan Sprague : entre ces deux femmes de charme et de caractère, entre l'estime et la loyauté qu'il éprouve pour l'une, et l'attirance aussi malvenue qu'irrésistible qui le pousse vers l'autre, Dan Sprague, chef de mission au FBI, tente de garder la tête froide.
Car de son habileté à débusquer les pièges dépend la vie de nombreux innocents : à en juger par la fréquence de ses méfaits, le meurtrier n'a pas de temps à perdre...

JoAnn Ross

Trois sœurs

Il avait suffi de deux coups de feu pour que le destin de Molly, Lena et Tessa McBride sombre dans l'horreur... En cette fin d'année 1972, alors que tout Los Angeles fêtait Noël dans l'allégresse, les trois fillettes avaient vu mourir sous leurs yeux leur père et leur mère. Quoique unies dans la tragédie, elles n'avaient pu empêcher l'éclatement de ce qui restait de leur famille. Ballottées d'une famille d'accueil à une autre, de maisons de redressement en collèges religieux, elles s'étaient laissé emporter, chacune de son côté, par le courant imprévisible de la vie.

L'aînée avait choisi de se réfugier sous le voile de la religion, dispensant aux autres l'amour que le destin lui avait trop tôt retiré.
La cadette avait réalisé son désir le plus cher: trouver l'homme idéal pour former avec lui cette cellule familiale qui lui avait été cruellement refusée dans son enfance.
Quant à la benjamine, elle avait connu une jeunesse hasardeuse, avant de se décider à donner forme au rêve qui illuminait sa vie: conquérir Hollywood.

La foudre ne frappe jamais deux fois au même endroit, dit-on. Pourtant, des drames, terribles, attendent à nouveau les trois sœurs. Et cette fois, le pire est à craindre...

Les démons du passé

Mary Lynn Baxter

Quand un hasard impitoyable lui fait croiser à nouveau Gates O'Brien, après des années de séparation, Juliana Reed comprend qu'elle n'en a pas fini avec ce passé qu'elle croyait avoir vaincu.

Onze ans plus tôt, elle avait cru mourir en perdant son unique enfant et en se séparant de son mari, qu'elle jugeait responsable du décès de leur fils. Seul son métier lui avait alors permis de garder un semblant d'équilibre, grâce au succès grandissant de ses émissions de télévision. Résolument, elle avait tourné le dos au drame qui avait sonné le glas de son bonheur. Si, de son fils, elle voulait garder et chérir l'image d'un enfant vif et joyeux, elle s'interdisait de penser à ce mari rongé par la culpabilité, miné par l'alcool, qui s'était révélé un monstre de cruauté...

Or en se retrouvant face à lui, elle s'aperçoit qu'elle avait oublié un détail, mais un détail d'importance : la force incontrôlable qui les avait poussés l'un vers l'autre, cette passion brûlante, irraisonnée, qui semblait avoir raison de tout. Résister ? Elle ne s'en sent pas la force. D'autant qu'elle et Gates se trouvent plongés au cœur d'une affaire de corruption, une histoire sordide qui, en ouvrant une brèche dans le passé, en laisse échapper une cohorte de démons. Y compris ceux qu'ils n'ont jamais voulu affronter.

OFFRE D'ABONNEMENT

A compléter et à retourner sous enveloppe affranchie à :

Harlequin Service Lectrices
60505 CHANTILLY cedex

Oui, je désire profiter de cette Offre Spéciale.

Je recevrai d'abord un colis de bienvenue comprenant 2 Best-Sellers gratuits et un bijou. Ensuite, je recevrai un colis de 3 Best-Sellers tous les deux mois avant même leur parution en librairie. Il en sera ainsi régulièrement tant que je le souhaiterai. Je pourrai arrêter les envois à tout moment.

Je ne paie rien aujourd'hui ; une facture accompagnera chacun de mes colis. Je recevrai tous les deux mois, 3 volumes de la collection Les Best-Sellers au prix exceptionnel de 32,30 F l'un (et 7,10F de frais de port), soit 104F tous les deux mois.

❏ M. ❏ Mme ❏ Mlle BEST03

Nom : ______________________

Prénom : ______________________

Adresse : ______________________

C.P. : |_|_|_|_|_| Ville : ______________________

Conformément à l'article 27 de la loi 78-17 du 06-01-78 vous disposez d'un droit d'accès et de rectification vous concernant sur notre fichier clientèle. Offre valable en France métropolitaine jusqu'au 30 novembre 1999 (Prix susceptibles de changement).

Harlequin S A- 83-85 boulevard Vincent Auriol - 75646 PARIS cedex 13
Tél. : 03.44.58.44.60 RC Paris. Siret 31867159100010

Composé sur le serveur d'Euronumérique, à Montrouge
par les Éditions Harlequin
Achevé d'imprimer en avril 1999
sur les presses de l'Imprimerie Bussière
à Saint-Amand-Montrond (Cher)
Dépôt légal : mai 1999
N° d'imprimeur : 714 — N ° d'éditeur : 7597

Imprimé en France